古典詩歌研究彙刊

第六輯

龔鵬程 主編

第 **18** 冊

宋代詩人之「影響的焦慮」研究（上）

陳 昭 吟 著

國家圖書館出版品預行編目資料

宋代詩人之「影響的焦慮」研究（上）／陳昭吟 著—初版
—台北縣永和市：花木蘭文化出版社，2009〔民98〕
序 4+ 目 4+196 面；17×24 公分
（古典詩歌研究彙刊 第六輯：第18冊）
ISBN 978-986-6449-69-7（精裝）
1. 宋詩 2. 詩評
820.9105　　　　　　　　　　　　　　　98013954

ISBN - 978-986-6449-69-7

9 789866 449697

古典詩歌研究彙刊
第六輯　第十八冊　　　　　　ISBN：978-986-6449-69-7

宋代詩人之「影響的焦慮」研究（上）

作　　者　陳昭吟
主　　編　龔鵬程
總 編 輯　杜潔祥
出　　版　花木蘭文化出版社
發 行 所　花木蘭文化出版社
發 行 人　高小娟
聯絡地址　台北縣永和市中正路五九五號七樓之三
　　　　　電話：02-2923-1455／傳眞：02-2923-1452
網　　址　http://www.huamulan.tw 信箱 sut81518@ms59.hinet.net
印　　刷　普羅文化出版廣告事業
初　　版　2009 年 9 月
定　　價　第六輯 25 冊（精裝）新台幣 35,000 元

宋代詩人之「影響的焦慮」研究（上）

陳昭吟 著

作者簡介

　　陳昭吟，1972 年生，台灣省台南市人。國立中山大學中國文學博士。現任國立台南一中專任教師、國立台南大學兼任助理教授。

　　原研究領域為現當代文學，著有《回歸與超越——大陸新時期尋根文學思潮研究》（國立台灣師範大學碩士論文），發表有〈隱匿在色彩下的訊息——從幾米的繪本文學談起〉、〈神魔亂舞的警世小說——從神道現象與創作意識論許丙丁《小封神》中的書寫策略〉等文章。博士論文雖轉向中國古典文學研究，卻傾向結合西方現代文學理論，希冀能從不同的視角觀察傳統文學，並給予多元的解讀。

提　要

　　本論文借用美國學者 Harold Bloom 的詩學理論「影響的焦慮」（The anxiety of influence）作為立論依據，並將此理論置於宋代詩歌的創作現象上，以「影響」和「誤讀」來探討宋代詩人與前代詩人、作品互動的情況。本論文擇取五位宋代強者詩人：王安石、蘇軾、黃庭堅、陸游及楊萬里，觀察他們面對前驅詩人的影響壓力時所呈現的創作心態，藉此勾勒出宋代詩人突破焦慮的種種面貌。同時，在他們面對前驅詩人的接受與抗拒、妥協與競爭之際，所盡力鋪設的各種創作技巧與書寫策略，我們可以整理歸納出屬於中國詩人「影響的焦慮」下的修正理論。

　　這些修正理論分別從心理層面和實際運用兩方面，展現宋代詩人解構前驅、確立自我地位的步驟。這創作過程中展現的防禦手段，不但顯示了宋代詩人創作者意識的抬頭，亦顯示了中國文化獨有的智慧特質。以此角度來省視宋代詩史，還能發現「影響的焦慮」下的宋代書寫，具有讀者／創作者權力場域的交替重疊現象；以及創作者對於個體生命與群體價值認定間的衝突面相；甚至涉及傳統文學心態轉變的可能性。這些都徹底瓦解了傳統文學史單向詮釋的概念，成為重新建立宋代詩史的契機。

目

次

自　序

　　不同於碩士論文完成時北台灣的多雨善感，台南炙熱的夏季夜晚，悶燠的空氣很難讓人去思考什麼，於是，在博士論文終於結束的此刻，我只能抱著厚厚的一疊定稿，就這樣坐了一整夜。

　　要怎麼訴說和這本論文朝夕相處四年多的記憶呢？相較於過去碩士班時那種將全部的生命虔誠奉獻給論文、肆無忌憚地翱翔於學術夢想的熱烈；這本博士論文的書寫過程卻顯得複雜而猶豫。雖然仍然期待再一次透過論文找到自我的追求，但是，關於學術的步履卻躊躇了起來。當研究工作不再是生命的唯一時，很多時候「選擇」和「擱置」成了不得不然的情勢。為人妻、為人母，甚至教職工作的責任，經常伴隨著對論文的焦慮，夾雜著懸宕不安的情緒，在孩子入睡後的零點時分展開。深夜裡面對進度緩慢的論文，學術研究不再是價值成就的享受，而是種沈重的壓力。

　　但當今日細細回想這段苦澀的時光，抽剝這層層的生活面向時，彷彿還能看到自己最初對於這本論文的期許，仍能感受到那個從當代文學走向古典宋詩的自己，對於文學課題關注的堅持。是的，堅持，堅持在不同的研究方向中找尋人與文學互動的可能方式，堅持確認文學之於自己的意義，堅持自己在學術研究中的定位。……自己這四年多的論文書寫雖然遲疑緩慢，但終究無愧於當初對學術工作堅持的那

份心意。如此，還有什麼放不下心的呢？

謝謝指導教授龔顯宗老師的教導，除了論文的討論外，龔老師還十分體諒我的情形，總是寬容地叮囑，但絕不催逼論文的進度，這樣溫厚的學者風範對我影響甚大。謝謝我碩士班的指導教授楊昌年老師，自從在師大入了師門後，楊老師對我的關心不曾中斷過。我沒能繼續在現當代文學的領域研究，老師沒有多問，只有一再地鼓勵；連口試時都不遠從台北南下高雄來提供我論文相關的建議，這份師恩我永遠感激在心頭。也要謝謝口試委員：黃啓芳教授、王偉勇主任及蔡振念教授的指正。另外，還要感謝劉文強主任給了我許多的意見，讓我受益匪淺。

最要謝謝我身邊親愛的家人：爸爸、媽媽、弟弟育群總是默默支持著我，並給我最實質的幫助與信任，讓我能在有限的時間內無後顧之憂地進行論文書寫；妹妹怡如在英美文學方面的專長，是我論文進行過程中最佳的專業顧問，因爲她的鼎力相助，使我這本論文的許多理論概念因此得以釐清；我的兩個寶貝鈺喬和鼎竑，雖然增加了寫作論文的困難度，但也因爲他們可愛天眞的笑容，讓我在這樣苦悶的日子裡找到可以支撐的力量。

帶著兩個孩子在南部寫論文最大的困難便是資料的蒐集，幸好有師大建熙助教的幫忙；還有我以前教過的學生：柏州、益銘、祈男、修賢、宗哲。他們總是不厭其煩地從不同的學校找來我所需要的資料，貼心地爲我限時寄上，而且還常常關心我論文的情況，這樣的情誼在此也一定要致上無限的謝意。

此外，要感謝我在台南一中的幾位好同事：美鐘老師、皇德組長、德翰老師、薔萍老師、蕙君老師，無論是我在論文或教職工作上遭遇挫折困難時，他們總會義無反顧地予以幫助。在人情淡薄、冷眼善嫉的職場環境中，能有這麼溫馨的援手，眞的很令人感動！

還要謝謝義玲學姐、錫輝學長耐心爲我剖析論文中的問題；嘉惠、瑜慧兩位善解人意又美麗能幹的女孩，在我口試當天幫我張羅一

切；素琪助教不怕麻煩地為我處理所有的相關事務；來春、秀枝、麗文等好友一直以來的加油打氣。

　　最後，還要特別謝謝外子亦廷，雖然彼此分屬不同領域的學識背景，但他用他自己的方式來表示關心、來給予我協助。如果沒有他的體諒陪伴，我不可能完成博士班這漫長的修習歷程。

　　陳之藩說：「需要感謝的人太多了，就謝天罷！」但面對這麼多人慷慨的善意成全，我又豈能只是謝天呢？這四年多來，他們與蘇軾、黃庭堅等宋代詩人交錯在我的生命裡，成為我生活的一部分，是這些人、這些情一起成就了這本論文，是他們成就了我的學術理想。一本論文的完成，我看到了自己在學術上的貧乏不足，卻也相對地見證了生命的豐盈，擁有這些情感是我論文完成之際另一種甜蜜的收穫。僅以這小小的一方序言表達我滿心的感動與感激，謝謝！

昭吟　於台南

民國九十六年八月十六日

第一章　導　論

第一節　研究動機與目的

> 　誰　第二個登陸月球？儘管他的成就非凡，卻沒有人會記
> 得。因為他們終究是第一名的追隨者！

某汽車廣告的文案如是說。

　　若將這「追隨者」的說法置諸文學場域來看，我們便會發現，文學史也正是由一連串的前驅者與追隨者所組成。雖然「創新」與「因襲」在文學史性評價上同樣具有其意義，[註1] 但對大多數的文人作家們來說，「追隨者」情結的確會讓他們感到不安，甚至挫折。因為「不隨人後」或許是一般的競爭心理，但「在古人後」則絕對是後來

[註1]　參見顏崑陽：〈論「典範模習」在文學史建構上的「連漪效用」與「鍊接效用」〉，收入《建構與反思──中國文學史的探索學術研討會論文集》（台北：台灣學生書局，2002 年），頁 787～833。文中將文學作品的評價依其所指涉的價值性不同，區分為「藝術性評價」、「社會性評價」及「文學史性評價」。就文學史性評價的角度來說，認為必須由個人與群體透過並時性的社會互動關係或歷時性文化傳承關係，才能建構出完整的文學史。所以光有個人的「創新」是不夠的，還要有承接前行典範的「因襲」者的互動，才能建立某一文學傳統。因此，「創新」與「因襲」（或所謂的前驅者與追隨者），在文學史意義上均有存在價值。

者的恐懼。畢竟「創者易工，因者難巧」，所以即使許多文人總是不斷在爲抗拒、擺脫這「追隨者」的角色而努力，企圖展現自我的獨創性，不過卻往往無法逃脫前者（作家或作品）有意識或無意識的影響。就是在這樣文學現實與自我定位的掙扎當中，出現了創作焦慮的現象。如此的焦慮，即使是當代著作權的標誌，也不能完全抹滅。

這樣的焦慮原本應是創作心理層面不可避免的現象，但是中國傳統文人在面對這樣因影響而產生的焦慮時，竟表現出與西方作家截然不同、甚至難以想像的高度忍受力。不但對前人給予的壓力絕少抗拒，而且明目張膽的仿作、擬作，學古、復古更是在所多有。

然而這樣無視於前代影響的異常態度，我們從宋代以來看到了較爲明顯的轉變，尤其在詩歌創作上。跟隨在詩歌發展如此成熟旺盛的唐代之後，「宋人幾乎沒有貶斥過唐詩，並且宋人也沒有不學唐詩的」，〔註2〕由方回〈送羅壽可詩序〉中對宋詩的概括性敘述亦可知，宋代諸名家的好尚取捨及其歸宿雖各有不同，但所學所宗皆本自唐人，似乎仍是有可跡可尋的。表面上，宋代如此盡取前人智慧的作法似與前代無異，但在整體創作方式與心態上，卻因爲宋代詩人出現了強烈的「影響焦慮」自覺而有了變化。像王安石就曾感慨：「世間好語言，已被老杜道盡；世間俗語言，已被樂天道盡。」〔註3〕或像黃庭堅〈與秦少章觀書〉中所云：「庭堅心醉於詩與楚辭，似若有得，然終在古人後。」均可見宋詩人在傾慕之餘，對於「在古人後」所存有的憂慮。但正如龔鵬程所說的：「詩人有所學習是一回事，其詩是否與其所學相同，學習者是否自覺要發展出另一壁壘，又是另一回事。」〔註4〕這就是宋人與前代詩人在創作歷程中最大的不同。也就

〔註2〕引徐復觀：〈宋詩特徵試論〉中語，收入《中國文學論集續編》（台北：台灣學生書局，1981年），頁23。

〔註3〕陳輔《陳輔之詩話》，收入郭紹虞《宋詩話輯佚》（台北：華正書局，1981年），頁291。

〔註4〕引自龔鵬程〈宋詩與宋文化──我對宋詩研究的基本看法〉，收入龔鵬程《文學批評的視野》（台北：大安出版社，1998年），頁369。

是從人的這點創作自覺接駁到文學觀的轉變，我們看到宋代詩學展現出了不同的語言策略。許多論者就認為，宋代詩學的語言策略可說是在前人影響焦慮的壓力下一種曲折的自立之道：

> 主體伴隨著焦慮（及所有權、誤讀、自我防衛等現象）構成一體的兩面，其幽微的心理情結及隱含的權力意志，在自我與文本的兩種力量推擠與衝突中，一系列的語言皺褶、迂迴的策略紛紛出現。〔註5〕……

照上述說法，即使被錢鍾書批評為「偷竊」的時代，〔註6〕這也是因為宋代面對唐代這麼一個龐大而不可逾越的文化典範時，不得不為的一種確立自我的手段，且只是過程而非目的。正如楊玉成所解釋的：

> 某種程度上，宋代詩學是一種偷竊的詩學，而偷竊涉及所有權，通常是在權威（造物者、文本、古人）的巨大壓力下發展出來的迂迴策略。〔註7〕

宋人面對前代經典詩人的沈重壓力，突破傳統詩人無謂的態度，完全表露出創作的心理焦慮，並由此發展出許多誤讀、改寫、偏離的語言策略，試圖讓自己由「在古人後」與「自成一家」的集體夢魘與期許中解放出來。這些策略揭開一個新的書寫時代，「改變了《楚辭》以來哀怨的文學傳統，代表古代心態史上一個大變化。」〔註8〕更甚者，「其影響貫穿到明清復古與反復古之爭。」〔註9〕

　　可知宋代詩人在受到前代影響壓力下，確實產生了不小的焦慮感，而且由此發展出文學的新創。所以，假若我們以「影響的焦慮」做為創作自覺的理解根據，以宋代這一文學心態轉折的關鍵時代為探討中

〔註5〕 楊玉成〈文本、誤讀、影響的焦慮——論江西詩派的閱讀與書寫策略〉，收入《建構與反思——中國文學史的探索學術研討會論文集》（台北：台灣學生書局，2002年），頁331。

〔註6〕 錢鍾書甚至直言：「在宋代詩人裡，偷竊變成師徒公開傳授的專門科學。」見《宋詩選註》（香港：三聯書店，2001年），頁22。

〔註7〕 同註5，頁390。

〔註8〕 同註5，頁425。

〔註9〕 同註5，頁330。

心，觀察其上下發展的軌跡，我們應該能進一步釐清與思考下列的問題。首先，當我們面對以宋代為界的兩種文學繼承態度，究竟要如何解讀宋代之前的創作心態？又是怎樣的主客觀契機，促使宋代詩人開始萌發「影響的焦慮」？這必定關係到宋代詩人的詩學意識，也就是宋代詩人對「詩」這文體本身和整個詩歌創作活動的認知；也關係到宋代文化的基本特質，包括宋代詩人的世界觀與美學觀。而從詩歌的傳承與推移中，其間相互的關係和背後連結的理念，必然涉及了傳統文人看待前輩及傳統的態度，從此也必能爬梳屬於中國傳統文化的特殊面向。其次，宋代詩人在壓力與焦慮下，如何自覺前輩詩人對其的影響，而因應的方式又為何？在此同時又如何尋求自身價值的安頓與和諧？由衝突到消解的過程中，展現了怎樣的面貌心態？而這一切探索的意圖，若再推及到文學的最終目的上，我們可以反思文學和文學批評兩角度的相關問題：在「影響的焦慮」下，傳統詩學史的線性發展結構必然有所變更，在修正的過程中，宋代詩學的主張如何與前代文本發生關係？「作者」存在的定位又在哪裡？自鍾嶸《詩品》論文學之源流及風格影響之關係以來，風格源流史便佔據著傳統文學批評中支配性的論述地位，這樣的評論方式代表怎樣的文學文化？如此的評論方式與「影響的焦慮」下個人意識有無關連？甚者，基於「詩人的寫作涉及存有，寫作是創造力的僭越」〔註10〕之說法，我們還期待觀察文學在生命的自覺歷程中所呈現的意義，包括由文學來觀照文人對自己所認定之主流價值的趨向（中心與邊緣的掙扎、對傳統壓力的妥協）、文人如何努力實現自身，成為新的強者等等文學生命的哲學層次。

而歷來對宋詩的相關研究，多針對一家一派的專論，如：龔鵬程的《江西詩社宗派研究》、吉廣輿的《宋初九僧詩研究》（高師大國文所 89 年博士論文）或宋邦珍《陸游詩歌研究》（高師大國文所 88 年博士論文）。有些則是針對宋詩特色來探討，最重要的便是徐復觀〈宋

〔註10〕同註 5，頁 391。

詩特徵試論〉一文（收入《中國文學論集續編》），幾乎是宋詩研究者
必然引用的參考資料；另外，張高評有〈自成一家與宋詩特色〉（收
入《宋代研討會論文集》）；龔鵬程有〈宋詩的基本風貌——知性的反
省〉一文（收入《文學與美學》），則將宋詩的特質與整體宋文化作連
結，探討更爲廣泛。還有些比較性的研究，包括對唐宋詩歌的精神、
北宋南宋詩歌的差異等進行分析，如：鄧仕樑的《唐宋詩風——詩歌
的傳統與新變》或如：廖淑慧《清初唐宋詩之爭研究》（中正大學中
文所 91 年博士論文）、李淑芳《宋室南渡前後詩詞演變研究》（高師
大國文所 89 年博士論文）等學位著作。其他有以詩人間關係來詮釋
者，但多半將重心放在詩法、詩論與特定的傳承關係上，將兩者相似
處作一整理，如：黃景進〈黃山谷的學古論〉一文（收入《宋代文學
與思想》）；或如蔡振念的《杜詩唐宋接受史》與楊文雄的〈宋代李白
詩的流波與影響〉（收入《宋代文學研究叢刊》）。其中明顯運用到「影
響的焦慮」這一詩學理論者，便是楊玉成〈文本、誤讀、影響的焦慮
——論江西詩派的閱讀與書寫策略〉一文，雖已較偏向心理層面的分
析，但其探討內容仍以江西詩派的寫作技法爲主。

　　本論文則希冀能由宋代詩人「影響的焦慮」這一文學現象進入詩
人內在深沈的創作思維，循著上述問題的層層發掘，進而觸及中國傳
統文學的諸多觀點，甚至期待建構出異於線性傳統的新詩學史觀。而
這其間脈絡的掌握與詮釋，便是本文主題開展的目標。

第二節　研究方法與研究範疇

　　本文將借用美國「耶魯批評派」主將哈羅德‧布魯姆（Harold
Bloom，1930～）的詩學理論「影響的焦慮」（the anxiety of influence）
來論述宋代詩人的創作心態、書寫型態及試圖確立自我的策略。

　　「影響」（influence）這個詞原本的主要定義是：從星球射向人
類的一種放射力量，同時兼「具有凌駕他人的力量」之內在意涵，但

多是偏向於星象學或倫理學的領域。一直到英國詩人與批評家柯勒律治（S.T Coleridge，1772～1834）在文學領域裡使用這個詞時，「影響」才基本上具有我們今日使用的「互文性」〔註11〕意義。

但是「影響的焦慮」之實質存在卻遠遠早於「影響」這個詞的應用。布魯姆就曾表示：「詩的歷史是無法和詩的影響截然區分的」，〔註12〕因為在前人影響之下，每個人依其自身所需所知去理解前人及前人作品，並在有意識或無意識的情況下，將影響帶入自己的作品中。所以創作時，平庸的詩人只能崇拜、襲用，故常會暴露出他所受到的影響；而有些優秀的詩人則會刻意不露聲色地剽竊，或運用方法為自己拓出空間。然不管是以何種程度借用他人的聲音，多少都會引起由於受人恩惠而產生的負債焦慮。更何況，沒有一位詩人會希望，自己的作品被評論時，被視為沒有個人的獨特風格。因此，布魯姆認為：「詩的影響早已經成了一種憂鬱症或焦慮原則。」〔註13〕

不過，異於傳統對「影響」的認知，布魯姆將「詩的影響」稱之為「詩的有意誤讀」（misinterpretation）：

> 一部詩的歷史就是詩人中的強者為了廓清自己的想像空間
> 而相互「誤讀」對方的詩的歷史。〔註14〕

他認為「影響」的產生通常取決於一位詩人（後者詩人）對另一位詩人（前輩詩人）所做的批評和誤讀，這批評與誤讀本身即具有絕對的主觀意識，將之轉移於創作過程上，以致於一部詩歌影響史，就成了一部詩人自我憂慮和自我調適的歪曲模仿史，一部有意修正的歷史。

根據布魯姆的觀點：由於一切詩歌的主題和技巧已被千年來的詩人們發揮幾盡，後來者詩人若想要嶄露頭角，就只能不擇手段的

〔註11〕「影響」一詞與「影響焦慮」之心理現象的深入探討，詳見第二章
　　　　內文。
〔註12〕布魯姆著，徐文博譯《影響的焦慮：詩歌理論》（台北：久大文化，
　　　　1990年），頁3。
〔註13〕同註12。
〔註14〕同註12。

「誤讀」前人、「修正」前人，藉此來找尋並樹立屬於自己的風格，才能創作出與前人相抗衡的成績。故「影響焦慮」需要能讓後來者詩人生發抗拒前者的動力，才具有正面意義：「詩的影響並非一定會影響詩人的獨創力；相反，詩的影響往往使詩人更加富有獨創精神。」〔註15〕所以值得注意的是，布魯姆非但不否認「影響的焦慮」，反而將之視爲一種正向的防禦機制，並加以肯定詩歌影響的存在。在此認知基礎上，布魯姆對影響焦慮的看法，與超脫這種憂慮的方式都展現了獨特的積極意義。

除了布魯姆之外，詩學理論家布萊克（Wilhelm Blake，1757～1827）也贊同這樣的看法，他在研究詩歌影響之修正性時即表示：「詩的影響乃是個人在狀態中的穿越，但是如果這種穿越不是一種轉向的話，那就成了一種有害的穿越。」〔註16〕他們都將「影響」歸結爲對前輩的誤讀和修正，強調了轉向創新的一面；和傳統的影響論僅僅把「影響」看成前輩對後輩的傳授、支配、左右以及後學對前輩的學習、模仿、繼承，顯然不同。在某種意義上可說打破了舊有影響論的格局。

基於此，布魯姆在書中提出了的六種削弱前人而壯大今人的方法，均極具有顛覆的色彩。〔註17〕而這六種「修正」法，在美國漢學家薩進德（Stuart H. Sargent）根據之來詮釋宋代詩學的書寫特徵時，也認爲幾乎完全符合。〔註18〕可知在繼承與創新的矛盾中，布魯姆的「影響焦慮」理論偏向於積極的發展性，正與我們所欲觀察的研究對象（時代或詩人的創作），多有密合之處，實利於作爲我們研究時的

〔註15〕 同註12，頁6。

〔註16〕 同註12，頁29。

〔註17〕 這六種修正法分別爲：詩的誤讀、續完和對偶、重複和不連續、逆崇高、淨化和唯我主義、死者的回歸（以後來者的方式）。詳細說解見下一章內文。

〔註18〕 薩進德〈後來者能居上嗎：宋人與唐詩〉，收入莫礪鋒編《神女之探尋——英美學者論中國古典詩歌》（上海：上海古籍出版社，1994年），頁75。詳見本論文第二章。

理論支持。

　　至於研究對象的設定，在以中國傳統文人的創作心態爲探討主軸、「影響焦慮」的顯著自覺爲分界之下，我們選定了宋代做爲研究的切入點。宋代是個學術文化豐厚的時代，陳寅恪就曾說：「華夏民族之文化，歷數千載之演進，造極於趙宋之世。」〔註19〕王國維也稱：「天水一朝，人智之活動，與文化之多方面，前之漢唐，後之元明，皆所不逮。近世學術，多發端於宋人。」〔註20〕其萬壑奔流之精神文明原本即爲研究的寶庫；更特別的是，宋代在歷來學者的研究中向來被認定是中古史之終結與近代史之發端的樞紐，在中國文化史上居於承先啓後的地位，是有助於考鏡淵流，鑑古知今的轉折期，例如宋史學者趙鐵寒所言：「元明清以來的政教大經，以致社會現象，人群的生活意識型態，除去近百年來受到西方文化的衝擊變動的成分不算，若在我國文化史上找它的根源，那麼，宋代的三百二十年，便是中繼線上的一個新的起點了。」〔註21〕而且就本文焦點來說，宋代亦處於創作者定位覺醒的關鍵位置，往上可藉以檢視傳統文人受影響的心理狀態；往下又可反省明清復古與反復古之爭。看似承繼前代龐大的文學遺產，但卻汲汲於新變代雄，傳承與開拓兼具，會通與嬗變並行，這樣的特質讓宋代文學深具探索的空間。

　　然宋代詩人之多，《全宋詩》裡的作品數量亦極可觀，我們擇取爲研究範疇的對象，必得縮簡成能夠清晰表現主題者。既然強調「影響焦慮」的心理狀況，故以宋代詩人之作品、言論、行事當中明確表現受前人的「影響」，或按布魯姆的定義，其人有外顯的誤讀行爲者爲探討主角。簡言之，因爲一代詩壇對前人詩歌的接受往往表現爲其

〔註19〕語見陳寅恪〈宋史職官考證序〉，《金明館叢稿》二編，（台北：里仁書局）。

〔註20〕語見王國維〈宋代之金石學〉，出自北京清華學校研究院編《國學論叢》第一卷第三號（台北：台聯國風出版社，1973 年）。

〔註21〕趙鐵寒《宋史資料粹編・代序》，轉引自姚瀛艇主編《宋代文化史》結束語（河南：河南大學出版社，1992 年）。

對詩歌的闡釋、模仿及在詩文中稱賞等具體化的言行，所以，我們便以當時代詩人對前（古）人有所讚賞、模仿者，尤其是自我標榜尊崇某人或效法（學）某人者為主。

但僅是單向承認接受影響仍是不夠的，我們還要設定以布魯姆所謂的「強者詩人」為對象，也就是「以堅韌不拔的毅力向威名顯赫的前代巨擘進行至死不休的挑戰的詩壇主將們」，〔註 22〕換言之，我們所研究的對象，須是主動積極，有能力成一家之言，有開創性能盡變前人、卓然自立，又能化焦慮為動力，具有強烈自主意識與前驅抗衡競爭的一流詩人，如此才能使「影響的焦慮」成為布魯姆所稱的積極意義。而後再輔以當時代詩話家、甚至後代批評家相關的評論，共同勾勒出詩人們突破「影響的焦慮」之種種面貌。要特別說明的是，之所以以自我標榜的詩人為主，而其他文論中所稱的源流關係僅當作輔助資料，主要原因在於：本文當中，「影響」與「影響的焦慮」均極富主觀性，故須出自詩人本身的自覺意識，才能凸顯研究意義。

在上述定義下，我們選擇了下列幾位詩人作為代表：

一、王安石

二、蘇軾

三、黃庭堅

四、陸游

五、楊萬里

上述所擇取的詩人代表，均屬於陳植鍔宋詩分期中的「創新期」與「中興期」，〔註 23〕歷來評價均為能利用前代資源與書寫策略，自

〔註22〕同註 12，所謂「詩人中的強者」，根據布魯姆自己的定義，是指啓蒙運動以後的英美主要詩人。本文則指宋代能盡變前人、卓然自立，堪稱大家者。

〔註23〕陳植鍔著〈宋詩的分期及其標準〉，收入張高評編《宋詩綜論叢編》（高雄：麗文文化，1993 年），頁 170。他將宋詩分成六期：沿襲期（白體、西崑體、晚唐體）、復古期（歐陽修、梅堯臣、蘇舜欽）、創新期（王安石、蘇軾、黃庭堅）、凝定期（江西詩派）、中興期（南

關蹊徑、別成一家者：蘇軾、黃庭堅自屬宋詩大家無議，他們或「成一代之大觀」，〔註24〕或創詩法、「隱然成一宗派」，〔註25〕要之皆「始自出己意以爲詩」。〔註26〕王安石眾體皆備，絕句尤高，其工者妙絕天下，元人劉將孫及清人吳喬視之爲宋詩之魁首，〔註27〕更重要的是梁啓超在述北宋詩壇遞變之跡時所說的這段話：「歐梅以沖夷淡遠之致，一洗穠纖綺冶之舊，至荊公更加以一種瘦硬雄直之氣，爲歐梅所未有，故歐梅僅能破壞，而荊公則破壞而復能建設者也。」〔註28〕可見王安石開拓宋詩之功。陸游則是今古詩人存詩最多的作家，梁詩正奉高宗誥命所編的《唐宋詩醇》卷四十二評之曰：「宋自南渡以後，必以陸游爲冠。」田雯《古歡堂雜著》卷二也稱：「南渡諸詩，亦似晚唐以後，格卑氣弱，非復東都之舊矣。陸務觀挺生其間，被耀振拔，自成一家，眞未易才。」而楊萬里則是從模擬走到自成一格，創造了當世所稱的「誠齋體」。

　　要特別說明的是，之所以不將北宋歐陽脩列入其中，主要仍是基於「影響焦慮」的理論要求。雖然歐陽脩受李白、韓愈等人的影響至爲明顯，在推動詩歌革新運動方面亦頗用力，但究其詩歌創作，實並無非常突出的作品，更不能稱卓然自立，允爲大家。嚴羽《滄浪詩話》

宋四大家）、飄零期（永嘉四靈、江湖派、遺民詩）。

〔註24〕趙翼《甌北詩話》卷五稱許蘇軾語：「以文爲詩，自昌黎始：至東坡益大放厥辭，別開生面，成一代之大觀。」（台北：廣文書局，1991年）

〔註25〕葉慶炳《中國文學史》論述黃庭堅的流風所及時言。（台北：台灣學生書局，1987年），頁134。

〔註26〕嚴羽《滄浪詩話》敘述宋詩發展時，表示：「至東坡、山谷，始自出己意以爲詩，唐人之風變矣。」引自何文煥編《歷代詩話》（台北：藝文印書館，1964年）。

〔註27〕見宋李壁注《王荊公詩》前劉將孫序：「公詩爲宋大家，……歷選百年，亦東京之子美也。」（台北：鼎文書局，1979年）吳喬《圍爐詩話》卷五：「惟介甫詩能令人尋繹於言語之外，當其絕詣，實可興可觀，特推爲宋人第一。」引自《歷代詩話》，同註26。

〔註28〕梁啓超著《王荊公》（台北：中華書局，1978年），頁204。

就曾言：「國初之詩尚研習唐人：王黃州學白樂天，楊文公劉中山學李商隱，盛文肅學韋蘇州，歐陽公學韓退之古詩，梅聖俞學唐人平澹處。」陳善《捫蝨新語》卷三亦道：「歐陽公詩猶有國初唐人風氣，公能變國朝文格，而不能變詩格；及荊公、蘇、黃輩出，然後詩格逐極于高古。」龔鵬程也曾評之：「在宋詩中僅有開創之功，並不被視爲適足以代表宋詩風格的人物。」〔註29〕這些均說明了歐陽脩在反西崑上的大張旗鼓，看似頗有一掃而空的成就，但其終究還是處在學唐的大勢之中。可見歐陽脩雖爲宋代文壇大家，然就詩歌而言，他尚未達到「化焦慮爲動力，產生新創的一流詩人」這樣的條件。

綜言之，本文以布魯姆的詩論「影響的焦慮」爲背景理論，以宋代詩人的作品言論中明確標榜受前人影響、且努力突破影響者爲探討對象，輔以其他詩話史料爲佐證，參諸當代讀者反應或接受美學的相關理論，共同來審視有宋一代在承受前代強大影響之下，如何從焦慮、衝突終至確立自我存在的過程；甚而探討其背後的諸多意涵。

第三節　研究架構說明

第一章　導論：說明本文針對此一命題的基本觀點、研究方法與研究範疇，並對各章節架構的要點作大略的解說。

第二章　「影響的焦慮」現象論：從詩學、心理學、文學批評等各理論來揭示「影響」與「影響的焦慮」產生的原因，以學理確定此文學現象的存在，與其相關的心理機制；並從「焦慮」的建設性意義，來看布魯姆所提出的六個修正比。進而由中國傳統文學（宋代之前爲主）中「影響」及「影響焦慮」的發展，來觀察此現象在中國傳統文學史上的情況，同時檢討傳統宋代詩學的「影響」書寫。

〔註29〕引自龔鵬程〈從杜甫、韓愈到宋詩的形成〉，《宋代文學研究叢刊》第三期，1997 年 9 月，頁 16。

　　第三章　宋代詩人「影響的焦慮」之形成：從宋代「影響」典範
的擇取，來說明宋朝一代美學觀的轉變，藉由對典範之期待視野的改
變，理解宋詩人誤讀前輩詩人的角度，並進而釐清宋代詩人看待「傳
統」的方式與態度。再從宋代詩人言論中析分出「歸附傳承」與「力
求創新」兩種看似牴牾的表象觀念；將之做更深入的內因探討，確認
宋代詩人的創作者自覺。

　　第四章　宋代強者詩人「影響的焦慮」及其矛盾情結：以宋代強
者詩人的實際創作與文學理念，觀察其與前代文本的關係，探討他們
如何解構式閱讀前人作品，又是以怎樣的書寫策略改變前人為己用，
化解自身創作時的內在焦慮，開創出屬於自己的藝術成就。再由宋代
詩人自身的言論、詩歌或書信文章中，來窺探其個人對「影響的焦慮」
的思維向度，與「影響的焦慮」下的矛盾情結。

　　第五章　宋代詩人「影響的焦慮」之修正比：從上一章強者詩人
們所憑藉的種種「誤讀」手法，以達到「自成一家」的目的，歸納出
屬於宋代「影響的焦慮」下的修正比。並嘗試就現有文學史的論述成
規，尋找新的論述脈絡，重新界定宋代詩學的敘述焦點。

　　第六章　結論：歸納各章節的重點，總結本文的探討成果，並衍
伸出本論題的接續意義與展望。

第二章 「影響的焦慮」現象論

　　兩個文化及其所構成的傳統之間，原就有其不可共量的地方，其思考方式和觀念系統亦有齟齬扞挌之處，尤其古今時代的差異，更易因不同的文學標準而產生時代或典範誤置的成見。但是此「影響的焦慮」之詩學理論，卻因其在文學領域及心理學領域皆有符合人性的合理基礎，所以雖是西方於近代所提出的，然將之置諸中國文學史中來檢視、省思我們的傳統詩學亦頗具有意義。尤其西方文學理論的思維向來具有思辨性、系統性、規範性、明晰性等特徵，其縝密周嚴的研究方式與中國的詩性化評論大異其趣，因此若當我們從西方的「影響」研究，分析其文學中因「影響焦慮」所產生之心態，以及相關的種種言論，再回到傳統中國文學的「影響」現象，甚至鎖定對宋詩的「影響」書寫，應會有更多不同角度的理解。

第一節　影響與影響的焦慮

一、影響、焦慮及其心理機制

　　如緒論所述，「影響」（influence）一詞，原是西方星象學或倫理學的範疇用語，意指一種放射力量，且具有凌駕他人的潛在意涵。英國詩人與批評家柯勒律治將之運用於文學領域時，則又引進了後現代

的觀念，使得「影響」有了我們今日使用的「互文性」意義。

所謂的「互文性」（intertextuality），又稱作「本文間性」，根據《世界詩學大辭典》的說明，是國際知名的後結構主義理論家克莉絲蒂娃（Julia Kristeva，1941～）於1966年所提出的概念，主要在強調：沒有一個文學文本是初始性的、獨創性的，一切文本都處在互相影響、交叉、重疊、轉換之中，因爲任何文本均依賴文化中先前存在的全部文本及釋義規範，所以任何文本都是其他文本的吸收與轉化。我們可以從一個文本中的字詞，以致於簡單的情節看到另一個文本的存在；簡單地說，也就是後來的文本均可見及前代文本的影子。

而在《世界詩學大辭典》中對「影響」的解釋，除了同一文化下，時間先後的互文性關係外，還針對特定歷史條件中，一國文學受到外來文學因素的刺激，所產生的非因固有傳統所造成之新變化。這樣的變化也會構成所謂的「影響」。因此，「影響」可說是文學傳播過程的結果，其內涵包括淵源學（即來源、原型、母題）、媒介學（即翻譯）和流傳學（諸如：模仿、借用、諧摹、翻新、改編）等各種文學創作的因素，這些都可歸屬於廣義的「影響」研究的範疇。

在美國詩學批評家哈羅德·布魯姆之前，西方影響研究即已經涵括了追溯文本之屬類及主題來源的部分，他們大多從西方文學史上已經確立的經典之作中（如荷馬史詩、聖經）尋找依據。經典先驅者便以作爲後繼詩人所極力仿效的權威形象而存在，尤其是當這樣的「權力」觀念可以保存某種文化的古老起源時，更確立了此種文學先驅的權威地位；同時也藉由對「每個成功時代之偉大範例」的不斷複製，「傳統」得以被保存，並將祖先的表述從這一代傳遞到下一代。這種舊有的影響批評觀呈現了文學「傳統」的一致性和連貫性，並且認爲：文學影響是一種溫情恭謹的認同，它承認了文本之間的權威性與理想性，甚至可以用來使作品中潛在的非正統內容合法化。於是舊有的影響論便僅侷限於前輩對後輩的傳授、支配，或後學對先驅的學習、繼承。

但這些單純的模仿、同源或借用等型態，並不完全等同於影響。

當 1970 年代布魯姆對「影響的焦慮」理論進行一系列研究之後，整個「影響」研究進入了新的發展。他所提出的「影響」是一個複雜而多樣的過程，通常發端於心理或意識型態，由於他所指的「影響」定義，是「一首詩與另一首詩之間的關係的整個領域。」〔註1〕所以大多數批評家開始將此術語專用以表示過去和現在的文學文本之間，以及和作者之間的往來關係。〔註2〕又因在影響之下兩文本之間的相似，揭示了彼此內部相互關連的語言模式，使得符號學亦在此展現意義。從符號學的角度來看待互文性概念，就認為若詩人把前人詞句嵌進自己的作品，在與之形成差異時便能顯出自己的價值，也可化腐朽為神奇。〔註3〕布魯姆遂由此將簡單的「互文性」觀點加以整合，用於考察文學影響的問題上，並從解構主義的角度加以分析，強調一切文本不論在較早或稍晚的年代出現，彼此之間都有著相互作用：〔註4〕前代自然是影響著後來者；但後來的作品也表現出對前代的反影響，而這亦會形成一種影響。正因為他把互文性與創作主體的影響關係結合了起來，互文性便從一個消極的基礎、變成一個作者可以加以利用的空間，簡言之，互文性原本僅呈現了一種文學現象，但在布魯姆的理論中，卻成了一種創作的手法；「影響」因而有了可以積極的面向。故楊文雄藉此歸結出影響的全部過程應是：「啟發→促進→認同→消化變形→藝術表現」〔註5〕其中，「消化變形」是最主要的步驟，是後起詩人創作的著力點，也就是將布魯姆所謂的互文性轉變為可利用的

〔註1〕 布魯姆著，朱立元、陳克明譯《比較文學影響論——誤讀圖示》（台北：駱駝出版社，1992 年），頁 71。

〔註2〕 布魯姆曾簡言：「詩的影響即詩人之間的各種關係。」布魯姆著，徐文博譯《影響的焦慮：詩歌理論》（台北：九大文化，1990 年），頁3。

〔註3〕 參見周裕鍇《宋代詩學通論》（成都：巴蜀書社，1997 年），頁 183。

〔註4〕 參見朱立元《當代西方文藝理論》（上海：華東師範大學出版社，1997年），頁 316。

〔註5〕 楊文雄《李白詩歌接受史》（台北：五南圖書出版公司，2000 年），頁 391。

部分。

而「影響」之所以能夠成為積極發展的動力，就布魯姆的說法，主要還是來自於「影響」所造成的焦慮感。

「焦慮」原本是一種人皆常有的情緒反應，是一種處於擴散狀態的不安。在弗洛依德和其他深度心理學家出現之前，焦慮的問題原是屬於哲學倫理學和宗教討論的範疇，但那些討論涉及了原罪與道德等限定領域的觀念，並不為人所熟知；及至心理學研究的出現，對此命題才有較普及、較生物的探討。在心理學大師弗洛依德（Sigmund Freud，1856～1939）的學說裡，原始人類最初的焦慮體驗，是來自於野生動物尖齒利爪的威脅。但焦慮並非一定真有具體的特定對象，只要任何會造成對個人存在脅迫的不安心理均屬之。人類的這種能力是天生的，也有它與生俱來的神經生理系統。弗洛依德就指出，「焦慮」是由過度刺激和高度的緊張造成的，但那也是一種自我保護的本能，而且具有明顯的生物效用：焦慮可以幫助刺激我們覺察、警戒和生存熱情，特別是焦慮表達時的那種身心狀態，「猶如賽馬時在門欄前等候衝刺的熱力」，﹝註6﹞能使人類處於張力、挑戰的情境。焦慮所形成的這份張力，固然會讓我們面對威脅時情緒緊張或害怕，但也會使得我們心智更敏銳，更充滿活力。所以在人類祖先發展思考能力，以及運用工具來拓展保護範圍等方面，焦慮扮演了非常重要的角色，直可視為人類生存的保障。如今我們不再是野獸們的獵物，但是卻仍受限於自己的自尊，或在競爭中失利的威脅。焦慮的因素及形式雖然已經改變了，但焦慮的體驗卻依然大致相同。

換言之，人類發展以來，主要的威脅已從動物的尖牙利爪轉為來自心理或更廣義的靈性層面，因此，「焦慮」也就轉而起因於個人內在核心的生存價值與意義受到威脅挑戰時。而這些針對人格「核心」或「本質」內的某個部分而來的威脅，又導致不確定感與無助感等表

﹝註6﹞ 羅洛・梅著，朱侃如譯《焦慮的意義》（台北：立緒文化出版社，2004年），頁21。

現特徵。美國存在心理學大師羅洛・梅（Rollo May，1909～1994）
在其焦慮研究的過程中，就曾對焦慮有過這樣精簡的定義：

> 「焦慮」是人類的基本處境。……是因為某種價值受到威
> 脅時所引發的不安，而這個價值則被個人視為是他存在的
> 根本。〔註7〕

無論焦慮形成的原因與方式如何，總之，焦慮其實就是跟隨著人的存在
而來所必須面對的挑戰。所以，弗洛依德認為焦慮是有意義的，儘管這
層意義可能有毀滅性的部分，但是也另有建設性的部分，因為焦慮的功
用乃是一種保護本能，針對我們的存在，或我們所認同的存在價值，提
醒我們免於危險的威脅。於是弗洛依德在他那關於焦慮與防禦之間的理
論中，就將焦慮界定為「一種期待危險或準備應付危險的特殊狀態，即
使危險可能還是一個未知數。」可見焦慮是不可能和防禦區分開的，它
本身就是一種反抗他物的挑釁與刺激的保護作用。〔註8〕此外，當弗洛
依德提出「人都有本能驅力」〔註9〕的說法之後，德國女心理學家霍妮
（Karen Horney，1885～1952）更發現，焦慮正是啟動這種驅力的主因，
一旦這層防禦機制啟動了，激活的力量也隨之出現，這股力量只要持續
發揮，人類就能產生建設性的解決方式來面對問題。

　　學習心理學家莫勒（Orval Hobart Mowrer，1907～1982）完全接
受弗洛依德有關「焦慮發生」時心理機制的描述：真實的恐懼→對此
恐懼的壓抑→焦慮→形成症狀以解除焦慮。故其在研究論文中，將焦
慮定義為：「痛苦反應的制約形式」。〔註10〕他也認為，焦慮是人類在

〔註7〕 同註 6，頁 206。

〔註8〕 引自羅洛・梅著，朱侃如譯《焦慮的意義》，同註6，頁 90。

〔註9〕 弗洛依德所謂的「本能驅力」，指的即是「來自有機體內的某種衝動，某種迫切和需索的特質」。轉引自羅洛・梅《焦慮的意義》，同註6，頁 161。

〔註10〕 莫勒（Orval Hobart Mowrer）著〈焦慮及其增強因素的刺激反應分析〉（A stimulus-response analysis of anxiety and its role as a reinforcing agent），發表於《心理學刊》（Psychology Review），1939，46：6，553-65。此轉引自羅洛・梅著《焦慮的意義》，同註6，頁 151。

覺知危險訊號，且預知危險即將發生時，所作出的制約反應；這種反應常會使人覺得痛苦緊張、感覺不適，但重點是，爲了減輕焦慮，人類通常會發展出許多行爲模式，且這些行爲模式均是積極又富有建設性的，這才是焦慮存在的主要意義。故正向來說，「焦慮」直可視爲個體連結、接受與解讀壓力和刺激的方式。

既然焦慮與人類行爲動機有絕對關係，那麼，創造性的活動無疑是個人焦慮的直接產物了。因爲只要處在焦慮狀態下，個人勢必要發展出建設性方案來解除焦慮，而創造力往往就會在這種時候被激發出來。換言之，如果一個人具有眞正的創造力，那麼他便已經具有克服這些威脅的能力，讓他能夠坦然面對並消解焦慮。弗洛依德更明確指出焦慮與藝術創作的關係。他認爲，當生命能量受到壓抑，造成憂懼不安時，藝術家們反而能將這種不安與痛苦轉化爲創作的內在動力，藉之來消解內心的負面能量。這也可說是對藝術創作內在深層動因的一種價值說明。從這個層面來看，我們便同時可以理解中國文人所謂的「不平則鳴」〔註11〕、「窮而後工」〔註12〕或「蚌病成珠」等論點的背後心理特質了。

但相對來說，我們會有焦慮也有可能是因爲創造力，尤其當我們爲了自己的價值理念而進行創造時。因爲，雖然創造通常意味著在人類文化關係裡，產生了某種嶄新與原創的事物，但每一次的創造經驗也同時有可能會侵犯或否定個人周遭或過去的他者，甚至會對舊有形式有所摧毀。若是這舊有存在代表著一種權力時，挑戰的不安與疚責感就更會隨之而來，而這些都會引起潛在的焦慮。在西方神話學中就有關於這個現象的說法，例如普羅米修斯（Prometheus）神話裡，創

〔註11〕韓愈〈送孟東野序〉：「大凡物不得其平則鳴。」此發憤以抒情的詩論成了文學創作普遍的規律。引自韓愈著，魏仲編《五百家註昌黎集》（台北：世界書局，1988 年）

〔註12〕歐陽脩〈梅聖俞詩集序〉：「非詩文能窮人，殆窮而後工也。」是他對自己創作道路和創作經驗的總結。引自《歐陽文忠公集》（台北：台灣商務印書館，1979 年）

造性即被視爲是對眾神的背叛。所以，個人的創造性（可能性）越高，他潛在的焦慮也就越多。

　　但存在主義哲學家齊克果（Soren Kierkegaard，1813～1855）以發展的角度來看待焦慮，並從焦慮與創造力、原創性和智識的辯證關聯來探討，認爲可將焦慮視爲我們的「良師」，因爲它能激發我們的創造力活動，使個人得以走出「有限」的壓制，具有體驗與實現可能的機會。〔註13〕更進一步說，人類的創造能力和對焦慮敏感的特性，乃是一體的兩面，焦慮也是產生創意的環境，因此，一個人如果阻隔了焦慮，也就同時斷絕了創造力。所以繼弗洛依德之後，越來越多的心理學研究發現，焦慮是藝術創作中必然會出現的心理過程，甚至是許多藝術家所具有的人格特質。焦慮不但不是障礙性的情緒，甚至往往是卓越的藝術創造必要的心理條件。難怪德國文豪湯瑪斯‧曼（Thomas Mann，1875～1955）就曾說過：「珍貴的疚責秘密」是藝術家常保不失之物！〔註14〕

　　從上述焦慮與創造性行爲產生的辯證過程當中，回頭檢視文學創作上的焦慮意識，本文的立論根基隨即被構築起來。布魯姆在《比較文學影響論——誤讀圖示》一書中，就曾由精神分析的角度說明文學創作上的焦慮感：

　　　　從精神分析的視角來看，它很難與精神分析中的內射（introjectio）區別開來。……弗洛依德談到過某事前的焦慮，是一種期待，譬如慾望。我們可以說，焦慮和慾望構成了新人——或剛剛起步的新人——的兩難。「影響的焦慮」是期待自己被淹沒時產生的焦慮。……對影響的焦慮是非常可怕的，因爲它是一種分離的焦慮，同時又是一種強制式神經官能症的開始，這種精神官能症也可以稱爲對

───────────

〔註13〕齊克果著，孟祥森譯《憂懼之概念》（台北：台灣商務印書館，1969年），頁92。

〔註14〕湯瑪斯‧曼著有《魂斷威尼斯》、《魔山》等作品，曾獲諾貝爾文學獎。他的這段話轉引自羅洛‧梅著《焦慮的意義》，同註6，頁66。

人格化的超我的恐懼。〔註15〕

前述弗洛依德對焦慮下定義時，原本即有「期待」與「防禦」的雙重屬性；在此布魯姆引用的精神分析學說法裡，就將文學創作領域中，由影響而產生的焦慮看成是一種慾望，既期待自己能在前人影響下匯入文化之流，成為傳統的一部份；但人天生所具有的自我實現傾向，〔註16〕又使之希望能與前人區別開來，完成自我生命更高的需求。不過，這卻會產生對「人格化超我」（super ego）的恐懼。弗洛依德所謂「人格化超我」，指的是人格結構中的行為規範，這些規範代表的是社會或父母的標準，外在的這些規範內化了之後，便成為個人的價值理念。〔註17〕因此，個人想要在大環境的價值標準（肯定「影響」形成文學傳統的連貫性）下，抵抗經典先驅的影響，等於跟原本認知的價值理念衝突，自然會產生恐懼焦慮，這樣的焦慮，照弗洛依德學派的說法，即是受到「超我的壓抑」所造成；或者說，是來自莫勒所稱的「被譴責的道德渴望」。〔註18〕既然潛藏於焦慮之下的衝突，是個人本能需求與社會禁制夾縫下的產物，遂形成後來創作者的兩難困境。這樣的焦慮充滿了矛盾。

再者，這種矛盾曖昧的心態，還表現在後輩詩人直接面對先驅詩

〔註15〕同註1，頁56～57。

〔註16〕在心理學的人本理論中，心理學家馬斯洛（Abreham Maslow）提出了人生命的需求階層說，包括生理、安全、愛與歸屬、自尊及自我實現。當一個人較低層次的需求獲得滿足之後，便會轉向追求更高層次的滿足，而最高階層的需求就是自我實現的完成。

〔註17〕精神分析始祖弗洛依德提出的人格結構理論，主要有三個部分：本我（id）、自我（ego）與超我（super ego）。本我代表的是原始的驅欲，如食物與性；超我則依循著道德原則，講求的是社會標準下的規範，內化後成為指導個人行為的準則與價值觀；自我則是判斷現實狀況，以協調本我與超我的衝突，平衡內在需求和外在現實之間的落差。

〔註18〕莫勒所說的「被譴責的道德渴望」，指的是個人在尋求自我滿足時，內心會有來自社會傳統力量的疾責，個人害怕的是失去社會或重要他者的關愛與認可，也就是文中所謂與傳統價值衝突下的焦慮。莫勒此語轉引自羅洛・梅著《焦慮的意義》，同註6，頁151。

人的作品時。在文學創作上，雖然傳統的「影響觀」肯定文學的連貫傳遞與文化積累的價值性，但是，就創作者的心理來說，「後繼者若不是懷有『第一個爲某物命名』的希望，並從而『背離連貫性』或反對有關影響的守舊觀念的話，就無法開始創作。」〔註19〕因爲，一個創作者，如果只能接受或繼承公認的先在經典之作，並在其遺留下來的文學影響周圍繞圈子，那麼，「當他將他所能做的一切與過去文學與藝術的豐富遺產進行比較時，便會在寫什麼及如何寫等方面感受到『自信的迷失』」。〔註20〕自信的迷失所產生的焦慮，在哲學層次上的理解，可以被解讀成是自我將不復存在。自我的消解不只是肉體的死亡，也包括自我存在所被認同的心理或精神意義的失落。因此，若按齊克果所謂：「焦慮是對『虛無（nothingness）』恐懼」的陳述，那麼焦慮在此脈絡下的意義便是：害怕自己變得一無所有或一無是處，這對從事創作的人來說，無疑是很大的恐慌。愛德華・楊格（Edward Young，1683～1765）就曾以後輩的心情論那些偉大的先驅們：

> 他們壟斷了我們的注意力，使我們無法認眞地觀察我們自己。他們使我們存有偏見而過份地頌揚他們的能力，從而削弱我們的自我意識。他們用自己盛名的光輝嚇唬我們。〔註21〕

而且，後來的創作者還不可避免地會發現：大多數乃至最優秀的詩人作品，都不可能眞正達到獨創的最高境界，因爲這些作品多少會殘留著前輩詩作的變形痕跡。甚至，先驅者還會透過表現在後繼者文本中的影響而顯現其存在的事實。不論這是否涉及權力意識，但創作中的自我幾乎被先驅者所取代，加上使自己圍於無法擺脫的比較困境，如此的感受均已讓後來者備受威脅。

〔註19〕「第一個爲某物命名」，意指首創性；「背離連貫性」，則指個人獨創性。布魯姆言，引自《文學批評術語》，Frank Lentricchia & Thomas Mclanghlin 編，張京媛譯（紐約：牛津大學出版社，1994 年），頁 254。
〔註20〕布魯姆的主要批評先驅貝特（Walter Jackson Bate）將影響作爲過去和現在的文學文本之間一種非連貫性關係時所言，轉引自《文學批評術語》一書，同註19，頁 254。
〔註21〕引自《影響的焦慮》，同註2，頁 26。

　　換言之，就算後繼者承認自身努力存在著侷限（不可能不受到影響），但他潛意識裡仍然受到自身的存在意義和創造力的雙重心理所促動，希望自己能有成就，因此這樣的侷限反而更激發了詩人尋求絕對獨創性的願望；不過，若這種慾望受阻於後繼者對先驅的馴服意識及「蒙恩的內疚感」，〔註22〕再加上必須以更加艱鉅的方式來承受「過去之重負」〔註23〕的文思衰竭感時，焦慮意識也就油然而生。十九世紀英國文壇才子王爾德（Oscar Wilde，1854～1900）在其《W.H.先生的畫像》（The Portrait of Mr.W.H.）中就有如此的感嘆：

> 影響乃是不折不扣的個性轉讓，是拋棄自我之最珍貴物的一種形式。影響的作用會產生失落感，甚至導致事實上的失落。〔註24〕

另外，王爾德在他的作品《多林‧格雷的畫像》（The Picture of Dorian）中又進一步闡述他對「影響」的焦慮感：

> 一旦受到影響，他的思想就不再按照原有的天生思路而思維，他的胸中燃燒著的不再是他自己原有的天生激情，……他完全成了另一個人奏出的音樂的回聲，一位扮演著為他人而設計的角色的演員。〔註25〕

如果創作是詩人看待世界的一種方式，受到影響的創作，就等於是透過前輩詩人去看世界，但當詩人們發覺，自己「不再按照自己的思維」，而是透過前輩間接去看世界的時候，自然會覺得無能為力，因為那視角代表了某種「墮落的角度，是一種錯誤的盲視」。〔註26〕

〔註22〕蒙恩的內疚感：布魯姆之言。意指後繼者接受先驅的文化遺產，這種資源的給予可算是種恩澤，後繼者蒙受了這份恩澤卻又欲反制先驅詩人的影響，其間所產生的內疚感。

〔註23〕布魯姆曾說：「真正的批評家所能給予詩人的一切，便是最必要的勉勵，這種勉勵永不停止地提醒詩人們：他們繼承的遺產是何等的沈重。」見《文學批評術語》，同註19，頁260；及《比較文學影響論——誤讀圖示》，同註1，頁2。

〔註24〕引自布魯姆《影響的焦慮：詩學理論》，同註2，頁4。

〔註25〕引自《文學批評術語》，同註19。

〔註26〕布魯姆從詩人的角度認為這是種不正常的視角。同註1，頁12。

　　在強烈、持續的創造性慾望被抑制時，人類便會有不同的焦慮形式出現。所以，近代有些詩人就亟欲撇清前人加諸的影響，例如美國詩人史蒂文斯（Wallace Stevens，1879～1955），他的作品其實受到英國作家暨批評家佩特（ Walter Horatio Pater，1839～1894）影響極甚，他對此一直耿耿於懷，還在他書信中慷慨激昂的告白：

　　我並不否認我也來自「過去」，但是，這個「過去」是屬於
　　我自己的過去，……我的「現實／想像複合體」完全屬於
　　我自己，雖然我在別人身上也看到過它。〔註27〕

這樣堅決的否定反而更表現了他強烈的影響焦慮感。看到這些詩人們的焦慮所形成的力量，布魯姆遂有「美學領域裡每一次重大的覺醒，似乎意味著越來越善於否認曾經受到過前人的影響。」〔註28〕這樣的體認。所以，我們可以說，「影響的焦慮」的出現，是作者自覺意識的起點，而這樣的焦慮，更帶有熱切期待與渴望突破的動能在其中。

　　我們還可以運用另一種觀點，即弗洛依德學說中的「家庭羅曼史」〔註29〕觀念，來闡述一個文本的文學影響，以及焦慮與創造性的雙重關係。照弗洛依德的說法，傳統所具有的"理想化"功能，往往會轉變爲一種令人窒息的或閉鎖的傾向，但卻還堅持成爲我們的「家族歷史」，引導我們進入它的「家族羅曼史」。此時，從心理學的角度來看，前驅詩人所扮演的角色，是精神分析學意義上具有威脅性的「父親」，而後繼詩人就像是在一個家庭裡的孩童。「父親」代表著完美的理想形象，是孩童們所仰慕追隨的對象，他們希望得到父母的讚許肯定，

〔註27〕同註2，頁5。

〔註28〕同註2。

〔註29〕「家庭羅曼史」，是弗洛依德學說中父子及兄弟手足間的相爭心理與行爲模式。弗洛依德在《圖騰禁忌》（Totem and Taboo）（台北：知書房出版社，2000 年）中還另有提到兄弟同胞之間逾越常理的、以冒充先驅之父的文學優勢爲目的的罪惡競爭：「我該怎麼辦才能使我『自己』從這群喋喋不休的烏合之衆中脫穎而出？」也就是說，詩人除了有歷時性的影響焦慮，也有共時性的競爭。但在本文，我們以前者的研究爲主。

甚至潛意識裡還會以擁有父母的遺傳爲傲；但卻又想要擺脫父母長輩的先在影響，以證明自己的獨立存在，這其間掙扎的過程所顯現出的微妙心理，正足以說明後輩詩人面對先驅者的心態：當晚輩詩人的想像力受到父輩詩作的驅動，而萌生出創作的動機時，但又由於強烈的獨立自主及刻意創新的意識，故其對於父輩詩人雖表現出既豔羨、愛慕的情感，卻也夾雜著畏懼、嫉妒，甚或仇視等負向心態，唯恐父輩詩人佔盡了自己創造力發揮的疆域或空間。

對此錢鍾書曾舉亞歷山大大帝爲例作說明：

> 據說古希臘的亞歷山大大帝在東宮的時候，每聽到他父王在外國打勝仗的消息，就要發愁，生怕全世界都給他老子征服了，自己這樣一位英雄將來沒有用武之地。緊跟著偉大的詩歌創作時代而起來的詩人準有類似的感想。……前代詩歌的造詣不但是傳給後人的產業，而在某種意義上也可以說向後人挑釁，挑他們來比賽，試試他們能不能後來居上、打破紀錄，或者異曲同工、別開生面。〔註30〕

後繼者與前驅詩人那種既依賴又敵對的情緒，其心理機制是十分複雜的。兩者之間，正如同精神分析學中所謂伊底帕斯式（Oedipus）〔註31〕的父子關係一樣。關於「伊底帕斯情結」，布魯姆曾以彌爾頓的撒旦爲例：

> 撒旦和其他的強者詩人一樣，拒絕只當一個"遲來者"，他回到起點的方法是成爲一個和上帝競爭的創造者。〔註32〕

〔註30〕錢鍾書《宋詩選註序》（台北：書林出版社，1990年），頁10。
〔註31〕《伊底帕斯王》，原是希臘悲劇詩人索福克勒斯（Fosophocles）的作品，是全世界上演最多的一部古希臘悲劇。講述了伊底帕斯（Oedipus）這個命中注定會殺父娶母的悲劇英雄的故事，在他擺脫不了命運與神諭，而發現事實的眞相後，悲痛萬分，便刺瞎雙眼並請求放逐。弗洛依德將之借來命名他所發現的「戀母情結」理論，此情結還包含了「殺父」的部分，也就是既崇拜父親、希望得到父親肯定，卻又期望掙脫父親影響，進而產生一些力圖壓制先在陰影的作法。這就是一般通稱爲「伊底帕斯情結」的心理學符號。
〔註32〕同註1，布魯姆在分析彌爾頓作品《失樂園》時所舉的例子。

撒旦由上帝所創造，卻想和上帝一樣成爲創造者。這種個體的創造性意識代表了與母親（源頭）脫離，或意味著去除父親的權威等分離前驅的意識，也就是伊底帕斯式殺父戀母情結中的「殺父」傾向。在此所謂的「殺父」傾向，據布魯姆指出，是在強烈否定父權的情況下所引發的手段，也就是後來者想要設法消除前人的影響，而對經典文本所採取的一些防禦策略。對此布魯姆的分析爲：

> 詩，既不是關於「主體」的，也不是關於「它們自己」的。詩必然是關於其他詩的。一首詩是對一首詩的反應。就像一位詩人是對一位詩人的反應。……只有詩人才能向眞正的詩人挑戰，對詩人中的詩人而言，詩總是另一種人，即前驅者總是其再生之父，爲著生存，詩人就必須憑藉對前輩進行重寫的至關緊要的誤解行爲來誤釋父輩。……一位詩人與其說是一個向人們講話的人，倒不如說是一個反抗死人（前輩）向他說話的人。〔註33〕

至於詩人反抗前輩的方式，布魯姆提出了「誤釋」（即「誤讀」）。此非僅是字面意義上「錯誤的閱讀」那麼簡單而已，他是強調影響關係上創造性的差異、偏離、逆接和修正。即從內部進入「先驅」，以置換和徹底重鑄先驅詩歌等手段來創作，這也就是他所謂「憑藉對前輩進行重寫的至關緊要的誤解行爲來誤釋父輩」，以此來清除先驅的力量，他們藉由誤讀前輩所產生的新解釋，創造出一個自我得以發揮的空間，使自己不受前輩詩人及批評家所施加的影響焦慮的干擾或威脅。故在這樣的意義上，「誤讀」不只隱蔽地決定著閱讀行爲，還決定著創作活動，所有詩歌都可看作對其他詩歌的「誤讀」或「有意誤解」，好抵制其他詩歌的強大壓力，使詩人自己的想像創造力不受影響。所以布魯姆就曾說：「一部詩歌史，即是強者詩人跟其偉大的前輩們之間的鬥爭。」〔註34〕但是，假若沒有這種對前輩詩意的進取性曲解，傳統會把一切創造性窒息的。

〔註33〕同註1，頁13。
〔註34〕同註2。

　　因此，在布魯姆肯定那些已經被確立的文學典範，正是影響焦慮的主要來源之後，另外又採用了弗洛依德精神分析學的「防禦機制」概念來進一步理解。防禦機制（defence mechanisms）一詞，最早見於弗洛依德的著作《防禦性神經精神病》（The Neuro-Psychoses of Defence，1894），此一概念來自精神分析的假設：人們心中有一種互相對抗和鬥爭的力量，是自我用來對抗它所察覺到的危險，保護自身的心理過程，以及在這一過程中所運用的技巧。這個過程通常可以使自我與引起焦慮的外在因素間達成妥協，避免任何會擾亂自我的可能，使自我成爲一個穩定的統一體。所以，在弗洛依德的另一本著作《超越快樂原則》（Beyond the Pleasure Principle，1920）中就有提到：「防禦刺激物對有生命的組織來說，是一種比接受刺激更重要的功能。」〔註35〕

　　由此法國詩人兼批評家梵樂希（Paul Valery，1871～1945）便認爲：「影響是兩個精神神秘的接觸，這種接觸會使作家尋找自我，發現自我，拒絕接受影響。因此受影響最深的作家可能變成最偉大的。」〔註36〕換言之，影響越大，反擊也越大。所以在防禦機制啓動的過程中，後繼詩人透過將先驅者的影響進行扼制與利用等方式，以超越那已經確立地位的經典傳統及先驅詩人。而這樣的論述，也使得布魯姆的理論從原本應僅是情緒心理狀態的「影響焦慮」，不再停滯於靜態的表面現象，而是將之化爲絕對動態的趨向力量。

　　此外，基於焦慮建立在個體存在價值的認同上，因而我們可以說：「所有的焦慮都是一種心理衝突。」〔註37〕"焦慮涉及內在衝突"這樣的觀念，是自我覺知的一項重要產物。一般來說，是個人在應世過

〔註35〕弗洛依德著，楊韶剛等譯《超越快樂原則》（台北：知書房出版社，2000年）。

〔註36〕轉引自張漢良〈比較文學的影響研究〉，《比較文學理論與實踐》，（台北：東大圖書出版社，1986年），頁43。

〔註37〕現代臨床心理學家史德喀爾（Wilhelm Stekel，1839～1894）所提出的重要概念。引自羅洛·梅著，朱侃如譯《焦慮的意義》，同註6，頁212。

程中的價值與目標相矛盾，才會引起衝突。人類的發展是邁向自我覺察的，在衝突中，有意識的抉擇代表了個人內在自我意識的覺醒。由於個人的焦慮情境，通常也是一種文化模式的表達，會受制於他所生長的既定文化。故就某種程度而言，對過去文化的察覺本身便是一種自覺；如果個人一無所覺，則文化背景就會具有強硬的約束力。除了對文化的自覺外，又因為文化立處於特定的歷史發展點上，所以對歷史意識的自覺也相對重要。正如齊克果說：「每個人都在歷史的網路中誕生，但更重要的是，個人如何看待他自己與所處的歷史網路的關係。」〔註38〕既然人類同時具有文化歷史發展模式下主導者與被主導者的雙重角色，透過自我覺知與歷史意識的能力，人類應能得以脫離自己的過去而塑造他現在的歷史發展，並在一定程度上轉化它，修正歷史對自己的影響。只是當人類企圖改造歷史之際，焦慮往往隨之而來。

　莫勒對焦慮的發現便是從「人類的歷史性」上著眼，主要原因在於人類是「受限於時間」的存有。他說道：「過去被帶入現在，成為生活有機體整個行為（行動與反應）因果關係的一部份，這種能力就是『心智』與『人格』的本質。」〔註39〕他又認為：「根植於後人良知中的古人倫理成就，不是愚蠢、惡毒和遠古的夢魘，而是個人追尋自我滿足與協調整合時的挑戰與指引。」〔註40〕簡言之，一旦明白自身所處的歷史關係，釐清過去與現在重疊的意義，便能使先驅詩人的影響成為後繼詩人的資產，理所當然地為後者所用，進而在其基礎上進行改造創新。所以當尼采（F.Nietzsche，1844～1900）堅持「沒有什麼比作為一個後來者的意識更為有害的」時，但布魯姆卻提出相反的看法，認為沒有什麼比這樣一種意識更為有益了，〔註41〕因為有後來者意識帶動強烈的反抗性，使後輩詩人轉而能利用前驅、超越前驅。

〔註38〕齊克果著，孟祥森譯《憂懼之概念》同註13，頁65。

〔註39〕引自羅洛‧梅著，朱侃如譯《焦慮的意義》，同註6，頁166。

〔註40〕引自羅洛‧梅著，朱侃如譯《焦慮的意義》，同註6，頁211。

〔註41〕引自《比較文學影響論──誤讀圖示》，同註1，頁24。

　　承上所述，焦慮的問題必須被置放在文化歷史的脈絡中來考量，焦慮的自覺性與歷史意識和其心理機制一樣值得重視，所以在探討「影響的焦慮」這個命題時，人如何能夠自主地成爲他自己，並對過去的文化有所反省，這種自覺的能力便極爲重要。畢竟就如米開朗基羅（Michelangelo Bounaroti，1475～1564）曾經說過：「任何追隨他人者將不會成長，任何不知道如何靠自己能力創造的人，也無法從他人的成果中獲利。」〔註42〕一樣；心理學家奧圖・蘭克（Otto Rank，1884～1939）也相信：除非人陷溺在依賴性的寄生關係中，否則便一定會有焦慮，而且，個人只有自覺到與文化的互動或參與他所謂的「集體價值」，才能實現他自己。〔註43〕後來者從先驅身上繼承了豐富的影響，相對的，也承擔了沈重的焦慮，影響的焦慮並非全然負面，但需要後繼者有絕對的自覺意識來開展自己的創作空間，否則空憑前人資源也是枉然。

　　在這樣的認知下，布魯姆徹底顛覆傳統的「影響」史觀。在他看來，「影響」不是被動地對前人的繼承，而是主動對前人的作品修正、改造和誤讀。所以他強調的是「影響的焦慮」正向積極的一面，也就是焦慮所呈現的熱切渴求與期待。同時，布魯姆還提出六種修正比，以各種「誤讀」的防禦手段來削減先驅詩人的影響力，從歷史意識及個體自覺的角度，來斷裂文學傳統所講求的連續性。當然，在連續性文學史中所具有的「起源論」和「目的論」之二元定律也被否定了。詩人們最深層的慾望變成一種影響，而不是受別人影響。因此，簡單的說，「誤讀是全部詩歌史、乃至文學史的影響關係的實質。」〔註44〕布魯姆「影響的焦慮」就等於反文學連貫性理論，他既表現出一種對影響的憂慮，也表現出對傳統接續性的修正性背離，衝擊了文學史原本僅是單純的傳遞承續的觀念，凸顯了文學發展過程當中的創造和突

〔註42〕羅曼・羅蘭 Romain Rolland 的《米開朗基羅》，轉引自《焦慮的意義》，同註6，頁251。

〔註43〕引自羅洛・梅著，朱侃如譯《焦慮的意義》，同註6，頁210。

〔註44〕此語見《比較文學影響論——誤讀圖示》的譯者前言，同註1，頁4。

破。至於他是如何展現文學的不連貫性呢？下一個部分，我們仍從理論層面來分析布魯姆所提出的六種防禦手段在他「影響的焦慮」概念裡所呈現的意涵。

二、影響焦慮下的修正比

既然布魯姆所說的「影響」包括了該文本和其他作品的全部關係範圍，而且他的「影響焦慮」呈現的是積極的創新動力，所以在他理論中就提出了所謂的「修正比」（ratio）作為後人反抗前驅影響的實際書寫策略，這種修正式誤讀是後來者唯一的出路。每個修正比依次表示在誤讀先驅文本方面的一種精神自衛及一種誤讀形式，以便使詩人產生降低影響、創意出於自身的感覺。其實，修正比一詞的目的應是在衡量「兩個或兩個以上的文本之間的關係」，但因後來的詩人總是以竄改扭曲的解釋方式，來放大前輩的作品，所以基本上，布魯姆的修正比所顯現的關係並不平等。

在布魯姆的修正比當中，他利用弗洛依德的心理防禦機制以及修辭比喻來作說明。在他《比較文學影響論——誤讀圖示》一書中這麼說道：

> 我藉助我的六重比喻所提供的是六種對影響的解釋，是六種閱讀誤讀內在詩歌關係的途徑，它意味著閱讀一首詩的六種方式，意味著想要同時把修辭學、心理學、意象主義和歷史的解釋結合成一個完整解釋的單一圖示。我的修正論的六個比喻並非只是比喻，而且也是一種心理防禦，所以我所稱的影響，乃是一種對待本身的比喻表達。影響不是做為產品與來源的關係，或效果與原因的關係，而是作為後來的詩人同前驅者的更重大關係，或者是讀者與文本，或者是詩歌與想像，與我們生活整體的更重大的關係。〔註45〕

可知布魯姆所用的六種修正比，實際上是他想透過六種對影響的解釋、六種誤讀詩歌的關係及六種書寫方法而去設計一個包含了修辭、

〔註45〕同註1，頁72。

心理、歷史、想像等多層面的完整解釋。

特別需要注意的是他將這些修正比看成是"對影響過程的六種比喻"的說法，因爲布魯姆的「比喻」一詞是經過他重新定義的，除了修辭用法外，還帶出了誤讀的意義。在此他所說的「比喻」是：

> 一個比喻是一個合意的錯誤，是一個從文字字面意義的轉
> 移，據此，一個詞或短語被按一種不適當的意義在使用，
> 從它正確的地方左右偏離。所以，比喻是一種歪曲竄改，
> 因爲每一個比喻必然是一個解釋，同樣也是一種誤解。……
> 這樣，比喻就是有關語言的必然錯誤。〔註46〕

因爲每個比喻都必須是種解釋，因而也必然產生語言上的錯誤。換言之，比喻成了一種竄改或誤解，而且因爲它是作爲一種防禦手段的策略，所以通常是有意的錯誤，由此，語言學模式成了心理反應的替代系統，所以「影響」才會被歸結爲字面意義與比喻意義之間的相互作用，形成所謂的「有意的誤讀」。布魯姆即是從「防禦機制」的心理概念出發，歸納出閱讀前人作品的六種扭曲的形式，並將這些形式稱爲「修正比」。

布魯姆的六個修正比，依其特殊古奧的名字，及其相關的心理防禦機制，分別敘述如下：

一、克里納門（Clinamen），即詩的誤讀：此詞爲作者從古羅馬詩人拉克雷圖斯那裡移植過來的。該詞原本的意思爲「原子的突然轉向或逸出常軌」。作者藉此詞表示詩的誤讀。正如上文所論，原本詩的理解就具有其開放空間，依後來者的認知來予以填補，但期待視野的差異必然產生誤讀。不過，在布魯姆的理論中不只是單純的「誤讀」，而是有意識地誤讀，這是詩人在閱讀前輩詩作時，爲了擺脫前輩詩人之影響束縛，所採取的矯正運動之一。這些後繼詩人的誤讀方式則是：先揭示出先驅文本的想像力侷限，再利用先驅文本之缺失和弱點來否定先驅，並將這否定存放在於後繼者作品內。

〔註46〕同註1，頁93。

二、苔瑟拉（Tessera），即「續完和對偶」：此詞是從古代神秘的禮拜儀式中而來的。原意是一個小壺的碎片，若與其他碎片組合起來，就能重新成爲一完整的罐子。所以這個修正比是一個屬於還原性的動作，其所進行的修正是要將先驅的作品接續完成。這個階段其實是上述克里納門的對比，在針對先驅詩作的缺失予以否定後，再將先驅詩作中的想像或創新之處，化爲自己作品的一個部分，後來者的著作因此得以完整，成爲對先驅著作「後來居上的續完」。也就是說，運用改動前人作品的方式，使先驅成爲後繼者自己的作品的一部份，如此，他就「完成」了前輩似乎未完成的詩作。後繼者保存了前人的用詞但轉變其意義，企圖呈現新舊詩之間某種程度的不同，可是這樣的過程多少含有混雜的情緒，因爲它不是自發性的創作，而是經過轉換前人詩意所改造的，其間難免出現我們前文所述的種種矛盾心態。

三、克諾西斯（Kenosis），即倒空和不連續：這是從聖保爾那裡借來的一個詞，原意是指保爾接受從神到人的降級時，他自己內心對耶穌的貶低或清除，在此具有類似「違背」的意思，這是心理上爲反對強制性存有而採取的防禦機制。在影響關係上，無論是自己的靈感或是對前輩的虛幻想像，後起詩人均一併予以消除，也就是藉由各種手段貶抑和清除前輩詩人，來背離前者詩人，終結前輩的影響。若後來詩人想恢復屬於他自己的想像，便可以這樣先將前驅的想像成果削減，使先驅著作與自己作品之間的相似之處看來只是偶然，似乎先驅根本就不曾存在。

四、魔鬼化（Daemonization），即逆崇高：布魯姆認爲當新的強者詩人轉而反擊前驅的崇高性時，他就要經歷一個所謂「魔鬼化」的過程，這可說是一個逆崇高的過程，即當後來者成爲強者時，他便是象徵意義上的魔鬼，而先驅則相對虛弱成凡人。「魔鬼化」是以一種使前驅者失去個性的修正比開始，後繼者相信有一股超越於前驅詩人的力量，蘊含在前驅詩人的作品中，但並不屬於前驅詩人，這股力量讓前驅者不再顯得那麼特別及崇高。一旦壓抑了先驅者詩作中可能的

深刻內涵後，便得以抹煞前驅詩中的獨特性。這是在後繼者在無法完全使先驅變得微不足道，或無法造成先驅不存在的幻覺時，便可用此方法，將先驅的崇高地位轉為低落。

五、阿斯克西斯（Askesis），即淨化和唯我主義：此詞是從古希臘前蘇格拉底時代的科學家們那裡所吸取過來的，意謂維繫孤獨狀態的自我調整行動。在與先驅的傑出想像力鬥爭的過程中，後繼者也有可能被削弱，基於這種狀況，他可以透過阿斯克西斯的修正比來昇華競爭：表面上認同先驅者，反將攻擊轉向自己，但實際上以其他先驅或方式來取代之，其主要目的是為了破壞後來者與前驅者所共有的相似想像力。後人雖然似乎削弱了自己部分的才能及想像力，可是換個角度來說，在他的詩中，前人的痕跡亦被削減。

六、阿波弗里達斯（Apophrades），即死者的回歸：這個詞來自古希臘雅典人死者重返舊居的儀式和傳統，意指死者的返魂。用來說明影響關係時，表面上，似乎是後來詩人向前輩詩人的回歸，承認自己屬於前驅者的一部份；然而實際卻是透過一種自我陶醉式的佔有行為來抹掉先驅者的獨特性，在先驅處尋找隱藏材料，發揮先驅本有但不自知的部分，使後繼者能夠合併或吸收先驅者過去的想像。讓先驅詩歌中幾乎被遺忘的意義回復，對先驅詩歌的認同也在此階段完成，但卻造成了一種早於先驅的錯覺，彷彿是由後來詩人成就了前輩詩人獨具個性的作品。

上述這六種布魯姆理論中的修正比，都是因為後來詩人試圖要挽救自己遲晚的遺憾而進行的一連串手法。但由於文化隔閡之故，對於理解上仍有不夠具體之虞，比較文學家樂黛雲曾加以詮釋，概念上就顯得較為清晰：

> 布魯姆在他的專著《影響的焦慮》一書中指出作者企圖從前人影響的陰影下擺脫，有六種抗拒的方法，即：故意誤讀前人；補充前人之不足；切斷與前人的連續；青出於藍，更甚於藍；澡雪精神，孤芳自賞，以與前人不同；孤芳自

賞久之，使人誤解藍出於青。〔註47〕

將樂氏之說與布魯姆的原理論相對照，簡言之，所謂的「克里納門」就是指有意的誤讀；「苔瑟拉」即藉由補充前人的不足，使前人作品更趨完整，如此前人作品才算完成，所以便稱此爲「替前人續完」；「克諾西斯」爲否定前輩詩人詩作中的豐富詞語及創始性想像，即使自己有與前輩雷同的創作詞語或內容，也不相干，其目的正是在切斷與前人的承續關係；「魔鬼化」則是由於前驅者在後來者心中的地位較爲強勢崇高，故藉由貶低前人的角色地位，造成青出於藍，更甚於藍的形象；「阿斯克西斯」在表面上認同先驅者，破壞自己與前人共有的想像創造，僅留下自己較其次的部分來與前人區別；最後「阿波弗里達斯」則是採用前人詩歌中隱藏的、不被注意的材料或技巧，加以發揮，反而造成藍出於青，後人先有此創作的錯覺。

這六個修正比可分爲三組：「克里納門」和「苔瑟拉」，「克諾西斯」和「魔鬼化」，「阿斯克西斯」和「阿波弗里達斯」。這三組是影響反應的三個階段，且是以匹配或辯證的模式，一對對發生作用的，每一對之間都是削減與還原的重複，例如：「克里納門」在誤讀與抵制先驅文本；「克諾西斯」是否定先驅豐富的語言；「阿斯克西斯」是破壞後來者與前驅者共有的相似想像力，這三者均屬於限制性的、削減的修正比。「苔瑟拉」保留了與前輩詩人的關係，並將先驅的作品續完；「魔鬼化」是指後來者相對強大的方式；「阿波弗里達斯」是找出先驅詩作中幾乎被遺忘的部分，加以發揮，這三者則是屬於還原性的、重構的修正比。

而且，這六個修正比是兩兩一組，在削減（限制）——重構（還原）、削減（限制）——重構（還原）、削減（限制）——重構（還原）的模式下重複，主要是因爲所有的重構（回復）都會引起新的憂慮，影響的過程便通過一個新的補償性的削減（限制）方式而延續下去。

〔註47〕樂黛雲《比較文學原理》第三章〈接受與影響〉（湖南：湖南文藝出版社，1989年），頁58～59。

　　要注意的是，這六個分為三組的修正比，除了兩兩一對的內部小循環外，這三組也形成了較大的循環，就是修正的三個階段：「限制」、「取代」及「再現」。「限制」即採取一種新的看法；「取代」即用一種形式代替另一種形式；「再現」即重新出現一種表現。當一位強者詩人寫作時，會不斷以辯證的方式經過這三個階段，與過去的優秀詩人較量。

　　此外，這六個相關性策略還構成了一個推進的循環，從一個修正比運轉到另一個修正比，由於每個修正比均有其自身的侷限，因此須再轉到下一個修正比，而在「阿波弗里達斯」之後，整個循環會再次從「克里納門」開始。故這些修正比是自我內在封閉的、週而復始的運轉，所以後繼詩人等於進行著一場永無休止的「內戰」。不過，由於這些修正是在一個後來詩作與一個前輩文本的聯繫中形成的，所以布魯姆相信，重要的不是這些修正比的確實順序，而是"取代"的原則，也就是之前引楊文雄說法中所謂「消化變形」的部分。因為循環中的「限制」和「還原」將會一直相互取代，所以詩人最重要的能力在於如何有技巧的創作"取代"的部分。換言之，詩人最重要的角色是在面對前驅詩人原先的限制與後來的還原之間重新估計，而採取不同的策略方法。

　　嚴格說來，布魯姆的修正比是後來者估量他對於前輩的態度。而當這種估量設定了替代的方向，所有這些替代的策略，便幫助詩人完成了一場顛覆的書寫權勢戰爭。由於這種顛覆，後繼詩人的遲到反而成為一種力量，而非弱勢。為了要背離或超越前者詩人，也為了消除後來者對「影響」的心理負擔，詩人勢必需要藉助這些修正比，藉由修正前人詩中的問題來消除自己的焦慮。

　　總之，這些修正比是強者詩人在防禦先前的強者詩人，並對其做出反應的語言。在誤讀（克里納門＋苔瑟拉）→抗拒（克諾西斯＋魔鬼化）→接受與前人合一（阿斯克西斯＋阿波弗里達斯）的反覆過程中，揭示了詩歌與文本之間的非連貫性，並促使詩人獨立。

　　布魯姆的六個修正比是對西方近代詩歌發展的觀察與歸納，但八

○年代初美國學者司圖爾特・薩進德（Stuart H. Sargent）亦借鑒布魯姆的理論來解釋宋代詩學的一些策略現象，竟意外發現兩者之間有極高的相符性：

> 在宋代的材料中，我們可以發現用來爲後來者爭得一席之地的六種主要策略：一、模仿和補充；二、從反面立意的修正；三、對前人的認同；四、指出前人的前人；五、將自我昇華爲詩歌之源，並在與世隔絕的狀態中囊括前人；六、按自己的意思將前人納入詩歌，從而取代或超越他們。
> 〔註48〕

透過薩進德的解釋，我們反而能更理解布魯姆的論點。可見在修正比的觀念下，宋代書寫策略的運用確實具有「影響焦慮」的特質。只是兩者之間雖有其相近處，但實際上應仍有所差別。在第五章當中，將藉著分析宋代本身的書寫策略，呈現出與布魯姆的差異，並歸納出屬於中國自身的修正比。

第二節　中國傳統文學中的「影響的焦慮」

一、「影響」下的模擬範型

　　相較於西方文論中對於「影響」的定義，在中文字源上亦可見相似的意涵。《中文大辭典》解釋「影響」爲：「相應、速、疾」，引《莊子・在宥》之例曰：「大人之教，若形之於影，聲之於響。」意謂：得天道者的教導，就好像形體之於投影，聲音之於回響那樣，隨時都在左右著受教者；而《辭海》在說明「影響」一詞前，則先言「影」字的意義，藉由「影」字本身所具有的「人或物體因擋住光線而投射的暗像，或因反射而顯現的虛像」之意涵來詮釋「影響」，其所援引之例則是《尚書・大禹謨》：「惠迪吉，從逆凶，惟影響。」惠者，順

〔註48〕司圖爾特・薩進德〈後來者能居上嗎？宋人與唐詩〉，收入莫礪鋒編《神女之探尋——英美學者論中國古典詩歌》（上海：上海古籍出版社，1994 年），頁 75。

也；迪者，道也。此謂順著道理做可得到吉慶，逆著道理做，則得到災禍，如影隨形，如響應聲，效應是很快的。這已有後來所指「言語、行爲、事情對他人或周遭的事物所引起的作用。」〔註49〕之意。就文學層面而言，一如前節西方理論所述，「影響」是指前期文人所給予後起者的效應，此效應或者來自作品本身，或者來自作家行事人格等，表現出來的便是後起者對前代詩歌的闡釋及稱賞等具體化的言行。至於在創作上，所謂接受影響的情況，最明顯的便是對前有的文學傳統進行模擬仿寫，通常也就是指對前期詩人所使用的素材內容以及作品特色的直接挪用、吸收或同化。文學的模擬，原是世界文學共有的現象，在中國文學史上，這種承受影響，以前行既成的文學作品爲典範而進行創作，加以模擬的現象，更是相當普遍。

觀察中國文學史中「模擬」的文學行爲，有些研究者以爲此風尚始於西漢；〔註50〕但其實早在屈騷之「依詩取興」〔註51〕就已啓其端了。當然屈原並未自供其創作是有意以《詩》爲範型來模擬的，但其〈離騷〉所運用的比興等表現手法，及內容上的美刺之志與忠怨之情，在在都符合了《詩》的本質精神，直可謂肇始者。然論此擬風之興盛，確實出現在漢魏六朝：

> 漢初賈誼的〈惜誓〉之模擬屈原的〈離騷〉，司馬相如的〈大人賦〉之模擬屈原的〈遠遊〉等，……至西漢末揚雄一出，專事模擬，仿〈離騷〉而作〈廣騷〉〈仿惜誦〉以下至〈懷沙〉而作〈畔牢騷〉，作《太玄》以準《易》，作《法言》以準《孟子》、《論語》，作〈州箴〉以準〈虞箴〉。……班固的〈幽通賦〉，是模擬屈原的〈離騷〉；張衡的〈思玄〉、

〔註49〕夏征農編《辭海》，（台北：東華書局，1992年）
〔註50〕例如王天麟碩士論文《中國文學模擬論初探》道：「模擬作品的風尚，始於西漢，盛於東漢，而極於六朝。」（輔仁大學中研所碩士論文，1986年6月），頁5。梅家玲《漢魏六朝文學新論：擬代與贈答篇》言：「文學擬代之風，肇興於漢世。」（台北：里仁出版社，1997年），頁65。
〔註51〕王逸〈離騷經序〉所言：「離騷之文，依詩取興，引類譬喻。」《楚辭章句》（板橋：藝文印書館，1974年）

〈溫泉〉、〈觀舞〉三賦是依仿楚辭體。……阮籍的〈大人
先生傳〉和陶潛的〈五柳先生傳〉，是仿效東方朔的〈非有
先生論〉；曹植的〈九詠〉、陸雲的〈九愍〉與屈原的〈九
章〉、劉向的〈九嘆〉、王褒的〈九懷〉、王逸的〈九思〉是
同一模式；曹植的〈七啓〉、張協的〈七命〉、左思的〈七
諷〉與枚乘的〈七發〉、傅毅的〈七激〉、崔姻的〈七依〉、
張衡的〈七辨〉則是同一軌轍。〔註52〕

此外，陸機尚有擬古詩十餘首，〔註53〕江淹也有分擬諸家的雜體詩三
十首，梁蕭統編選的《昭明文選》還特立「雜擬」一門，收錄陸機、
張衡、陶潛、謝靈運等人的擬古詩作六十三首，可見當時因襲模擬的
盛況。不過，在擬風盛行之時，模擬本身也有演變上的不同，例如：
建安、曹魏時期的擬樂府，大抵上只是借用樂府古題，內容多半出於
一己情事；然至晉人，用古題則多詠古事，或與原事相類者，更較接
近後來所謂因襲步趨的模擬方式；但至東晉陶淵明〈擬古〉九首之後，
又幾乎回復到借擬古之名，實詠己懷的模式。

　　六朝之後，模擬之風未曾稍減，例如唐王勃〈滕王閣序〉：「落霞
與孤鶩齊飛，秋水共長天一色」，本擬自庾信〈三月三日華林園馬射
賦〉：「落花與芝蓋齊飛，楊柳共春旗一色」；又如唐代〈楊妃謠〉：「生
男勿喜女勿悲，今看生女作門楣。」即是仿傚自漢朝〈衛子夫歌〉：「生
男無喜女無怒，獨不見衛子夫霸天下。」但是這當中模擬的方式又稍
有差異：隋唐之時，所興起的復古思潮，一有陳子昂承繼著「風雅」
的傳統精神；一有韓愈傳襲了秦漢一系的「古文」統緒，他們所模擬
者均上追儒家經典的政教內涵，以思想層面為主。而隨著詩歌取代辭
賦成為主要的文學樣式，模擬也相應以詩歌為主，除了「借其題」、「擬
其體」的方式，如李白集中的〈擬恨賦〉、〈長干行〉等等之外，其他
則多偏向擇取前人詩歌當中的遣詞典故和意象來運用。譬如王昌齡

〔註52〕引自王天麟碩士論文《中國文學模擬論初探》中的整理。同註50，
　　　　頁5～6。
〔註53〕《文選》收十二首，《詩品》則稱有十四首。

〈獨游〉之詩：「手攜雙鯉魚，目送千里雁，悟彼飛有適，嗟此罹憂患。」就是取自嵇康〈送秀才從軍〉：「目送歸鴻，手揮五絃，俯仰自得，游心太玄」一詩之意象構思。沈佺期〈酬蘇員外味道下晚寓直省中見贈〉詩中有句：「小池殘暑退，高樹早涼歸。」則係仿自柳惲〈從武帝登景陽樓〉：「太液滄波起，長楊高樹秋」的句式及意象。

這些後來的擬作，與先前存在的文本間有著明顯的相似性，在同一文化系統當中，這樣一前一後的時序關係，很難不將之視爲模擬仿效；更不用說那些直接在詩題或詩序上表明是模擬之作的了。在王逸《楚辭章句序》中就曾對當時模擬《楚騷》的情形有此敘述：

> 屈原之辭，誠博遠矣！自終沒以來，名博儒達之士，著造辭賦，莫不擬則其儀表，祖式其模範，取其要妙，竊其華藻。〔註54〕

或者像《漢書・揚雄傳》裡論及揚雄之模擬的這樣一段文字：

> 先是時，蜀有司馬相如，作賦甚弘麗溫雅。雄心壯之，每作賦，常擬之以爲式。〔註55〕

這些雖然是針對特定對象的模擬而論，但由其中「擬則其儀表」、「祖式其模範」、「擬之以爲式」等等字眼，正清楚地揭示了當時創作過程中以模擬爲主的寫作手法。要特別說明的是，當時模擬的對象包含了擬《詩經》、《楚騷》、《古詩十九首》、《樂府》、各家體詩等等。然本文有以「擬古」一詞泛稱所有擬古之詩者，則不限於特定古詩，也與陸機〈擬古詩〉有別。

其實，除了模擬之外，中國文學史上另外還有「代言」性質的書寫形式，也是屬於受前人影響下的產物。所謂的「代言」，是指代他人立言，「文中必具有一明確之情性主體，且所立之言，即爲此主體之所見所感。」〔註56〕所模擬的是對象之情，這樣的模式在內容上又

〔註54〕同註51。

〔註55〕班固《漢書》，引自上海書店編《二十五史》（上海：上海古籍出版社，1991年）

〔註56〕此定義見梅家玲《漢魏六朝文學新論：擬代與贈答篇》，同註50，頁70。

分為兩種，一種是為所仰慕的前代典範代言，仿其口吻，述其情懷，例如：陸機的〈婕妤怨〉、傅玄的〈秋胡行〉，即分別詠班婕妤和詠秋胡之事，都是託古事說話或代古人屬文；另一種則是性別仿擬的代言，最常見的便是男性文人替「思婦」之類的虛擬形象發聲，表達她們的情愁悲怨，而且多是以第一人稱的方式，代思婦微吟長嘆，例如：曹植的〈七哀詩〉或曹丕的〈燕歌行〉。

前一類（代古人言者）的內容，雖然也是受前人影響下的創作，但所據文本並非文字作品，僅是依自己對所欲代言之對象的瞭解，以設身處地的方式，表達與此主體有關的聞見。這樣的「代言」型態沒有具體成文的仿擬範式，只因囿於所代對象的特質或際遇的制約，因此受到的影響也以所代對象相關的史傳資料為主，部分雖亦與所代對象的詩文著述相涉，但也只是作為對該對象的認知，和本文論題的範疇較無直接交集，故我們可以略而不論。至於後者（性別擬代者），更非本文的探討對象。不過，後者寫作有些主題性的發揮，在詩人類似的寫作情境下，透過有意擬作，而形成特定的模擬範型，甚至敷衍成一系列「同題共作」的形式，則又另當別論。

然而尚有一種「兼具擬作、代言雙重性質」的作品類型，被梅家玲通稱為「擬代」，即認為模擬與代言兩者之間在某些情況下是會有糾結錯綜的關係，例如以「擬騷」為式的一系列楚辭體賦作，其內容上仿屈原之行文遣詞以代為立言，伸其「猶傷念君，嘆息無已」（註57）之情志；在語言表現上，擬作者通常亦步趨原作，力求體格風貌上的相契合。像這種類型的作品，我們是可以併入影響範疇來探討。

所以在這一章節中，我們以「模擬」這一中國文學史上常見的影響型態為主，展現宋代之前的文學模擬現象。這部分以漢魏六朝為主要探討對象，兼及隋唐的相關例證，包括模擬的範型、模擬的

〔註57〕王逸〈九嘆序〉：「〈九嘆〉者，護左都水使者光祿大夫劉向之所作。…追念屈原忠信之節，故作〈九嘆〉。嘆者，傷也，息也，言屈原放在山澤，猶傷念君，嘆息無已。」同註51。

可能動機、與模擬的觀念。我們可以發現：後代對魏晉南北朝文學的評價，向來著眼於其文學自覺後所形成的「詩賦欲麗」、「輕綺縟采」等文質相較的爭論，卻鮮少針對當時極盛的模擬風尚作批評。因此，除了表象以外，我們還要進一步追索的是：模擬涉及心理上複雜的認同過程，此一認同如何形成？當時文人以模擬方式創作，對作者個人及文學傳統的意義為何？是否反映了某些時代與社會的需求？更值得注意的是：無論這些模擬之作在文學史上的定位或評價如何，也不管這些模擬之作是否僅是單純的「承繼」，還是在創造上有價值性的貢獻，扣住本文的探討，我們想要理解的是，中國文人利用模擬的方式（即使有些僅是借用古題），然而，前人的影響卻全然不構成個人創作的壓力，甚至頗有理所當然之勢，毫無所謂的焦慮可言，這樣的創作心態又該如何詮釋？以下我們便從各種角度來切入瞭解，藉以釐清相關問題。

首先，就文學影響所形成的模擬現象，依其模擬的方式，可區分成四種範型：

第一種為「精神本質」的模擬。即是王天麟所謂的「師意」理論，或顏崑陽所稱的「宗本型的模擬」，是一種「取其精神，宗法本質」﹝註58﹞的模擬，後繼的擬作者跨越文體形式的表象，直接探取原作中所存有的文化精神，所以並非只是局部字句的斟酌，而是重在於整體神氣的掌握，屬於文學思想的因襲，此種範型較近於皎然《詩式》所謂的「偷勢」，可謂是「模擬的最高境界」。例如之前王昌齡〈獨遊詩〉：「手攜雙鯉魚，目送千里雁。悟彼飛有適，嗟此罹憂患。」取嵇康〈送秀才從軍〉：「目送歸鴻，手揮五絃。俯仰自得，游心太玄」之例；又若唐朝時的韓愈、柳宗元以儒家經書為法式，模擬其中仁義道德的載道思想，韓愈〈答李秀才書〉中曾說自

﹝註58﹞引自顏崑陽〈論典範模習在文學史建構上的連漪效用與鍊接效用〉，收於《建構與反思——中國文學史的探索學術研討會論文集》（台北：台灣學生書局，2002 年），頁 799。

己：「所志於古者，不惟其辭之好，好其道焉爾。」另外，像陳子昂詩中追求的漢魏風骨亦屬之。

第二種為「形式體製」的模擬。這是針對文類的體製進行的模擬，也就是《文心雕龍》所云「摹體以定習」之意。因襲前輩作家所創造的體式，並以之為典範而模習。例如賈誼、東方朔、王褒的模擬屈騷，以帶「兮」的句式仿成「騷體賦」；揚雄、班固的散體賦，仿司馬相如賦設主客問答，及經緯宮商的鋪敘形式；又如枚乘創作〈七發〉、屈原創作〈九章〉之後，許多人爭相模擬，形成了以「七」、「九」名篇這種特殊的體類；或如張載的〈擬四愁詩〉、鮑照的〈學劉公幹體〉、袁淑的〈傚白馬篇〉，則都是針對某家之體例而擬傚。這種擬「體」之作，多集中在南朝，從模擬對象的不同（由《詩》、《騷》等經典作品、或漢以後的樂府古詩，轉至個別作家的某一作品及體貌的模習），亦可見當時典範轉移的痕跡。

第三種為「題材內容」的模擬。模擬前輩作家所開發的題材，譬如從賈誼〈惜誓〉之後，東方朔、劉向、揚雄等人一系列的擬騷之作，均以屈原的遭遇情懷為題材；又如同樣屬於「宮苑都城」題材的發揮，揚雄的〈羽獵〉、班固的〈兩都賦〉與張衡的〈二京賦〉、左思的〈三都賦〉，則均是仿自司馬相如〈上林賦〉。其雖各有手法與著重點的差異，但題材上的雷同則不可否認；另外，歷來許多詩人模寫相同的樂府詩題，像〈行路難〉、〈長干行〉、〈燕歌行〉；或模寫同一類題材，例如思婦、侍宴、從軍、鄉愁、送行、宮情、邊塞、山水、田園等等，這些都是文學史上產量豐富的書寫主題，有些甚至形成派別，例如有些詩人便被冠以「田園派」或「山水派」之類的頭銜。

第四種為「語言技法」的模擬。這種模擬純粹是寫作技巧的模擬，比較明顯的是在語言修辭方面，所模擬的僅在於局部修辭或規格化的技法，所以顏崑陽命之為「仿語型的模擬」，也就是王天麟所稱的「師法」理論。他認為：「師法理論中，模習者規模學擬典型，既從聲辭形

貌著手，以求模本與範本之間的相似，故以美學功能爲偏勝。」〔註59〕
雖說是以美學功能爲主要考量的模擬，但通常容易流於逐字逐句的仿
傚，反而喪失了作品的神韻。故皎然《詩式》中謂此「偷語」之作：
點竄前人佳句，裁截成章，是爲「鈍賊」，以爲這是模擬中的最下等。
例如：陳後主〈入隋侍宴應詔〉詩：「日月光天德」一句即取自傅玄〈贈
何劭王濟〉中「日月光太清」之句。然而，這類模擬，因有法式可循，
所以成了後世模擬者主要的仿效方向。

　　若從另一個角度探討，我們還可以依其模擬時所偏重的用意，區
分成四種範型：

　　第一種是基於「同情共感」而擬。擬作者因有感於和原作相近相
契之情，在感同身受的情境下，藉由模擬來喻託自己的情志，簡言之，
就是「見前人之作與己之遭際若相符應而心有所感，故藉擬寫前人作
品，寄託一己情志。」〔註60〕例如擬騷之作中，賈誼〈惜誓〉曰：

> 或推迻而苟容兮，或直言之諤諤。傷誠是之不察兮，并紉
> 茅絲以爲索。方世俗之幽昏兮，眩黑白之美惡。

文中賈誼不但描寫了屈原在混濁惡世下受黜的鬱結悲嘆，同時，他也
表達了自己相似的切身之痛，抒發他自身「不遇」的感慨。

　　而且這類模擬之作多半是出自擬作者自覺性的供述，例如陸雲
〈九愍序〉：

> 昔屈原放逐，而〈離騷〉之辭興。自今及古，文雅之士莫
> 不以其情而翫其辭，而表意焉。遂廁作者之末而述〈九愍〉。

擬作者的擬寫託志，正是與原作者趨於一致的心理歷程，藉巴赫汀
（Mikhail M Bakhtin，1895～1975）的理論來說：當擬作者採用了與「原
作者相近相類的命意造境、構詞設句時，這些有形的文字語言，自然
也就同時負載著屬於原作者與擬作者二人的意義與情感。」〔註61〕所

〔註59〕同註50，頁89。
〔註60〕引自何寄澎、許銘全〈模擬與經典之形成、詮釋——以陸機擬古詩
　　　　爲對象的探討〉，成大中文學報第十一期，頁22。
〔註61〕引自梅家玲文中對巴赫汀理論的統整，同註50，頁53。

以基於同情共感而擬是最爲常見的範型。

第二種是基於「尊崇經典」而擬。擬作者取之爲模擬對象的，乃是其所尊崇的經典之作，換言之，後來者之所以模擬，正是因爲原作的經典地位，這類的模擬即隱含著擬作者本身的價值判斷。而且，這種模擬往往還帶有希冀藉由模擬而能依附於經典之後，流名傳世的企圖。最典型的代表例子就是揚雄。《漢書·揚雄傳》云：

> 恬於勢利，實好古而樂道。欲求文章成名於後世，以爲經莫大於《易》，故作《太玄》；傳莫大於《論語》，作《法言》；史莫大於〈倉頡〉，作〈訓纂〉；箴莫大於〈虞箴〉，作〈州箴〉；賦莫深於〈離騷〉，反而廣之；辭莫麗於相如，作四賦——皆斟酌其本，相與放（仿）依而馳騁云。

可見揚雄選取他心中所認定的經典之作來模擬，在模擬的過程中，凸顯了他對經典的尊崇，說明了他認定的經典標準，更重要的，這段文字同時也展現了他欲附驥尾於經典之列而「成名於後世」的用心。

第三種則是爲了「導正文體」而擬。這種模擬的目的有兩個層面，一是爲了導正某一文體本身的缺點，故取其原作爲模擬對象，在改擬的過程中，將此文體導向擬作者心中的理想樣式，即擬甲改甲。最顯著的例子便是傅玄的〈擬四愁詩〉。傅玄在他〈擬四愁詩序〉裡明白表示：

> 昔張平子作四愁詩，體小而俗，七言類也。聊擬而作之，名曰擬四愁詩。

此序清晰地指陳出〈四愁詩〉的缺點：「體小而俗」，故在其對原作及其文體有所批評之後，他比照張衡原作，再擴大篇幅體製，且運用典故加以雅化文辭，企圖經由模擬，將七言體導向典雅。

曹丕的〈酒賦序〉也傳達了類似的意圖：

> 余覽揚雄〈酒賦〉，辭甚瑰偉，戲而不雅。聊作〈酒賦〉，粗究其終始。

他擬作〈酒賦〉，也正欲就其「戲而不雅」之處予以改造。

另一種則是藉著模擬甲作，導正乙文體，使之能具有和甲作一樣的美學規範。例如韓愈針對六朝初唐駢文的氾濫而提倡古文，取法先

秦兩漢時期文章與正統儒家之道，「所著之書皆約六經之旨而成文，抑邪與正，辨時俗之所惑。」〔註62〕以儒家經書爲模擬的對象，希望能將「爲文而文」的風尚導向「文以明道」的實用目的。

　　第四種爲爲了「詮釋原作」而擬。在模擬的同時，「委曲盡其意」，〔註63〕「對原作有深切的理解與體會，從而於擬作中曲盡原作之義蘊」。〔註64〕如此一來，模擬不僅是仿襲，其中還具有強烈的詮釋意味。像陸機的〈擬古詩〉就較接近於對古詩的解讀。例如古詩〈庭中有奇樹〉原詩爲：

　　　　庭中有奇樹，綠葉發華滋。攀條折其榮，將以遺所思。馨
　　　　香盈懷袖，路遠莫致之。此物何足貴？但感別經時。

詩中原本僅在表現主角折花之際，思及遠方情人，因而感傷離闊之緒。但在陸機的〈擬庭中有奇樹〉一詩，卻將原詩鋪展成一段故事：

　　　　歡友蘭時往，迢迢匿音徽。虞淵引絕景，四節逝若飛。芳
　　　　草久以茂，佳人竟不歸。躑躅遵林渚，惠風入我懷。感物
　　　　戀所歡，采此欲遺誰？

朱自清比照原詩與擬詩後，以爲陸機的擬作「恰可以作爲本篇（原作）的註腳。」因爲「陸機寫出了一個有頭有尾的故事」，〔註65〕將原詩中隱微暗示之處皆清楚的表現出來，例如「芳草久以茂，佳人竟不歸。」之句更是直接表達了怨懟之意。

　　又譬如古詩〈明月何皎皎〉原詩爲：

　　　　明月何皎皎，照我羅床緯。憂愁不能寐，攬衣起徘徊。客
　　　　行雖云樂，不如早旋歸。出戶獨徬徨，愁思當告誰？引領
　　　　還入房，淚下沾裳衣。

陸機的擬詩則是：

〔註62〕韓愈〈上宰相書〉，見韓愈著，魏仲編《五百家註昌黎集》（台北：
　　　　世界書局，1988 年）

〔註63〕此爲陸機對模擬的觀點，同註 60，見何、許文中之分析。頁 22。

〔註64〕同註 60，頁 22。

〔註65〕朱自清〈古詩十九首釋〉，收於《朱自清古典文學專集續編》（台北：
　　　　源流書局，1982 年），頁 255～256。

安寢北堂上，明月入我牖。照之有餘暉，攬之不盈手。涼
風繞曲房，寒蟬鳴高柳。踟躕感節物，我行永已久。遊宦
會無成，離思難常守。

陸機將原本沒有設定季節、只透過一些動作表現出徬徨寂寥的古詩，
加以形象強化。他以「涼風」、「寒蟬」點出秋夜，加深因季節而產生
的感傷，進而凸顯原詩中遊宦無成與羈旅思鄉之苦。可見陸機大部分
的擬詩都是在原作的基礎上，闡發前人作品的可能意涵，並將之呈現
於擬作中，使得擬詩與原作之間，形成一種相互詮解的關係。所以胡
大雷也說：「陸機的模擬古辭，也就是切題模擬。」〔註66〕

　　上述四種範式的分類主要是採用何寄澎、許銘全在〈模擬與經典
之形成、詮釋——以陸機擬古詩爲對象的探討〉一文中的說法。唯第
四種範型在何、許文中原爲「文體法式的確立」，今改爲另一類範型
取代，原因在於：「模擬」這種文學活動的進行，對文類的體製本來
就具有趨定與強化的作用，尤其是對新創的文體，越多人轉相模習，
則該文類體製越得以穩定、成熟。像屈原的「騷體」或唐代的近體詩，
都是經過文人作家長時間的模擬競作，才使該體製成爲一種常規或定
式。所以簡宗梧論揚雄的模擬時曾說他：「常使某一類文章，從此文
成法立，備爲一體。」〔註67〕這也就是顏崑陽之所以賦予模擬「文學
史性價值」的原因。〔註68〕不過，這應該只是後代評論家針對此一文
學現象所給予的價值認定，但就初始的寫作意圖來說，當時藉模擬創

〔註66〕胡大雷《文選詩研究》（桂林：廣西師範大學，2000 年），頁 337。
〔註67〕簡宗梧〈從揚雄的模擬與開創看賦的發展與影響〉，收於其《漢賦史
　　　論》一書（台北：東大圖書公司，1993 年），頁 186。
〔註68〕顏崑陽在〈論典範模習在文學史建構上的連澹效用與鍊接效用〉
　　　一文中認爲：某一文體創始之後，歷代作家詩人承其體而繼作，
　　　並藉由模擬的行爲，使該「體製中的常模定式，是可以共同持用
　　　而反覆操作的形式，轉相因襲，對此一體製產生趨定作用。」這
　　　在文學史的發展上是極具意義的。因其無關乎作品的藝術評價，
　　　僅就文學史意義的判準而論，故曰其具有「文學史性價值」。本文
　　　收於《建構與反思——中國文學史的探索學術研討會論文集》，同
　　　註 58，頁 827。

作的文人們未必有「爲催化文體法式的確立而自覺性地大量擬作」這樣的意識。因此以這一點作爲文人模擬的用意之一，實有不妥，故而刪去。但經何、許文中分析的陸機「曲盡其意」的模擬觀，倒可看出此以詮釋爲意圖的模擬之作，遂取之以爲其中的一種範型。

在分析了中國傳統文學上的幾種模擬型式之後，我們可以發現，無論是同題共作的模擬，還是直接在題目上就表明擬作，或者是精神內容的仿效，都符合前節所謂「互文性」的定義，但是，這些構築在前人影響之下的作品，卻完全看不到擬作者因害怕喪失自我主體性，而產生任何的焦慮感。相反的，這些擬作者們還常自供「相依倣焉」或「遂擬之」，模擬的態度相當自得自若；值得一提的還有，那些從事模擬者多半是文學史上一流的名家，並非一般鄙陋之士。而且這些擬作也都在當時獲得肯定，像鍾嶸《詩品》就評江淹：「文通詩體總雜，善於摹擬。」或如魏慶之《詩人玉屑》中謂：「江淹擬湯惠休詩『日暮碧雲合，佳人殊未來』，古今以爲佳句。」均給予模擬之作正向的評價。及至近代文評家，對當時模擬的肯定則是在於：擬作者擬寫之際，情志內容或形式美感已有所轉化，「其作品大都是根據既有的文字體貌再作因革，絕不是徹頭徹尾地抄錄蹈襲。」〔註69〕但值得觀察的是，這些作品即使有一些轉化與因革，也與宋朝之後，創作者爲了消除前人所加諸的影響，而採取的防禦性書寫策略及「有意誤讀」的方式，在基本態度上是絕然的不同。這樣的差異，主要關係到當時模擬寫作的動機，也就是他們如何認知前人、如何看待文學繼承的問題。

關於模擬動機的探討，以往學者已有多種說法，略分爲四種：第一種將模擬當作學習屬文的方法，此派說法以王瑤爲代表。王瑤在他《中古文學史論》書中談到當時人爲什麼喜歡仿擬前人作品時，表示：

因爲這本來是一種主要的學習屬文的方法，正如我們現在的臨帖學書一樣。前人的詩文是標準的範本，要用心地從

〔註69〕同註50，頁79。

　　裡面揣摩、模倣，以求得其神似。〔註70〕

這種借典範模習以學習寫作的理論，是中國文論家一直以來都存在的觀念。例如《文心雕龍・知音》所謂的「操千曲而後曉聲，觀千劍而後識器」，或如呂本中《童蒙詩訓》所說：「學文須熟看韓柳歐蘇，先見文字體式，然後更考古人用意下句處。學詩須熟看老杜蘇黃，亦先見體式，然後遍考他詩，自然功夫度越過人。」他們將模習視爲創作的基礎功夫，從「擬」來入手，正是學習「作」的方法，就因爲是創作的基本練習，所以有無獨創性並不重要，文筆技巧的熟練才是模擬的目的。

　　第二種說法認爲擬古是爲了露己揚才，與前人一較長短。這種「競爭說」，在王瑤書中也曾提及，但在林文月的研究裡更是大力主張：

　　　　試觀其後各家擬陸機「擬古」的作品，……作家們無不一
　　　　方面摹擬前人之內容、語氣，卻又一方面或寓意寄託，或
　　　　綜論批判，出於單純習作之目的者甚少，反倒是各家的寫
　　　　作技巧成熟之後，嘗試與前人一較長短的傾向更爲濃
　　　　厚。……換言之，亦未嘗不是一種藝高膽大的遊戲性或挑
　　　　戰性動機之下的表現。〔註71〕

這種情形多出現在文學集團群體賦詩的創作活動中，藉由「同題共作」的表現方式，文士們得以爭勝鬥豔。

　　第三種說法則是以梅家玲爲代表，所謂出於「同有之情」的呼喚感召，他並稱擬代文學爲「以生命印證生命」的創作活動：

　　　　絕大多數作品的完成，乃是出於一分不能自已的、欲對「人
　　　　同有之情」相參互證的情懷。〔註72〕

　　　　由於擬詩的作者，必然先曾爲原詩的讀者，因而他的擬作，
　　　　無非就是其閱讀過程中對原作者之寫的「近似的再演」的
　　　　文字化。……不管是內涵方面，抑是形式方面，對於欲擬
　　　　作的讀者而言，具備了可以感同身受、互涉互入，乃至於

〔註70〕王瑤著〈擬古與作僞〉，收於《中古文學史論》（台北：長安出版社，
　　　　1982年），頁117。
〔註71〕林文月《中古文學論叢》（台北：大安出版社，1989年）
〔註72〕同註50，頁4～5。

> 可以取而代之的強烈感染性。〔註73〕

> 文人得以藉鑒前人的生命經驗，爲一己的存在定位，也能
> 在既有文本的影響下，更締新猷，體現融「曾經」與「現
> 時」爲一，寓「傳統」於「創新」之中的，深具辯證性的
> 傳承意義。〔註74〕

以此動機模擬者，正如前文論「同情共感」之範型時所言，仿擬成了
對他人及自身生命體驗的詮釋與印證。

　　第四種論點是受到歷史文化意識的影響，而追求「價值整體」的
存在。顏崑陽與蔡英俊之說即屬之。他們認爲「典範模習」的模擬現
象，「其深層所因依的正是古代文人重視傳統的歷史文化意識」：

> 在他們的意識中，生命作爲「文化價值」的存在，是「集
> 體」的存在，而非「個體」的存在。而這視諸多「個體」
> 集合爲一不可分割的「價值整體」而存在的意識，非只表
> 現在對並時性「普遍價值」的共同企求，更表現在對歷時
> 性「普遍價值」的共同傳承。〔註75〕

顏崑陽以爲當時文學家的觀念中，文學創作應該是要將個體納入歷史
群體，形成「繼往開來」的辯證發展，所以才會有此典範模習之風的
形成。同樣的，蔡英俊也有類似的見解：

> 情感層面上對於模擬對象的生活與境遇所懷有的認
> 同，……喚起、造就一種文化上的集體意識。一種互爲主
> 體的集體意識。〔註76〕

換言之，他們皆認爲當時擬作者已有意識，利用擬古手法將自己融進
時序，與前人互爲主體，並共同傳承文化價值。

　　上述說法，各有立場，也都言之成理，而且，要特別說明的是，
這些動機很可能是同時並存的，如此，更能理解擬古動機的複雜與多

〔註73〕同註50，頁40～41。
〔註74〕同註50，頁9。
〔註75〕同註58，頁816。
〔註76〕蔡英俊〈「擬古」與「用事」：試論六朝文學現象中「經驗」的借代
　　　　與解釋〉（中研院第三屆國際漢學會議論文，2000年6月29日）

面性。然而針對上述種種說法，我們發現除了「學習論」有具體的理論依據，「同情論」有部分擬作者自供，是在「愴然莫不心爲悲感」、「以其情而亵其辭」的情況下而「表意焉」。除此之外，其他對於模擬者動機的臆測之論，還是有可以商榷之處。像「競爭說」，作者欲在模擬的過程中，較量才能高下，當作露才揚己的方法，這不無可能。畢竟在當時以古爲尊的心態下，能與前人並駕齊驅確是一種成就。但就如林文月自己所說的，這樣的模擬動機應是出自於寫作技巧已然成熟的大家，而且，也並不是每個擬作者都有此「藝高膽大的遊戲性或挑戰性」的企圖。

又如顏、蔡之說，或許傳統中國文人確實有較強烈的文化歷史意識，他們相信歷史中「時間」對個人的意義，可以定位自己及自己的時代。因而儒家經典會強調「殷鑑不遠，在夏后之世」（詩經・大雅）或「我不可不鑑於有夏，亦不可不鑑於有殷」（尚書・召誥）之類的歷史歸納思維；又如像王羲之〈蘭亭集序〉所說：「後之視今，亦猶今之視昔。……雖世殊時異，所以興懷，其致一也。後之覽者，亦將有感於斯文。」也展現了時間空間合縱的思維；甚或如陳子昂「前不見古人，後不見來者，念天地之悠悠，獨愴然而涕下」，亦體現了被「時間」放逐的孤獨感。這一切似乎都顯示了中國古代早熟的歷史意識；但若說是爲了表現對「歷時性的普遍價值」的共同傳承爲目的而進行擬古寫作，在早期的文學創作經驗中，是否會如此清楚而具體的把這樣的意識當作倣擬的動機，可以再思考。因爲即便像陸機〈文賦〉末尾曾提及創作應「俯貽則於未來，仰觀象乎古人」，但其標誌承先啓後的目的，也不過是在強調文章之功用價值，而無動機上的意義。另外，如「同情論」的提出者在文中所稱的：「藉前人生命經驗，來爲自己存在定位」的說法，雖然肯切，但像作品具有「體現融『曾經』與『現時』爲一，寓『傳統』於『創新』之中的，深具辯證性的傳承意義。」這樣的論述，應該都只是後來者的視角，屬於後來的評論家針對作品特性而給予的評價，並非在當時模擬創作之際作者即抱持的

信念，故以此爲創作動機的說法也並不那麼適宜。

因此我們認爲，在推斷擬作者由閱讀前人作品到擬古而寫的動機上，與其賦予後來評論者的評價性論述，不妨從文學繼承的角度來看，影響下的模擬是「從古典中吸取滋養」，在揣摩前行佳篇的妙法之餘，還能從中體驗同情共感與傳統價值。即使是在號稱「文學自覺時代」的魏晉，文論中雖有貴創新或強調獨創性的說法，但也並不否定前人影響的痕跡對創作的助益，這種見解實可窺於當時的一些文論，例如劉勰《文心雕龍》中「通變」的意義，即從創作的立場論「由通以求變」的基本原理：「變則其久，通則不乏。」；或如陸機〈文賦〉所說的：「佇中區以玄覽，頤情志於典墳」，或「擬遺跡於成軌，詠新曲於故聲。」都強調了文學是承繼和新變同時涵有的文化現象。

爲什麼要（可以）從古典中汲取養分？這就關係到當時人看待前人作品的態度，當然從中也可揣摩出他們擬古的部分心態。

其實中國自古以來原本就有崇尚傚古的傾向。先秦諸子喜歡託古改制，譬如儒家託於堯舜、或道家託於黃帝，均以古爲尚，把洪荒原始的遠古時代理想化了。儒家本來又有「述而不作，信而好古」的神聖作者觀傳統；而至漢魏，文人重視擬古，甚至蔚爲風尚，背後也大多蘊有時代性的結構因素。漢魏交際之時爭戰四起，憲章咸蕩，古代的典章制度大半散佚。當時人亟欲重新整理，俾其舊章恢復，在這樣的過程中產生了尊崇古典的文化情境。當時無論是宗廟樂章或是歌詩制度，基本上都是以「合不合古」爲評價標準，清晰透顯對前人作品的追慕尊崇。後世「貴古賤今」的概念亦多由此來。此外，從一些擬作者的自述之詞，亦可見那種讚賞或惋惜古人的思古之幽情，例如：曹丕〈七啓序〉言：「昔枚乘作〈七發〉，傅毅作〈七激〉，張衡作〈七辯〉，崔駰作〈七依〉，辭各美麗，余有慕之焉，遂作〈七啓〉。并命王粲作焉。」追慕擬託之意顯然可見。

除了面對古人的態度之外，更重要的是，當時人在看待文學的觀念也與後來截然不同。在早期傳統的社會環境下，個人意識並不被凸

顯或強調，所以「書寫」這個文學性活動，重要的是所立之「言」與
所屬之「文」，而非立言屬文的「人」，這也就是爲什麼古代流傳下來
的作品，常常會有考證上的困難，不過當時對這個現象可是一點也不
爲意，像鍾嶸《詩品》就認爲古詩「人代冥滅，而清音獨遠。」曹丕
〈典論論文〉也說：「年壽有時而盡，榮樂止乎其身，二者必至之常
期，未若文章之無窮。」既然「言」本身的重要性高過於立言的「人」，
所以只要確信自己的擬託之作對於發揚古人之言是有益的，那擬古的
目的也就達到了。在這樣的時代認知下，就算採取亦步亦趨的模擬書
寫，也不會以爲疵。

　　另一個對當時文學觀念的敘述，也值得注意。在上述王瑤論當時
模擬動機時曾有一段話：「前人的詩文是標準的範本，要用心地從裡
面揣摩、模倣，以求得其神似。」〔註77〕可見「模擬」這樣的寫作方
式，也是有其要求的文體法式，「神似」才是當時模擬的標準寫法；
梅家玲也說：「所謂的『擬作』，乃是依據既有的作品進行仿擬，其情
意內涵和形式技巧皆須步武原作，並盡可能逼肖原作的體格風貌，以
求亂眞。」〔註78〕「就擬作者的創作而言，它與一般創作活動最大的
不同之處，即在多以一既有的文本爲寫作準則；其命意造句，亦多符
應於該文本的體格風貌。」〔註79〕故「擬作，無非就是其閱讀過程中
對原作者之『寫』的『近似的再演』的文字化。」〔註80〕當時文論就
有「擬古如臨字帖，不嫌太似。」〔註81〕之言。所以當我們看到陸雲
〈與兄平原書〉中與陸機討論其所作〈九愍〉時，提到：

　　　　又見作「九」者，多不祖宗原意，而自作一家說。

由其語氣覘之，可知陸雲對於仿擬而不「祖宗原意」者相當不以爲然；
或看到陶淵明對自己〈閑情〉一賦有這樣的序語：「文妙不足，庶不

〔註77〕同註70。
〔註78〕同註50，頁17。
〔註79〕同註50，頁46。
〔註80〕同註50，頁40。
〔註81〕引自王瑤〈擬古與作僞〉，同註70。

謬作者之意乎。」顯然所追求的都是擬作品不遠於作者之意。因而我們便能理解，當時之所以不刻意避模仿之嫌，毫不以擬為意，甚至明白揭示自己之擬古，或許正與當時把「模擬」僅視為一種創作方式的文學觀念有關係。無怪乎鄧仕樑論〈謝靈運擬魏太子鄴中集詩〉時就以為：「（謝的擬詩）可以說比建安更像建安，也可以說，讀這個時代的擬詩，好比通過一面有分析能力的鏡子去觀察原物，更容易看到原物的面貌特徵。」〔註82〕如果「擬古」只是當時一種文學的表現形式，以前行佳作為規範，以「神似」為標準，遵循原作的體格規範、襲用原作的陳詞套語，本是擬作寫作時習以為常的遊戲規則，那麼，當時所謂的擬作者自然不須為了接受前驅作家的影響而懷有任何「蒙恩的內疚感」，更不會因此而對自己存在的根本價值有所懷疑，進而產生焦慮，甚至他們還有可能從模擬的神似與否獲得成就感！

　　歸納言之，文學模擬是中國傳統文學史上普遍的現象，由其模擬的方式與目的各可分成四種範型。但不管他們是如何模擬、為何模擬，在承受前人影響而進行模擬之際，他們從未否認前人影響的存在，也不曾有絲毫的不安焦慮，更沒有藉任何自覺性書寫策略或有意誤讀的手法來顛覆前代詩人，也無此必要，因為經上述層層推斷，當時崇古追慕的心態，使得他們面對古代前輩時充滿了景仰和尊敬，所以，無論是出自同情讚嘆，還是挑戰性競爭，擬古之作即已賦予前人作品一種價值肯定，體現他們對前人作品的重視。其次，文學觀念本身的時代差異也不容忽視，尤其是將「模擬」視同單純的一種創作方式的可能性，使得「模擬」如同詩賦的創作一樣，有其標準規則，凡構句方式、用意命思，都不必抒自我之情，而以擬效前人之意為慣例，依循此規則而行，自然無關乎影響焦慮問題，當其人的擬古態度有另一種詮釋角度時，也就較容易理解他們這種「模擬」的行徑了。

〔註82〕鄧仕樑〈論謝靈運擬魏太子鄴中集詩〉，國家科學委員會第 4 卷第一期（1994 年 1 月）。

二、「影響的焦慮」之跡象

　　儘管在傳統的中國文學史上，作品的模仿擬古被視爲理所當然，但在一些文學創作理論上，我們仍可見到其強調獨創性的言論，這些相關的文論似乎就已帶有我們之前所謂「第一個爲某物命名」的創作者意識了，亦可視爲某種程度的「影響的焦慮」跡象。

　　從素有「文學自覺時代」之稱的魏晉開始，除了創作上重視文學的藝術性，並區分出了文學的體性與價值外，還出現了提倡新變的主張。例如陸機的〈文賦〉中有這樣的論調：

> 雖杼軸於予懷，怵他人之我先，苟傷廉而愆義，亦雖愛而必捐。

又說：

> 收百世之闕文，採千載之遺韻。謝朝華於已披，起夕秀於未振。

雖然文中他亦提到「頤情志於典墳」、「游文章之林府，嘉麗藻之彬彬」，要求作家廣泛的學習前人的文章與著作，吸取其豐富的創作經驗；但在構思活動順利展開後，創作者便應該要發古人所未發，言前人所未言，有自己的獨特之處；若只是一味模擬抄襲前人，那就是「傷廉愆義」了。可知，創作中追求新奇是陸機文論的一大特色，也是他突破傳統美學思想的重要表現。但如硬要從陸機〈文賦〉找出些微的跡癥，那上述前句：「必所擬之不殊，乃闇合乎曩篇。雖抒軸於予懷，怵他人之我先。」則勉強可算是影響範疇的最早表述之一吧！

　　其後自成系統的《文心雕龍》對於文學的獨創性方面的理念，也有所論及。其實在六朝，文學家都共同面對著文學應該「崇古」或「趨新」的問題，當時主張學古者以質樸爲尚，趨新論者以藻飾爲佳，是以文辭上的問題爲主，彼此成爲相對立的兩端。而劉勰則提出了古今新舊的辯證融合史觀，他認爲好的作品應該是要在繼承和革新方面，能夠做到在「通」的基礎上有「變」，能夠「望今制奇，參古定法」，

也就是一方面要參酌古代的文學，訂出通常不變的法則；一方面要正視新的文學中可變的質素而有所創發。但何謂「不變的法則」？又何謂「可變的質素」呢？〈通變篇〉中就說道：

> 文之體有常，變文之數無方，何以明其然耶？凡詩賦書記，名理相因，此有常之體也；文辭氣力，通變則久，此無方之數也。名理有常，體必資於故實；通變無方，數必酌於新聲。

文學的體製有其相應的體式，早已由古代文學建立了典範，故為有常之體，這種創作規範是通常不變的；而可以自由變化的質素則在於語言結構等技巧手法，或個人才情學養的風格呈現，即所謂「文辭氣力」的部分。如此「負氣以適變」，就可以「變而能通」、「變則可久，通則不乏」了。

值得注意的是，無論是陸機的文論或劉勰的批評專著，他們所提出的文貴獨創或新變的理論，都是以古為根基的創新，而且，論述的角度也大都是以文學理論家的身份，認定「創作應該如此」，僅屬於客觀的理論傳達，比較不是因為主觀的影響焦慮而產生創新的思維。

另外，他們二者皆主張在以古為新的基礎上，力求相互包融，這樣的觀念顯然仍未把古代影響視為負擔或壓力；加上當時即使有「崇古」或「趨新」的文學課題，但其重點是在於文質之分，似乎也與「影響」關係甚微；心理層面的影響焦慮應該尚未萌生。

與《文心雕龍》號稱「批評雙璧」的鍾嶸《詩品》，由於是探流別優劣的判斷方式，列論各家的來源與得失，直接建立了文學源流系統，在這樣「直尋」的批評系統當中，後繼詩人被歸入特定的前驅源流之內，我們就更難看出詩人作家面對「影響」的態度了。

及至唐代，唐詩雖然是承六朝詩的基礎發展起來的，可視為六朝詩的延續滋長，亦算是擁有龐大的文學遺產，但因此時所發展出來的近體詩，無論是在格律、宮商，或在內容詞語上，均屬於新興文體，在文學潮流裡，經過六朝的試驗醞釀，逐漸臻於成熟，是片值得開墾

的新園地，形式上與漢魏兩晉的古詩產生了極大的差別，所以唐代詩人可以發揮努力的空間還很大；又因爲詩賦科舉之故，詩歌地位愈加提升，因此唐代是詩歌創作的顛峰，在此情況下，唐人在創作意識方面，多前瞻而少回顧，創作力空前旺盛，不甘心把自己圍於一家一派。只是，雖然在創作上唐人似乎遠拋前輩，但在詩歌理論上，他們對傳統依然抱持著倚重的態度。

　　譬如杜甫對前代文學遺產的態度，就充分表現在他〈戲爲六絕句〉中：

　　　　不薄今人愛古人，清詞麗句必爲鄰。竊攀屈宋宜方駕，恐與齊梁作後塵。

杜甫指出齊梁文學有其缺點，故不願作其「後塵」；但又不全盤否定之，認爲有價值的藝術經驗仍可接受。實際上，他對六朝的一些著名詩人，如陶潛、鮑照，杜甫也都讚揚過他們；就連評論同時代的其他詩人，亦每以六朝人物爲比擬，像他稱許李白「清新庾開府，俊逸鮑參軍」、「李侯有佳詞，往往似陰鏗」等等。在當時一片反齊梁的聲浪中，他能堅持自己的原則，持平地看待前代文風，是相當不容易的，所以郭紹虞認爲杜甫能「師法於齊梁，而能不落於齊梁。」〔註83〕此外，從〈戲爲六絕句〉的另一組詩句，更可見其折衷古今的思想：

　　　　未及前賢更勿疑,遞相祖述復先誰？別裁僞體親風雅,轉益多師是汝師。

因爲遞相祖述之故，文學上經常會出現沿流失源的情形，因此騷雅以下多有僞體，別裁僞體之後，才能近於風雅。其下無論屈宋漢魏齊梁初唐均並在可師之列，應要「轉益多師」才是。

　　這樣的思想還表現在他對歷代詩歌的評價上，其〈偶題〉詩中說：「前輩飛騰入，餘波綺麗爲。後賢兼舊制，歷代各清規。」後世的文學家總是要繼承前代的文學傳統，但又不該是重複模仿，而是要有自己新的創造，各有自己的「清規」。故而郭紹虞稱他是復古論調的修

───────

〔註83〕郭紹虞《中國文學批評史》（台北：文史哲出版社，1990年），頁197。

正者。〔註84〕總之，杜甫對文學傳統的態度仍是尊敬且重視，但他也指出前代的缺失並主張創作應保有自鑄偉辭的發揮空間。所以杜甫的整體詩歌成就才會具有「其詩猶有古法，顯其學者，其詩轉成創格」〔註85〕的特色。

中唐時的詩歌理論代表皎然《詩式》，其在復古風潮逐漸勃興的時候，竟進一步提出了文學發展上「復」與「變」的問題。他在「復古通變體」一條中說：

作者須知復、變之道。反古曰復，不滯曰變。

復，指返回古代，即繼承傳統，亦即「通」；變，指變革傳統，尋求創新。兩者不可偏於某一方面，應當做到既有「復」又有「變」。皎然還認為「復忌太過」，因為太過就有模擬因襲之弊；而「變若造微，不忌太過，苟不失正，亦何咎哉？」皎然顯然是更注重「變」的，只要不失正，變得越多越好。可見他非常強調創新精神，只是他也並不否定傳統，而他以「變」為主的理論，直可視之為總結唐詩發展經驗的結果。

雖然重視文學傳統的傳承，但實際上，唐代詩人甚少感受到前人的影響壓力，甚至因為新興詩歌體裁的開拓，或者因為國力強盛，文化優越感所致，他們面對前人時，還頗有自負之意。例如殷璠評唐朝當時詩歌時，曾說道：「言氣骨則建安為儔，論宮商則太康不逮。」〔註86〕皎然也曰：「凡詩者，須以敵古為上，不以寫古為能。」這些論調幾乎是無視於前代，銳意創新。即使是韋應物有「效彭澤體」、白居易有「傚陶潛體詩十六首」，這些直接標示仿效的作品，也只是證明了唐人對前驅詩作在藝術成就上的全面肯定，但絕不是把前人的文化遺產視為威脅，反而自信自己的創作可以直逼前人。所以，總體

〔註84〕同註83，頁202。
〔註85〕同註83。
〔註86〕殷璠著，王克讓注《河岳英靈集注》是他對盛唐詩的總評，既是理論要求，亦是實際風貌。（成都：巴蜀書社，2006年）

來說，唐朝對文學獨創性的議題，我們與其將它當作一般的影響焦慮，其實更見其自傲的潛在心態。

然而，值得注意的是在《苕溪漁隱叢話》卷五引《該聞錄》的一則掌故，這是著錄在崔顥〈黃鶴樓〉詩後的一段敘述：

李太白負大名，尚曰：「眼前有景道不得，崔顥題詩在上頭。」
欲擬之而較勝負，乃作〈登金陵鳳凰台〉。

這段見聞原是稱讚崔顥〈黃鶴樓〉詩之妙，連李白都自嘆弗如。在「較勝負」之前說「欲擬之」，表示李白有意避開直接描寫黃鶴樓，卻用了崔顥的筆法另作一詩。崔詩是否真令「青蓮短氣」（王世懋《藝圃擷餘》）才別作他詩，我們不能確知，但這段公案從李白的角度來看，倒是有不同於唐代一般詩家理論的現象。之前有關文貴獨創的一些文學理論，仍多屬於較為客觀性的論述，只能說是文評家提出的創作理想或標準；但李白此處的心態，就比較不一樣了，他在此已經略顯出身為一個創作者主觀的「影響的焦慮」。因為，無論他之後如何「擬之」，但在當下，他的一句「道不得」，就充分將他那種無奈與不甘的心情表達殆盡，這種怕書寫題材的雷同使得自己的發揮有所侷限，而避開不作的態度，正是一種典型「影響的焦慮」反應。其後另作他詩以「較勝負」，也是「影響的焦慮」下的防禦機制之轉化，由於焦慮的引發，使得強者詩人會自覺地想克服焦慮意識，重建自己的信心。李白對自己的才能向來極度自信，面對這樣一個狀況，他選擇「擬之」來挑戰，明顯帶有競爭意味。但這也僅只能稱之為「影響的焦慮」之跡象，因為李白挑戰的過程，感覺上從容自在，並無發展出刻意的策略，與真正承受影響的焦慮而做出積極應對手法的情形又有差異。

而且，除了對同代詩人出現難得一瞥的焦慮感外，李白對前輩詩人倒鮮見影響造成的焦慮。譬如他在多方面接受謝靈運詩的影響，從製題、遣詞選句、到風格情韻，若依王琦輯注的歸納，李白詩約有一百一十一處徵引自謝靈運詩，幾占李白詩的十分之一，而他說：「吾人詠歌，獨慚康樂。」（〈春夜宴從弟桃李園序〉）此外，李白十三首

與謝朓有關的詩，也均充滿了他個人對謝朓的嚮往傾慕之意，王士禎〈論詩絕句〉云：

> 青蓮才筆九州橫，六代淫哇總廢聲。白紵青山魂魄在，一
> 生低首謝宣城。

無論是「獨慚」還是「低首」，我們只見李白對前代詩人單純的心悅臣服。歸根究柢，主要原因就在於李白仍帶有崇慕追隨的尚古情結，他對文學傳統的態度也是兼容並蓄，甚至傾向於復古的。李白在思想上深受莊子和屈原的影響，但往往透過魏晉南北朝詩人的中介，故李白對魏晉南北朝的詩人作品，非但沒有拒絕，而且還廣泛地汲取了這時期的種種經驗，然後才形成自己的語言和風格，所以他對前代文學實存在著不可避免的歷史性繼承。

　　而唐朝另一名大家韓愈，在面對已達詩歌藝術顛峰的李、杜，曾云：「李杜文章在，光焰萬丈長。不知群兒愚，那用故謗傷？蚍蜉撼大樹，可笑不自量。伊我生其後，舉頸遙相望。」（〈調張籍〉）顯然他面對前輩詩人時，仍帶著高高仰望的視角，「可笑不自量」、「舉頸遙相望」都可見詩人心中前輩尊而我卑的感覺。在這樣的描述當中，我們無法確知韓愈是否懷有受影響的焦慮，因爲我們對之較多的感受是在於對前人的推崇；但趙翼《甌北詩話》中說明了韓愈尋求創新之路的困境：「昌黎時，李杜已在前，縱極力變化，終不能再闢一徑。」既然他對盛唐詩人的成就，是如此激賞又恐懼，只好另闢蹊徑，別開一格：「惟少陵奇險處尚有可推擴，故一眼覷定，欲從此闢山開道，自成一家，此昌黎注意所在也。」〔註87〕此即已具有「影響的焦慮」積極的意義，但問題在於：這是以宋代之後的角度來探論，只能表示宋以後已具有創作焦慮的考量，唐人是否也有這麼清晰的概念，尚無法確定；倒是韓愈從一個創作者的經驗有感而發的說出：「惟古於詞必己出，降而不能乃剽賊。」〔註88〕「然而必

〔註87〕趙翼《甌北詩話》，接續上文。（台北：廣文書局，1987 年）
〔註88〕韓愈〈南陽樊紹述墓誌銘〉，見註 11。

出於己，不襲蹈前人一言一語，又何其難也！」〔註89〕言語之間充滿了怕受影響又無從避免影響的慨嘆，心理層面上已然出現我們定義下的焦慮感，對照上述趙翼的說法，我們可以推論韓愈當時應已有影響焦慮的意識了。同時，我們還能從其言論間推知：韓愈那時的模擬現象，顯然不同於前代所述的文學觀念，對模擬的認知已從「特定的文學表現形式」轉為「前輩作家的陰影」，也因此文學創作者的影響憂慮才開始具有意義。

　　至於韓愈以後，如賈島、姚合等苦吟詩人，他們創作上過於刻劃、過於經營的方式，亦與立奇驚俗、追求新變的心態不無關係。像〈四庫總目提要〉便說姚合：「其自作則刻意苦吟，冥搜物象，務求古人體貌所未到。」在此我們無由確知姚合等人是否如韓愈這般，有創作層面上實際感受到前人影響的焦慮，但刻意與古人區別，務求前人所未到之處，這樣的創作的目的應該也是為了要從前人的偉大成就中走出自己的方向，即表示對他們而言，前人的存在確實具有壓力。

　　從上面的論述來看，其實在宋代之前，中國傳統的文學理論中，已經有獨創的觀念了，但這樣的觀念一開始並非受到「影響的焦慮」所致，只是單純就理論層面上提出了文學創作的主張，這樣的理念前提多半還必須是對傳統的承繼與尊崇。一直到中晚唐詩人，如我們所舉的韓愈、姚合之例，他們開始出現隱微的焦慮意識，且藉由不同的創作途徑來突破影響。這種趨勢，雖不明顯，甚至到了宋代初期也還處於唐詩的薰染中，但已可視為宋代詩人的影響焦慮意識之濫觴。

　　這種跡象的出現，主要是因為中晚唐詩人與宋代詩人有類似的處境，他們都同樣處在一位偉大的前驅——杜甫的籠罩下艱苦地探索；只是宋代詩人除了面對杜甫之外，還得對抗沈重的大唐詩歌光彩，所以才會有個人創作意念的大幅自覺，才會需要那麼多像「旁入他意」或從「反面立意」等一些策略手腕。

〔註89〕同上註。

要特別說明的是，在布魯姆「影響的焦慮」理論中，不願將此模式運用於羅馬以前的西方，因爲他認爲那時相互影響顯然不足以引起憂慮。經本章節的推斷，其實中國也有類似的時期，那多半是在杜甫以前，或者由於文學觀念本身演進的差異，或者由於整個時代創作背景的體認，總之，在杜甫之前的中國傳統詩歌，實不宜以此詩學理論加以闡釋。

第三節 傳統宋詩學的「影響」書寫

前節敘述析分了中國傳統文學中的「影響」與「影響的焦慮」，大致上，宋代之前，接受影響而反映在作品上的模擬手法，及其與文論中透顯出的影響焦慮徵象，都屬於較爲隱微的；跨入宋代以後，文學影響的傳承關係則更加明確。宋代詩學的研究在這方面的探討有不同角度的切入點，面對前人豐碩的成果，我們可從文學史、文學批評及其他研究論述三部分來檢討。

一、文學史

通常文學史在宋代詩歌的部分，探討的內容範圍大多爲：宋詩背景、宋詩的流變、宋詩的特質、宋代詩法、各家詩人的成就，甚至論及明清的唐宋詩之爭等等。

（一）流　變

一般而言，在流變的分期上主要是探宋初、北宋中葉、北宋後期、南宋前期與南宋後期的縱向歷史分法，譬如孟瑤所編著的《中國文學史》，其在南宋部分甚至採年號區分詩家的方式，例如「建炎詩人」、「嘉定詩人」等。但大多數文學史是以代表詩人或詩人特色來區隔，如宋初即以白體詩、晚唐體和西崑體爲代表；中葉以歐陽脩、王安石、蘇軾爲主；北宋後期則爲黃庭堅和江西詩派；南宋前期的四大家，尤其是號稱愛國詩人的陸游、獨創一體的楊萬里；後期則有永嘉四靈、江湖詩派、

遺民詩等。這樣的長編式文學史書寫法最為常見，這樣一來除了詩人的介紹外，還可同時觀察時代轉變的宋代詩歌特色，像葉慶炳與劉大杰兩大文學史著作皆是如此；李日剛的《中國詩歌流變史》，就全然以派體分類，將整個宋代詩歌史分為十二類：九僧體、西崑體、晚唐體、元和體、慶曆體、元祐體、江西詩派、理學體、南渡詩人、永嘉四靈、江湖詩派、遺民詩人。這些流派的分法大體與全祖望〈序宋詩紀事〉或方回〈送羅壽可詩序〉分派分體之法相似。還有的文學史將兩者結合，也就是在時代區分之餘間以個別具代表性的詩人或詩派，例如程千帆、吳新雷的《兩宋文學史》及黃寶華、文師華的《中國詩學史》，但後者又更著重於整體宋詩的發展，故以唐詩的嗣響、宋詩的建構、奠基、轉向及至終結為書寫脈絡。許總的《宋詩史》也接近這樣的遞嬗軌跡，依序區分為唐風籠罩、風騷激越、奇峰突起、水闊風平、中流砥柱、餘波綺麗各期；但他是以時為序，以人為目的的鋪展方式，主要針對整個宋代王朝的詩人作多元評介。至於像游國恩主編的《中國文學史》，因為沒有區別文類，故單就詩歌來探討時，便略顯龐雜了。

在呈現宋詩流變的過程當中，一般文學史皆認定宋初詩歌為晚唐五代的延續，仍處於模仿承繼的階段，[註90] 未能擺脫唐音。此時師法對象以白居易、賈島以及李商隱為主。風格由淺近率易到淒清幽寂，再轉至雕章麗句。雖然模仿對象和作品風格有異，但其實這三派的作品無論是內容還是風氣都是一脈相承的，多半屬於酬答唱和之作，且多講究藝術形式而較少反映現實生活。

文學的延續自然有其時代性的因素，但對於宋初以白居易、賈島及李商隱為摹倣對象，在大部分文學史中幾乎沒有交代緣由，頂多以當時政治上軌道，文風特盛，所以「操筆之士，率以藻麗為勝」，[註91]

〔註90〕像吉川幸次郎的《宋詩概說》就直接稱其：「依然權宜地追隨前代大帝國唐朝的文化遺風，從事拙劣的模仿。」（台北：聯經出版社，1983年），頁64。

〔註91〕蘇舜欽〈序石曼卿集〉，見《蘇舜欽集》（台北：河洛出版社，1976年）

又加以政治環境重文輕武，在最高統治者的提倡下，大臣間詩歌唱和之風盛行等爲描述，來解釋宋初詩歌酬唱的形式。

只有在《中國詩學史》一書裡，針對宋初各體的出現作了較爲深入的解釋。譬如白體詩的流行，就提出了「與當時在佛道影響下形成的清靜無爲的士風有密切關係」的說法，認爲這種文化氛圍是晚唐五代以來士大夫所萌生的苟且安命哲學，入宋後，在新的歷史條件下獲得滋長，而白體詩便成了表達這種人生態度最適合的體裁。那些白體詩人是因爲「對白居易晚年的生活情趣十分欣賞，從而模擬白詩。」〔註92〕至於晚唐體詩風，《中國詩學史》亦有「宋初統治者熱衷佛道，優禮隱士」〔註93〕的解釋，故此派詩人多追慕賈島、姚合詩風，發揮超塵出世的隱逸之趣。而後之所以轉向李商隱，則是「針對晚唐體之清瘦野逸、詩境狹仄」的變革，意圖以「雍容典雅之調，妝點出新朝的富麗宏偉之境」。〔註94〕但這些解釋雖仍偏向於外在環境的影響，且多歸因於政治，不過總是比泛泛之說更爲具體。另外《宋詩史》中對晚唐體與西崑體的出現也別有解釋，許總認爲「白體末流形成過於淺俗平易之弊病。」「由於在學術文化的發展中，文人審美趣味益趨高層化，因而以追求精密清麗和華美典麗爲主要特徵的晚唐體與西崑體」便接續出現，這樣的過程是符合「時代精神及其審美趣味」的要求。〔註95〕這也是屬於較深入的解釋。

此外，一般文學史是以歐陽脩作爲宋代詩文改革的代表，並認爲從他開始，宋詩乍放曙光，逐漸綻放宋詩特色。例如葉慶炳的《中國文學史》就說：「歐陽脩對宋詩的貢獻，在於除舊佈新。」〔註96〕劉大杰的《中國文學發展史》也說：「（宋代）詩風的轉變，古文的復興，

〔註92〕黃寶華、文師華著《中國詩學史》（廈門：鷺江出版社，2002 年），頁 30。
〔註93〕同註 92，頁 33。
〔註94〕同註 92，頁 41。
〔註95〕許總《宋詩史》（四川：重慶出版社，1997 年），頁 28。
〔註96〕葉慶炳《中國文學史》（台北：台灣學生書局，1987 年），頁 115。

都在他（歐陽脩）的手中開展起來。」〔註97〕《中國詩學史》則將歐陽脩與蘇舜欽、梅堯臣並列，肯定他們的創作「標舉出一種新的詩歌境界，開出了在詩歌美學上足與"唐音"頡頏的"宋調"。」〔註98〕程、吳的《兩宋文學史》也直言：「歐陽脩在北宋文風的轉變中是起了關鍵作用的。」〔註99〕

　　之後蘇軾、黃庭堅、江西詩派拓展自成一家的詩風，使宋詩創作達到黃金時期，與唐詩特色開始明顯區別開來。李曰剛《中國詩歌流變史》便說「宋詩……至神宗熙寧、元祐間臻於極盛。此期詩家特多，而以蘇軾、黃庭堅成就最大，嚴滄浪名之爲元祐體。至此，宋詩始完全脫離唐詩面目而自成一格。」〔註100〕孟瑤《中國文學史》也說道：「從"自出己意以爲詩"的觀點來說，能眞正擺脫唐詩約束的宋詩，應有蘇黃兩派。」〔註101〕劉大杰的《中國文學發展史》論蘇軾曰：「與王安石同出歐陽脩門下，獨成一家，給予宋詩以新的成就和開拓，而成爲當日詩壇的代表的，是才高學富的蘇軾。」〔註102〕《中國詩學史》論黃庭堅時，亦表示：「他是繼承北宋詩革新的傳統而進行其詩歌創作的，但同時他又力闢新境，終於卓然有所樹立，自成一家。」〔註103〕

　　及至江西詩派，雖然蔚成大宗，但因末流謹守家法，亦步亦趨，使黃庭堅、陳與義等人創立的詩體理念，逐漸變成了僵化的模式，整個詩壇呈現了模仿凝滯的狀態。故文學史多視其時爲宋詩自極峰折降的階段。例如《宋詩史》就說：「與政治史的衰微一樣，這時期的詩歌史也走入了明顯的低谷。」〔註104〕

〔註97〕劉大杰《中國文學發展史》（台北：莊嚴出版社，1991年），頁667。
〔註98〕同註92，頁69。
〔註99〕程千帆、吳新雷《兩宋文學史》（上海：上海古籍出版社，1991年），頁40。
〔註100〕李曰剛《中國詩歌流變史》（台北：文津出版社，1987年）頁570。
〔註101〕孟瑤《中國文學史》（台北：大中國圖書公司，1974年），頁366。
〔註102〕同註97，頁676。
〔註103〕同註92，頁109。
〔註104〕同註95，頁535。

　　南宋以後，仍不脫江西詩派的影響，但因時代衝擊，家國沈淪之痛與流離失所之苦，使得詩人逐漸背離江西詩派的固圉，轉而面向現實，建立起不同的詩風。文學史多稱之為「中興期」，以南宋四大家（陸游、楊萬里、范成大、尤袤）為代表。例如《宋詩史》就說：「以陸游、范成大、楊萬里三大家為代表的南宋中期詩壇，於江西詩派式微之際以期旺盛的創作活力與全新的藝術視角形成一股強大的合力，促進宋詩史在停滯後的猛然前行中出現極度繁榮的局面。」〔註105〕《兩宋文學史》也有這樣的敘述：「隨著南渡以後江西派詩風的轉變，在反映抗金鬥爭現實的創作巨流中，南宋前期的詩苑中終於綻開了燦爛絢麗的花朵，出現了陸游等中興四大詩人。他們都能衝決江西詩派的藩籬，開闢新的途徑。」〔註106〕此期創作最大成就即為愛國詩的大量湧現，尤其是陸游，更被稱許為「愛國詩人」。

　　南宋後期，江西詩派雖經中興詩人的變革，但其勢力仍為強弩之末，詩人們為矯其弊，而尋找新的創作方向；加上當時政治局勢嚴重挫敗，南宋王朝迅速衰落瓦解，「這種陰影也不能不投射到作家的心中，從而發為抑鬱隱晦的調子。」〔註107〕故而出現倡導以晚唐詩風為榜樣的「永嘉四靈」，這是「真正能起而與江西詩派分庭抗禮」的一派詩體。文學史中對其得名的解釋大概一致：「所謂"四靈"，是指詩人徐照、徐璣、翁卷、趙師秀。……他們都是溫州人……因其字號中均有"靈"字，其詩風及詩學主張又都近似，故史稱"四靈"或"永嘉四靈"。」〔註108〕「他們之中，除了翁卷是樂清縣人，其他三人都是永嘉縣人，兩縣同屬原為古永嘉郡的溫州。」〔註109〕四靈之標舉晚唐體與葉適極有關係，《中國詩學史》這樣言其之間的關係：「四靈詩的流行除了在文學上具有反撥江西的意義外，還與學術思想上的反理學的傾向相聯繫，

〔註105〕同註95，頁781
〔註106〕同註99，頁299。
〔註107〕同註99，頁446。
〔註108〕同註92，頁248。
〔註109〕同註99，頁447。

他們的詩歌創作得到了當時永嘉學派大學者葉適的支持。」「肯定了四靈詩在扭轉宋詩以文爲詩的偏向方面的作用」〔註110〕但他們所歸復的唐音，仍是以賈島、姚合爲宗，「取徑太小、成就不大」〔註111〕自屬必然。孟瑤就說他們：「想衝出江西詩派的藩籬，以晚唐爲尙，目的是達到了，結果卻是從這一個迷途走向另一個迷途。」〔註112〕對於四靈詩建樹有限的情況，《中國詩學史》倒是有這樣一段反省：

> 南宋詩壇由派家向唐體的嬗遞演變及其後果，說明不能對某一種文學傳統採取斷然否定的態度，也不能通過對以往某種風格或傳統的單純模擬來實現開拓創新，對傳統的改造應是一種揚棄，是繼承與革新的辯證統一，是多種合力作用的結果。四靈詩相對於博大深厚的宋詩傳統來講，其建樹畢竟有限，也必然導向一種僵化的模式而成爲新的模擬對象。〔註113〕

相較於其他僅針對四靈與江西作比較的文學史來說，這算是較爲深入一些的觀察。

從四靈發展，在詩壇另成一個集團的，便是以《江湖集》得名的江湖派。關於江湖派的詩學傳承，學界一般認爲是承四靈之餘緒，但《中國詩學史》則以爲兩者還是有多方面的區別。江湖詩派固然也以晚唐爲崇尙對象，但不同於四靈取法賈島、姚合一路的清苦風格，而是多承唐末詩人「語近情遙，感慨蒼茫」的格調。其中領袖人物劉克莊更被稱爲「整合唐宋古今的詩歌風格論者」〔註114〕《中國詩學史》中便對其風格、詩學思想等作完整的論述。至於一般文學史書寫至江湖詩派和遺民詩，已臻宋詩發展的末尾，大多數筆帶過，但對於遺民詩通常是多加讚賞，甚至認爲這部分「多爲孤臣孽子血淚交迸之作，

〔註110〕同註92，頁250、252。
〔註111〕同註97，頁705。
〔註112〕同註101，頁371。
〔註113〕同註92，頁255。
〔註114〕同註92，頁271。

在詩歌史上自彌足珍貴。」〔註 115〕李日剛亦云：「南宋末期詩壇，亦為此而再度放射異彩，雖落照回光，為時不久；而真情實感，醒世良深，已彌足珍貴。」〔註 116〕劉大杰也以為：「（遺民詩）表現宋代最後一點愛國精神與正氣，實在是非常可貴的。」若研究宋詩卻「忽視這一階段的遺民詩，那真有遺珠之嘆了。」〔註 117〕

　　大體而言，傳統文學史在建構宋代詩學的流變時，仍採線型發展的模式。我們發現大多數文學史均將宋詩之發展視為"變革"，著重於詩派間的輪替發展，至於承受影響的部分則分散於各家敘述當中。也就是說，某些風格流派原是文學歷史的產物，其存在與發展有其合理性的價值，但在流變中暴露出它的偏頗弊病，於是才又有新的風格流派取而代之，如此更迭遞嬗，宋代的詩歌史遂回環往復於「下一派詩歌的出現是為了改變上一波詩歌流潮之弊」，或「詩人新的創作手法是為了修正上一詩人的問題」的循環之中，此即全祖望〈序宋詩紀事〉所謂的「變」，〔註 118〕但值得注意的是，除了王安石、蘇軾、黃庭堅、陸游等一些主要大家表現出宋詩特色外，其實這些宋詩史上的「變」大多數仍在「追隨規摹」的範圍之內。換言之，他們只是以模仿不同的詩體手法來改革之前的流弊，例如西崑體仿自晚唐李商隱風格手法，歐陽脩則以韓愈「以文為詩」之作法，矯正西崑雕琢晦澀之靡習；又如為了補救江西末流之弊，四靈復尊晚唐詩風。類似這樣的情況，以致於有「當西崑體流行之際，宋詩不出李商隱範圍；及歐陽脩主盟，宋詩亦為韓愈所籠罩」〔註 119〕之說。所謂的變革，僅是換

〔註 115〕同註 96，頁 107。
〔註 116〕同註 100，頁 742。
〔註 117〕同註 97，頁 710。
〔註 118〕全祖望〈序宋詩紀事〉裡謂宋詩數變：「歐、梅、蘇、王數公出，而宋詩一變。」「涪翁以崛奇之調，力追草堂，所謂江西詩派者，和之最盛，而宋詩又一變。」「建炎以後，（四大家及四靈派）……而宋詩又一變。」「及宋亡，而方謝之徒，相率為急迫危苦之音，而宋詩又一變。」引自全祖望《鮚埼亭集》（台北：台灣商務印書館，1979 年）
〔註 119〕同註 96，頁 124。

一模擬仿傚的對象罷了。所以胡雲翼《宋詩研究》中提到宋詩之弊時，首先便說：「初期的宋詩的三派，……完全刻板地在模擬裡面討生活。……歐陽脩跟著蘇梅輩唱詩壇的革新，也不過是革西崑體之舊，而復韓昌黎之新，如是而矣，又何曾創立新體？」〔註120〕

然而，一般文學史並無強調區別其「變」的手法差異（獨創與模擬），因此較無法顯著看出宋詩獨特風格的成形、完成，甚至轉型的關係。

（二）各家詩人

通常文學史在一般通論之後，開始依流變發展的時序介紹各家詩人。含括了詩家的興起、詩人的生平、詩歌創作的承繼與開拓之處、各家的風格特色、運用的創作手法、成就與缺失、在宋詩史上的地位；有些文學史還會將特定詩家的文學觀或創作理念及詩法也加以敘述說明，例如《中國詩學史》、《宋詩史》和《中國詩學史》等就有針對詩家理論的部分來闡述。

我們比較在意的是，這些文學史在論述詩家的承繼與開拓時的一個書寫方向。有些文學史言其詩學淵源亦可見承繼統緒。其中除了宋初白體詩、晚唐體詩及西崑體詩是明顯仿自白居易、晚唐賈島姚合和李商隱外，其他各家的傳承則顯得較為多元。譬如歐陽脩，葉慶炳《中國文學史》論之曰：

> 歐陽脩並未全然反對西崑風格。然西崑末流一味堆砌雕琢，毫無生氣，脩乃提倡韓詩以矯其弊。……其對韓詩之推崇，故其詩亦宗韓愈。所不同者，歐陽脩並不立意好奇，不作盤空硬語。……韓愈以文為詩之作法，確為矯正西崑靡習之良方。故一經歐陽脩鼓吹倡導，西崑靡習為之肅清，宋詩從此步入新境界。〔註121〕

在《兩宋文學史》中則言之：

〔註120〕胡雲翼《宋詩研究》，（台北：宏業書局，1972年），頁195。
〔註121〕同註96，頁114～115。

他（歐陽脩）推崇韓愈的文學成就，而不同於柳開、石介，一味地著重於韓愈的道統。……歐陽脩學韓的主要方面是文學，而不是儒學。……比起近體來，歐陽脩的古體詩更有特色和成就。他學韓愈，也學李白。……他有些古體詩寫得自由奔放，很有李白的氣魄，如〈太白戲聖俞〉的題目一作〈讀李白集效其體〉。……歐陽脩繼承韓愈以文為詩的傳統，造成了以議論入詩的傾向。〔註122〕

《中國文學發展史》也說：

他（歐陽脩）在散文與詩體的創作上，都是繼承韓愈的精神。就是他自己，於詩於文，亦時以韓愈自命。……同時又深受李白影響，形成他自己的特色。〔註123〕

可見在一般史中大多言其與韓愈及李白的傳承關係。又譬如蘇軾，《中國文學發展史》稱讚他：

他的七言長詩，總覺得波瀾壯闊，變化多端，真如流水行雲一般地舒卷自如，確是李白以後所很少看到的。他的詩歌精神與李白相近。〔註124〕

《兩宋文學史》則說：

他（蘇軾）託諷補世的現實主義精神是受杜甫的影響，而超邁豪放的浪漫主義作風則源於李白，他"以文字為詩，以才學為詩，以議論為詩"近於韓愈。但到了晚年，卻又追步陶淵明的沖淡高遠。〔註125〕

《中國詩學史》則是比較委婉的說：「在豪健奔放這一點上，他（蘇軾）和李白、杜甫、韓愈屬於同一個美學範疇。」〔註126〕

又譬如黃庭堅，葉慶炳《中國文學史》論述之：

黃庭堅刻意為詩，而又宗法杜、韓，遂致力於拗體之嘗試。……平心而論，其拗體詩之成就，雖勝似韓愈之徒具

〔註122〕同註99，頁35～59。
〔註123〕同註97，頁667～668。
〔註124〕同註97，頁681。
〔註125〕同註99，頁155～156。
〔註126〕同註92，頁96。

形貌，但距杜詩聲情相合之境則仍遙遠，蓋其主要著力處
仍在補綴奇字，力盤硬語也。〔註127〕

李日剛《中國詩歌流變史》則自其家學淵源論起：

其父庶（字亞夫），於學杜外，又兼學韓愈，外舅謝師厚亦
好少陵詩，皆爲當時名詩人。山谷幼承家學，更擴而充
之。……晚年復愛陶詩，謂陶詩能「直寄」，「不煩繩削而
自合」。〔註128〕

不過，《兩宋文學史》對黃庭堅承自杜甫的部分則頗有微詞：

（黃庭堅）始終倡導作詩應向杜甫學習，但他沒有重視杜
詩豐富的社會內容和現實主義精神，卻片面地強調杜詩在
格律字句等形式上的特點。〔註129〕

劉大杰《中國文學發展史》亦說：「黃庭堅極力鼓吹學習杜甫，但他要
學的不是杜甫的現實主義創作方法，而主要是注意技巧問題。」〔註130〕

　　從上述舉例來看，大致而言，各文學史大多認定宋代詩人確實受
到前代的影響。而且，也多指出宋代詩人所仿效學習的重點分別爲：
追隨寫作技巧、嚮往風格精神、擬其形式、摹其內容……，各有學習
偏向。其中又以表現手法（語言詩法）爲主，與前代多擬其體製或題
材的情況明顯不同。

　　另外，一般文學史也多指出學習仿效者與原創者之間的差異，或
後來者在仿傚過程中的缺失，以及因模擬所形成之風格等現象。當
然，在模擬過程中所謂的差異與缺失，自有其美學評價；但這些現象
使得有些宋代詩人雖然看似在模擬仿效的範圍內，卻可以深切感受到
他們是有所擇取、有所變化的，並非只是一味地的追隨先驅。

　　文學史中對前代加諸宋代詩人的影響（或宋代詩人承受前代的
影響）並沒有否定迴避，而且通常還會強調承繼淵源。這樣的書寫

〔註127〕同註96，頁133。
〔註128〕同註100，頁592。
〔註129〕同註99，頁205。
〔註130〕同註97，頁682。

模式與中國文學史中向來習慣追溯「風格源流」的傳統不無關係。儘管如此，然而大部分文學史的著作都只是依當時或歷代詩話紀事來描述此種現象，並無深刻剖析個別詩人面對先驅詩作的心理，也沒有解釋影響者與受影響者兩端之間的糾葛，因此，只能看到宋代詩人單純的師法或尊崇，但看不到接受影響時主體心態轉折的痕跡以及與前人的關係，自然也無法看出與前代模仿擬古的認知差異。就影響書寫而論，傳統文學史中所呈現的直線論述，顯然較為單薄，較為表象。

二、文學評論（批評）

文學批評有關影響書寫的部分，包括了宋代以後的詩話文論和一般的文學批評或文學理論著述。

宋代之後詩話形式的評論性著述開始蓬勃發展，這些詩話有詩人、有掌故、有批評。諸多詩歌風格或創作經驗的總結、文學理論的探討，乃至於一代文學觀念或文學思想的反映，都可以從中看出。但對於宋代影響方面的書寫，仍以詩人掌故為主，從詩人小故事或詩論者評述，來見其受影響的情況。例如：《王直方詩話》記載了這樣一則軼事：

> 山谷謂洪龜父云：「甥最愛老舅詩中何等篇？」龜父舉「蜂房各自開戶牖，蟻穴或夢封侯王」及「黃流不解浣明月，碧樹為我生涼秋」，以為絕類工部，山谷云：「得之矣。」

可見在某種心態上，黃庭堅對自己學杜而能得其神似是頗為自豪的。又如：《石林詩話》引蔡天啓之語：

> 荊公每稱老杜「鉤帘宿鷺起，丸藥流鶯囀」之句，以為用意高妙，五字之楷模。他日公作詩，得「青山捫虱坐，黃鳥挾書眠」，自謂不減杜語，以為得意。

可見王安石與黃庭堅有一樣的學杜情結。還有像歐陽脩之學韓，何汶《竹莊詩話》曾述：

> 予嘗以師禮見參政歐陽脩，因論及唐詩，謂杜子美才出人

> 表，不可學。學必不至，徒無所成，故未始學之。韓退之
> 才可及，而每學之，故今歐詩多類韓體。

言歐陽脩所受之影響，同時亦見歐陽脩宗韓而不學杜的原因。另外，單純性的評論像翁方綱《石洲詩話》論陳後山之學杜：

> 後山極意仿杜，固不得杜之精華，然與吞剝者終屬有間。

趙翼《甌北詩話》言蘇軾在「以文爲詩」這一藝術手段上與韓愈大有淵源：

> 以文爲詩，自昌黎始，至東坡益大放厥詞，別開生面，成
> 一代之大觀。

以上云云均展現了宋代詩人受到影響的例證。至於心理層次的焦慮感，經由詩話作者的評論，也偶然得以窺見。例如：金代王若虛《滹南詩話》有云：

> 魯直論詩有奪胎換骨、點鐵成金之喻，世以爲名言。以予
> 觀之，特剽竊之詰耳。魯直好勝而恥其出于前人，故爲此
> 強辭，而私立名字。〔註131〕

「好勝而恥其出于前人」的評述，便道出了黃庭堅「影響的焦慮」傾向。此外，譬諸陳輔的《陳輔之詩話》引王安石言：

> 荊公嘗云：「世間好語言，已被老杜道盡；世間俗語言，已
> 被樂天道盡。」〔註132〕

也可見王安石創作上「影響的焦慮」。

另外，針對宋代詩人的文學理論與理念，有些文學批評的專著亦會追溯該理論的起源，即指出這個理論或觀念源自於何人。例如張少康、劉三富的《中國文學理論批評發展史》論及歐陽脩的文學觀時說：

> 歐陽脩在文學思想上最有價值的是他發展了韓愈「不平則
> 鳴」的思想，提出了「窮者而後工」的重要見解。〔註133〕

不過，一般文學批評主要仍以文論的解釋爲書寫方向；只是在論述的

〔註131〕王若虛《滹南詩話》（台北：新文豐書局，1983 年），頁 523。
〔註132〕郭紹虞《宋詩話輯佚》（台北：華正書局，1987 年），頁 291。
〔註133〕張少康、劉三富的《中國文學理論批評發展史》（北京：北京大學
　　　　出版社，1995 年），頁 5。

角度上多少有些分歧，像郭紹虞《中國文學批評史》的劃分就極具個人理念，他除了各家文論外，又將這些文論納入「文與道」、「道學家文論」及「古文家文論」等類屬下，至於詩論方面，他則以宋代詩風偏重在"評"的特點，分別以「詩話」、「詩人之詩論」與「道學家之詩論」來涵攝詩人的創作理念。分類之餘，由於宋代詩學頗重詩法，而這些詩法背後通常又有其理論基礎，故針對這些理論與詩法作說明也成了後代文學批評的主要研究內容，譬如蘇軾的「無法之法」與「以俗爲雅」、黃庭堅的「奪胎換骨」與「點鐵成金」、江西詩派的「活法」與「參悟」、其他還有如「翻案」、「不犯正位」、「暗合」、「諧謔」等等創作方法及創作觀。除了文學批評史或文學理論史的說法外，宋代詩法理論的探討成果在下文（「其他研究論述」的部分）將再作補充。

文學批評與文學理論在「影響」方面的呈現雖然只有片段，而且以傳承爲主，但這些詩話中的掌故引言，卻是探討詩人影響焦慮的重要參證；甚至，從這些創作手法的運用詮釋中，所鋪展出的理論底蘊，亦可以觀照宋代詩人的文學思想，透過詩人的文學理念，詩人看待創作與前輩詩人的態度即清晰表現出來。

三、其他研究論述

其他對宋詩的研究，一般學位論文和學術期刊論文，甚至專著大多就內容風格、形式技巧來探討，約略分爲宋詩通論、個別詩人詩派、詩人較論、作品鑑賞、宋代詩法、宋詩文學思想、宋詩流衍、唐宋詩比較等幾部分。

（一）宋詩通論

包括宋詩背景、宋詩分期、宋詩派別、宋詩特徵等宋詩整體風貌的概說。在專著方面，吉川幸次郎的《宋詩概說》是最具代表性的著作，該書以歷史流變的寫法，將宋詩從北宋初到南宋末的發展逐一介紹，在序章中則針對宋詩相關概念，譬如時代背景、宋詩的性質和表現手法，作通括式說明，由於內容較具普遍性，文字亦清晰明白，向

來是研究宋詩的入門著作。另外，胡雲翼的《宋詩研究》亦爲文學史性寫法，但不只客觀敘述宋詩概況，還給予主觀的評價反省。張高評的《宋詩之新變與代雄》雖屬專題探討的形式，但主要從宋詩特色的方向出發，多種角度來談宋詩特色，故亦將其置於通論部分。

其他在單篇論文方面，對宋詩的通論性研究也頗豐富。例如杜松柏〈宋代詩學述要〉，由歷代詩話評論析說宋詩之概貌，其中又以繼承性和變異性來論宋詩和唐詩的關係，篇末還有一些考辨的資料，以明詩人與詩事。黃節的〈宋代詩學〉則綜論兩宋代表詩人之得失利病、宋派源流。錢鍾書的〈談藝錄論宋詩〉由比較文學之觀點，發揮宋明以來相關的詩話、文集、詩選、筆記中的宋代詩學批評資料，再綜合西洋文學理論，共同來闡述宋詩之風格、特色、流派及影響。在他的另一著作《宋詩選註》之前的序文，也是研究宋詩不可或缺的參考，文中他藉著自己對宋詩的選註標準，探討了宋詩的缺陷和問題。謝宇衡的〈宋詩臆說〉、霍松林和鄧小軍的〈論宋詩〉或殷光熹的〈宋詩繁榮的原因〉，均是由社會背景及文學背景等大環境來談宋詩。

再瑣細一點的普遍性論述，則是以宋詩特色跟分期爲討論重心。譬如徐復觀的〈宋詩特徵試論〉，就詩歌內容、表現手法、風格形象來探尋宋詩特徵，企圖掌握宋詩之所以爲宋詩的基本特質，是篇具有學術史意義的重要文章。張雙英的〈論宋詩的特色及其形成的主要背景〉從語言、題材、內容各方面來看宋詩特色，並論及宋詩特色的侷限性。王水照〈宋詩的藝術特點和教訓〉由論宋代詩歌藝術形式上的特色，進而闡述宋人表現手法中的模擬風氣。許總〈宋詩特徵論〉以歷史脈絡描述宋詩不同階段的發展特色，並由此反思宋代的時代精神與文化特性。龔鵬程的〈宋詩的基本風貌〉，是從社會學、文化學及美學觀點，透過唐宋詩之比較來看宋詩的特色，推論過程注重內因外緣的詮釋，且借事申說，類比推理，手法相當新穎；他的另一篇文章〈技進於道的宋代詩學〉，則是從文學原理說明宋代詩學的特徵，將文學和美學、哲學合併討論，頗有學術整合的意味，也頗能切中宋文

化之特色。宋詩分期說者歷代皆有，大致分法如上述文學史部分所言，但陳植鍔〈宋詩的分期及其標準〉與周益忠〈再談宋詩的分期及其標準〉兩文，另有見地，對宋詩發展有不同角度的理解。

（二）作品鑑賞與宋代詩法

這部分以宋代的詩學思想、詩學理論為主，含括作品賞析與宋詩的美學藝術。宋代學術崇尚科技整合，許多藝術家與理論家大多將文藝作為一文化整體來思考，力圖發掘藝術之共相與規律，表現在詩歌上，就有詩禪相通、詩畫合一、以文為詩、詩書畫相濟的事實與理論。例如周裕鍇〈文字禪與宋代詩學〉、陳榮波〈禪宗對唐宋詩的影響〉，就是從詩禪相通的理念，探討宋詩與禪學的關係。張高評的〈雜劇藝術對宋詩之啟示〉與〈宋代「詩中有畫」之傳統與創格〉等，都分別談論到宋詩中詩畫交融、以老莊仙道喻詩、或以經史戲劇入詩等現象。

至於宋詩美學與思想方面的探討，則有韓經太〈宋人美學觀念的結構分析〉，參照結構主義理論，就宋人美學觀念的各個層面型態進行分析。韓經太的另一篇論文〈論宋人平淡詩觀的特殊指向與內蘊〉與蕭淳華《北宋平淡文學觀之研究》（國立政治大學中國文學研究所80 年碩士論文），均從「平淡」掌握宋代詩歌的美學傾向。胡曉明〈尚意的詩學與宋代人文精神〉論古典詩歌由緣情詩觀轉向宋代尚意詩觀，其中所展現的人文精神。汪中〈宋人理趣與山谷詩中的倫理精神〉與李慕如〈析論宋詩諧趣形成與東坡諧體詩〉，則從蘇黃兩人作品見宋詩中諧趣和理趣的美感經驗。黃奕珍〈宋代詩學中「晚唐」觀念的形成與演變〉呈現的是宋代詩學觀念的一端。何寄澎〈從美學風格典範之變易論元和詩歌的文學史意義〉，則以美學典範的轉移窺得宋代詩歌的文學史地位。

在宋代詩法與詩歌理論方面的研究論文，多屬於黃庭堅與江西詩派的創作理論；另外就是對宋代詩話的評論。單篇論文像張高評的〈宋詩與化俗為雅〉與〈宋詩與翻案〉、郭玉雯〈有關奪胎換骨法若干問

題的探討〉、孫克寬〈宋詩背景與黃山谷詩句法〉、黃景進〈黃山谷的學古論〉；學位論文則如鄭倖宜《活法與宋詩》（國立成功大學中國文學系 89 年碩士論文），反映的都是黃庭堅與江西詩派的基本創作論調與手法。此外，就是對詩話的整理跟探討。宋代詩話流傳至今者在一百四十種以上，但以研究《滄浪詩話》的論著最多，〔註 134〕如張健〈滄浪詩話的主要理論及其淵源〉、吳調公〈讀滄浪詩話詩札〉或朱東潤〈滄浪詩話參證〉等都是代表：張說就「詩辨」部分加以分析，探索其主要理論，並酌予評論；吳說以嚴厲的批評，指出《滄浪詩話》之弊；而朱說則以比較的方法，揭示滄浪之論與江西、江湖詩人的相通。個人詩論的研究，譬諸郭紹虞〈朱子之詩論及其影響〉、張健〈張戒詩論研究〉或朱東潤〈述方回詩評〉等等均是針對一家一詩人來論述。此外，還有楊雅惠〈由「意境視域」探究宋詩的比興思維〉一文，借西方接受美學的觀點，檢視宋代詩歌有無傳統的比興思維。劉萬青的學位論文《宋代詩話的格律論研究》（逢甲大學中國文學系 87 年碩士論文），則將宋代詩話中的格律理論作整理分析。

蔡瑜的學位論文《宋代唐詩學》（國立台灣大學中文研究所 79 年博士論文）是觀察宋代詩論的另類視角，他從宋人對唐人唐詩的評析入手，尋索宋人的美感取向，及創作理型的省思。其文內對宋代詩話的掌握十分豐富，亦有自己的一番詮解，使宋人與唐詩的辯證關係有清晰的勾勒，極富參考價值。

（三）宋詩流衍

這部分的論文主要是以宋代之後宋詩的流衍情況作說明，間有涉及源流者。例如馬亞中〈試論宋詩對清代詩人的影響〉，即透過文學發展、社會環境、政治背景、思想復興等角度的考察，將清詩與宋詩作一類比，為宋詩與清詩的比較畫出輪廓；楊淑華的〈創意造語和方

〔註 134〕此說法採自張高評〈從《宋詩研究論著類目》《宋詩論文選輯》論宋詩研究的方向和趨向〉，收入張高評《宋詩之傳承與開拓》一書（台北：文史哲出版社，1980 年），頁 522～523。

東樹論山谷詩——桐城詩論與宋代詩學研究之一〉，亦是論宋詩對後代詩人的影響。

　　唐宋之爭也屬於宋詩流衍的重要論題，郭玲妦《元代詩學之「宗唐」「宗宋」問題研究》（淡江大學中國文學系 89 年碩士論文）及廖淑慧《清初唐宋詩之爭研究》（中正大學中文所 91 年博士論文）兩篇學位論文均以之爲探討對象。至於單篇論文中關於唐宋問題的討論，焦點則多放在唐宋詩歌風格的異同與比較上，可見下文。另有李淑芳《宋室南渡前後詩詞演變研究》（高師大國文所 89 年博士論文）一文，針對宋代本身南渡前後的詩詞演變情形作探討。

（四）唐宋詩比較

　　宋代詩歌以其創作手法形成傳統詩歌史上一段獨特的存在，這一獨特的存在，又與顯目的唐代詩歌形成對比，無論是宋代詩話的理論，還是後世歷代的批評標準，實際上也都以唐詩作爲重要的參照系。

　　這方面的比較通常偏向於唐宋詩歌在風格或特質上的區隔。譬如柯慶明〈試論漢詩、唐詩、宋詩的美感特質〉，從美學的範疇拈出三種美的類型，並舉例分別說明漢詩、唐詩與宋詩的思維特質。錢鍾書〈詩分唐宋〉，摘自他的《談藝錄》，其中「唐詩宋詩，亦非僅朝代之別，乃體格性分之殊」一語，拈出兩者的根本差異。繆鉞的〈論宋詩〉，就內容情味、藝術技巧，來比較唐宋詩之異同，從而突顯出宋詩的特色。其他如張高評〈不犯正位與宋詩特色——唐宋詩異同研究之一〉、曹逢甫〈從主題評論的觀點看唐宋詩的句法與賞析〉、盧元駿〈唐宋詩人的派系與風格〉等等，皆從不同主題來談唐詩宋詩的差別。鄧仕樑的《唐宋詩風——詩歌的傳統與新變》則由傳承角度看唐宋詩歌風格的轉變。

　　即使大部分的研究論述，都認定唐宋詩各有特色；但也有像曾克耑〈唐詩與宋詩〉這樣的從文學流變的觀點，來肯定唐詩宋詩本爲一家的說法。

（五）針對個別詩人或詩派的研究

這類研究以學位論文最爲常見。例如林天祥《范成大山水田園詩研究》（國立成功大學歷史語言研究所 79 年碩士論文）、戴伶娟《蘇軾題畫詩藝術技巧研究》（國立成功大學歷史語言研究所 82 年碩士論文）、楊珮琪《蘇軾杭州詩研究》（國立臺灣師範大學國文研究所 87 年碩士論文）、宋邦珍《陸游詩歌研究》（國立高雄師範大學國文學系 88 年博士論文）、吉廣興的《宋初九僧詩研究》（國立高雄師範大學國文學系 89 年博士論文）、陳貞俐《蘇軾詠花詩研究》（國立高雄師範大學國文學系 89 年碩士論文）、陳杏玫《南宋四靈詩派與江湖詩派之研究》（臺南師範學院教師在職進修國語文碩士學位班 90 年碩士論文）、李英華《黃庭堅詠物詩研究》（國立高雄師範大學國文學系 90 年碩士論文）、汪美月《楊萬里山水詩研究》（國立高雄師範大學國文教學碩士班 90 年碩士論文）、林秀珍《蘇轍詩歌之風格與價值》（國立高雄師範大學國文學系 91 年博士論文）、石淑蘭《王禹偁詩研究》（臺北市立師範學院應用語言文學研究所 91 年碩士論文）、劉奇慧《陸游紀夢詩研究》（國立臺灣師範大學國文研究所 92 年碩士論文）、謝佳樺《蘇軾送別詩研究》（雲林科技大學漢學資料整理研究所碩士班 92 年碩士論文）、……。雖相關論文尚多，但僅是管窺所及，已能歸結出對於個別詩人的研究方向。除了總論性的論人論詩研究及傳統的詩人技巧風格探討外，大部分的研究者會針對各詩家獨特主題的詩作，加以整理分析，以期更深入瞭解該詩人。

有些論文並不是以個別詩家或詩派爲對象，而是就宋代整體的詩壇作某些主題式的探觸，例如吳星瑾《宋代說理詩研究》（逢甲大學中國文學系 89 年碩士論文）或陳文慧《北宋前期貶謫詩研究》（國立政治大學中國文學研究所 92 年碩士論文）。這樣主題式的書寫方式，確實較能掌握宋代詩歌的多重面貌。

至於一般的學術論文方面，除了對詩人詩作的分析探討外，較多的研究仍是放在該詩人的特色、成就評價及文學理念上，像李澤厚〈蘇

軾美學的韻外之致〉、金韋、陸應南〈陸游詩的特色與造詣〉、李燕新〈荊公詩之評價〉、朱東潤〈梅堯臣詩的評價〉、陳永正〈黃庭堅詩歌的藝術成就〉、鄭定國〈南宋詩人王十朋的創作背景和文學觀念〉、趙飛鵬〈試論歐陽修之文獻整理對其詩歌創作之影響〉和黃啓方〈黃庭堅詩的三個問題——詩作分期、詩體變異及詩論的建立〉，諸如此類作品，多採知人論世的傳記式寫法，援引諸家詩話，印證該詩人的藝術定位。

倒是周益忠〈再論西崑體衰落之因緣——並說所謂「崑體工夫」〉一文，針對西崑體的衰落作深入專論；以及龔鵬程的《江西詩社宗派研究》，提出問題、釐清觀念，頗具個人見地，有別於一般論述，是較爲特殊的研究方式。

而與本論文相關的影響書寫則多集中於「詩人較論」的部分。這部分包含了並時詩人的比較，例如歐純純《陸游與楊萬里詠梅詩比較研究》（國立中正大學中國文學系 91 年博士論文）及廖鳳君《蘇軾與黃庭堅詩論及其比較》（東海大學中國文學系 92 年碩士論文）兩作。

不過，我們的著眼點仍傾向置於與前代詩人詩論的比較研究，或者對前代詩人的接受情況，也就是歷時性的比較研究。例如王禹偁與白居易；王安石與杜甫；蘇軾與陶潛；蘇軾、黃庭堅、陸游、文天祥與杜甫；或邵雍與杜牧這樣的相較論述。譬如金汶洙《蘇軾和陶詩研究》（東海大學中國文學系 87 年碩士論文）、黃蕙心《蘇東坡和陶詩研究》（輔仁大學中國文學系 89 年碩士論文）、鮑霖《陶詩蘇和較論》等，均是在探討蘇軾和陶淵明詩歌，也是在探討陶淵明對蘇軾詩歌的影響。羅秀美〈宋代陶學轉變的原因及其意義〉，則是論陶淵明詩歌對整個宋代詩歌的風格所具有的意義。又如簡恩定〈杜詩在唐宋兩代地位之探究〉、莫礪鋒〈論杜甫晚期今體詩的特點及其對宋人的影響〉、曾棗莊〈論宋人對杜詩的態度〉、程杰〈從陶杜詩的典範意義看宋詩的審美意識〉、龔鵬程〈從杜甫、韓愈到宋詩的形成〉、蔡振念《杜詩唐宋接受史》等論文，探討的皆是杜甫與宋代詩人詩風的關係。另

亦有如王晉光〈隔代追慕：王安石選杜、評杜與仿杜〉與鄧仕樑〈蘇子作詩如見畫——從杜甫和蘇軾的馬詩看唐宋詩風〉這樣僅就杜甫和個別詩人的傳承來討論者。

　　宋代承受唐代之前的詩人之影響甚眾，除了代表性的陶淵明、杜甫外，其他尚有多家被提出來探討。例如對韓愈影響的研究有高光敏的《北宋時期對韓愈接受之研究》（國立臺灣師範大學國文研究所 92 年博士論文）或趙飛鵬的〈韓愈詩文在唐宋的整理刊行及其影響〉；對白居易的影響研究，譬如：李妮庭《閑樂：宋初白居易接受研究》（國立東華大學中國語文學系 92 年碩士論文）；對李商隱的影響探討，則如吳調公〈李商隱對北宋詩壇的影響〉；對李白的影響探討，則是像楊文雄〈宋代李白詩的流波與影響〉。

　　另有些影響研究非只就個別詩人，而是從宏觀角度論宋詩對唐詩的接受與開創，例如張高評《宋詩之傳承與開拓》、莫礪鋒《推陳出新的宋詩》、許總《宋詩：以新變再造輝煌》，無論是張作以各種主題詩論宋詩之傳承；莫作所論宋人對唐詩的態度；甚或許作從新變角度肯定宋詩，均是在確認唐宋詩的關聯後，予以宋詩開創的正向評價。而斯圖爾特‧薩進德〈後來者能居上嗎？宋人與唐詩〉與楊玉成〈文本、誤讀、影響的焦慮——論江西詩派的閱讀與書寫策略〉，則是在宋詩受唐詩影響的論述前提下，較能清楚地指出宋代詩歌創作的書寫策略者，尤其是後者，更是少見的「影響的焦慮」研究。

　　除了學位論文和專書著作外，上述多篇論文收輯於張高評所編的《宋詩綜論叢編》，和黃永武、張高評合編之《宋詩論文選輯》，以及《宋代文學研討會論文集》等書。除這些論文外，當然還有其他許多研究，或因探討主題重複，或因視界所限，而未及詳載的。雖然取捨不盡理想，但若就目前所見這數篇宋詩影響研究的論文來看，可略得數端想法：

　　其一，同一個前輩詩人為後代所接受承繼的部分不盡相同，以接受史的寫法來看影響，可見文學史中橫列擴散的不同面向。例如：同

樣受到杜甫的影響，王安石以造句煉字方面的承襲為主；蘇軾則可在寫實詩、題畫詩、論詩詩等題材上見其與杜甫的關係；而黃庭堅學杜除了著眼於格律句法外，也學其忠義憂時之情性；陸游真正繼承老杜的無疑是他的愛國精神。在專論著述裡所採用的這種書寫手法，確實會比一般文學史的介紹性論述深刻。

其二，這些較論性的研究，多單就作品風格與用語句法的相似來推斷前後代詩人的影響關係。雖說文本當中這樣的互文性的確是影響研究的重點，然而從布魯姆賦予它的意義來看，詩的影響「有時是精神形式的東西」，對影響的憂慮，更經常是對風格的憂慮。「既然詩的影響必然是誤解，那麼人們就應當期待，這樣一個變形和誤釋的過程，至少將強者詩人的風格方面產生偏離。」〔註135〕不過，目前的研究論文中，對誤讀的過程及詩人風格偏離的情況，在掌握上是較為不足的。

其三，大部分的研究論述仍以文學史和詩話的引證為主，呈現的是文學現象，是影響下的客觀事實，欠缺受影響者的主觀心理狀態，所以大多研究只把論點放在宋詩的傳承和新變，但至於從傳承跨越到新變的過程，則較缺少連結性。

其四，一般研究僅從作品或僅從詩人來談影響。作品上呈現的影響多為風格、詩體及詞語；詩人所接受的影響則表現在人格認同或意境嚮往，鮮少將詩人與作品視為同受影響的一體。換言之，由作者作品→讀者（作者）→創作作品的接續影響關係並沒有被突顯出來，自然也不能看出宋代的書寫策略在前代影響下的意義。

從以上這些檢討的結論看來，前輩論宋，無論在詩話掌故或詩史的部分，已有頗為完整豐富的資料，可供參考之處極多，然而，傳統的「影響」書寫，都顯得過於平面，還是有可以闡發深究的空間，尤其在宋詩傳承與開拓之間的辯證關係，以及詩人主觀的心態上，和書

〔註135〕布魯姆著，朱立元、陳克明譯《比較文學影響論——誤讀圖示》。同註1，頁14。

寫策略運用的意義等等各方面。倘若在前人研究的基礎之上，再將這種種關於「影響」與「影響焦慮」的論點考量進去，應該就能架構起一個立體的宋詩「影響」書寫，如此一來，則文學史將不再只是單純的作家和作品的歷史，還能在更大程度上反映出作家試圖讓自己的作品被接受的歷史。

第三章　宋代詩人「影響的焦慮」之形成

　　不同於前代面對「影響」時的反應，宋代詩人在尊賢崇古的文學傳統表象之下，有著甚為明顯的焦慮波動。那些被前代詩人視為理所當然的文學觀念，或者被視為創作手法來運用的模擬仿襲，到了宋代則開始出現一些自我開脫的理論說辭和書寫策略，用以撇清前人加諸的影響，同時也以建立自己的創作空間為終極目標。他們不再僅是單純的擬古仿古，也不再只是一味地尊古崇古，而是在理論基礎中，有意識的追求與前輩詩人的區隔，甚至企圖超越前人的成就。但事實上，宋代是個標榜以復古為文壇風尚的時代，所以他們仍然呈現模習典範的習慣，仍然承認接受前輩詩人的影響，相對的，他們必然有更大的壓力與焦慮在與傳統妥協、抗衡。因此，我們可從宋人對典範的擇取，再進而延伸到他們面對傳統的方式、與其看待「詩」這文體的角度等整體性的文化思維環境，來論其焦慮意識的產生。

第一節　宋代「影響」典範的擇取

　　北宋後期蔡啓的《蔡寬夫詩話》是這麼描述當朝詩壇的狀況：

> 國初沿襲五代之餘，士大夫皆宗白樂天詩，故王黃州主盟一時。祥符、天禧之間，楊文公、劉中山、錢思公專喜李義山，故崑體之作，翕然一變。而文公尤酷嗜唐彥謙詩，

> 至親書以自隨。景祐、慶曆後，天下之尚古文，於是李太
> 白、韋蘇州諸人，始雜見於世。杜子美最爲晚出，三十年
> 來學詩者，非子美不道，雖武夫女子皆知尊異之，李太白
> 而下殆莫與抗。〔註1〕

他在此點出了唐代諸大家在宋代被接受的情況外，另外又嘗云：「淵
明詩，唐人絕無知其奧者，惟韋蘇州、白樂天嘗有效其體之作。」直
至宋代，據葛立方《韻語陽秋》記載：「東坡拈出陶淵明談理之詩，
前後有三，……皆以爲知道之言。」而山谷亦論淵明詩曰：

> 至於淵明，則所謂不煩繩削而自合者。雖然，巧于斧斤者
> 多疑其拙，窘於檢括者，輒病其放。孔子曰：「寧武子其智
> 可及也，其愚不可及也。」淵明之拙與放，豈可爲不知者
> 道哉。……淵明之詩，要當與一丘一壑者共之耳。〔註2〕

從宋代對陶潛的這些討論，可知在文學史上的唐代典範流轉外，陶淵
明亦是他們效法的對象，且是唐代之前所尚未深究的層次。

　　由上面的數段敘述，我們注意到的除了文學史的流變歷程，更重
要的是，我們看到當時對創作典範的擇取，及典範對象的遞移。其實，
典範的存在與運用，在中國文學史中自古即然，尤其在提倡某種文學
主張時，因爲不像西方那樣建立一套理論系統來說解，靠的往往就是
從過去的文學作品中尋求典範來舉證的方式，直接以創作實例來體
驗。但是典範的擇取，通常會因爲接受者「期待視野」的不同而有認
知上的差異。所謂「期待視野」（Erwartungshorizont），指的是在閱讀
作品時，依照讀者的文學閱讀經驗所構成的思維定向或先在結構。通
常這些先於讀者閱讀思維而存在的"先在定向"，受到接受美學大師
姚斯（Hans Robert Jauss，1921～）所稱的「時代風氣、讀者本身的
生活經歷、藝術質素」所決定。換言之，讀者在接受作品之際，即會

〔註1〕 蔡啓《蔡寬夫詩話》引自郭紹虞輯《宋詩話輯佚》卷下（台北：華
　　　　正書局，1987年），頁377。
〔註2〕 《竹莊詩話》引山谷言。見常振國、降雲編《歷代詩話論作家》（台
　　　　北：黎明文化事業公司，1993年），頁119。

依自己性格取向、才質特色，而有不同的闡釋和接受；另外，當時的政治社會背景、個人或文壇的審美趣味，也會左右接受者對該作品反應的強弱，所以在不同時代對推崇的典範有不同的要求。

而接受者對作品的理解之所以會因個人的期待視野而有所差異，主要還是因為文學作品原本即具有開放性。由於文學作品的文本包含了許多作者與讀者之間的距離而造成的「空白」和「不確定性」，即所謂的「召喚結構」，為讀者提供了理解和闡釋的自由，所以文學作品的文本永遠不可能只有一種意義或解釋。因此，雖說作者本身的審美經驗、思想判斷與作品所表現的文學思潮、創作手法、形式技巧，在讀者閱讀的接受過程中，都會產生影響；但在對後代作家與作品產生影響及制約性的同時，不同的接受者在閱讀過程中，為作品中的「空白」和「不確定性」填上自我經驗的想像和主觀的色彩，將作品具體化時，「接受影響者」（讀者）對「施予影響者」（作者）亦產生了相當程度的反作用力量，這是種以詮釋為主的力量，通常帶來解讀上的差異，也就是一般所說的「無意的誤讀」。於是，接受的過程不只是對作品簡單的複製和還原，而是一種再創作。故美國解構主義學者德‧曼（Paul de Mann，1912～2005）才會說：「所有的閱讀都不可避免的存在著誤讀。」尤其當「接受者」不僅是單純的讀者，還同時兼具創作者身份時，更使其誤讀有較大的創作可能，甚至不但是無意的誤讀，還具有特定的意圖。

照上述的理論，誤讀往往涉及創造性的詮釋，像宋人「以意逆志」，就是典型的例子。有時候，宋人試圖追求作者原意，但卻因是「以己意迎取作者之志」，當個人的「意」與作者創作原生的情興之「志」有落差時，便失去了觀賞的標準性，故而經常形成誤讀。除此，宋代詩學還充滿其他各種誤讀的狀況，包括口誤、筆誤、版本錯誤、改字、誤用、誤解等，〔註3〕這些也都屬於「無意的誤讀」。

基於上述接受者與文本的關係特質，我們可以說閱讀本身即是專

〔註3〕參考自楊玉成〈文本、誤讀、影響的焦慮——論江西詩派的閱讀與書寫策略〉，出自《建構與反思》上（台北：台灣學生書局，2002年）。

制的,其詮釋與理解均具有極高度的自主意識。除了因接受者期待視野所造成的「無意的誤讀」外,我們之前又曾提到過「讀者兼爲創作者」的情形,這則接近於布魯姆「影響論」所涵攝的「有意的誤讀」,這是種更爲積極的建設性反作用,可以偏離或閃避前人的影響。無論「有意的誤讀」或「無意的誤讀」,總是透露著接受者自己主觀的願望。尤其是前者,其專制的閱讀行爲甚至包括:企圖藉由更新語言來改寫前人,或透過竄改扭曲的手法來製造創新的機會。這種有意識且刻意的手段,主要目的就在於轉化後輩詩人的影響焦慮。這個部分,宋代的強者詩人將之當成創作策略的運用,我們可在下一章節中進一步詳述。

在此章節談論宋人對典範的擇取時,似乎仍偏向於「無意誤讀」的情況,但其實當中已包含不少「有意誤讀」的要素。因爲,除了單純的校勘造成語言文字上的錯誤,或因社會背景造成期待視野的不同外,其他還基於偶像化或理想化、譜系神話之建構、感同身受之經歷等等原因。而這些情況大多是在宋代詩人有意識的判斷抉擇下,進而將之視爲典範予以推尊的。所以,宋人的自立精神也就呈現於遴選、樹立乃至改造這些古代典範之中。

以下便依宋代各階段詩人們對典範擇取的順序,針對宋代主要尊崇的幾個詩歌典範,來觀察宋人對取法對象其人其詩有意與無意的誤讀,以及誤讀的方式、內容,並從其典範遞移的情況,探討其各方面的意義。

一、典範的誤讀

(一)白居易

白詩在宋代受到重視的時間相當早,宋初所流行的就是白居易風格的詩,代表作家爲徐鉉、李昉及王禹偁,學者稱之爲「香山派」。此派主要繼承白居易閒適詩的風格,以淺近率易之語,寫優游閒逸之趣,不綴奇字,不押險韻,不務雕琢。徐復觀〈宋詩特徵試論〉中曾如此敘述:

> 自徐鉉兄弟及王禹偁們的『白體』後，因白樂天詩的風格
> 與時代新精神相合，他在宋詩中，不知不覺地有如繪畫的
> 粉本，各家在此粉本上，再加筆墨之功。〔註4〕

之所以說白居易的詩風「與時代新精神相合」，是因當時宋代結束了
五代十國的紛亂局面，政局的重趨穩定，給文人士大夫營造了一個安
定悠閒的生活環境；統治者的既定國策也助長了這種安閒雍和的社會
氛圍，以致於大臣間詩歌唱和之風盛行。而這批詩人大多爲宮廷的文
學之臣，位居顯要，其悠閒清貴的處境與地位，正如同晚年的白居易，
白居易就是他們整個創作和生活的最佳參照系。《二李唱和集》中即
有詩云：

> 秘閣清虛地，深居好養賢。不聞塵外事，如在洞中天。日
> 轉遲遲影，爐夢裊裊煙應問白少傅，時復枕書眠。〔註5〕

「不問塵外事」、「時復枕中眠」，如此這般的悠閒情調，表現的正是
宋初的承平之風。可知，宋初詩人學白居易多著眼於形式上的「淺
切」，和內容上的「流連光景、唱和應酬」。如李昉「爲文章慕白居易，
尤淺近易曉」〔註6〕、「昉詩務淺切，效白樂天體，晚年與參政李公至
爲唱和友。」〔註7〕

而王禹偁則是宋初白體詩人中仿習最切者。他以好白、學白著
稱，在他詩文中言及白居易處頗多，剛開始時他也是受到時代風氣的
影響而追慕白體，但是，因爲共同的謫宦經歷，讓他不只是欣賞白詩，
更讓他傾慕白居易爲人的通達：

> 元白謫官，皆有放言詩著於編集，蓋騷人之道味也，予雖
> 才不侔於古人，而謫官同矣。〔註8〕

故王禹偁常以樂天自勉：

〔註4〕 徐復觀〈宋詩特徵試論〉，引自《中國文學論集續篇》（台北：台灣
學生書局，1984年）頁31。

〔註5〕 李昉,李至撰《二李唱和集》，清末民初貴陽陳氏影宋刊本。

〔註6〕 《宋史・本傳》引自王雲五編《宋史》（台北：台灣商務印書館，1980年）

〔註7〕 吳處厚撰《青箱雜記》（台北：藝文印書館，1966年）

〔註8〕 王禹偁〈放言詩〉序，《小畜集外集》卷七（上海：商務印書館，1936年）

命屈由來道日新，詩家權柄敵陶鈞。任無功業調金鼎，且
有篇章到古人。本與樂天爲後進，敢期子美是前身，從今
莫厭閒官職，主管風騷勝要津。〔註9〕

詩中將自己與白居易並置，自述自己和白居易均宗奉杜甫，表示即
使不能在政治上得意，但仍可主盟詩壇，其中不無自負之意。值得
注意的是，王禹偁顯然不僅著眼於白詩的閒適淺易，還繼承了白居
易「歌詩合爲事而作」的諷喻精神，並由此導向杜甫，欲開出創作
的新途徑。白居易詩的內容傾向和影響都比較複雜，但就當時的仿
效來說，「清切」當然不會一直爲主理務深的宋人所接受。王禹偁推
崇白居易遷謫自安、忘懷處順的通達，倒是開啓了宋人對白居易人
格上的認同。

這樣慕白效白之人，一直延至北宋中期都還有，《六一詩話》就
嘗云：「仁宗朝，有數達官，以詩知名，常慕白樂天體，故其詩多得
於容易。」又云：「陳舍人從易，當時文方盛之際，獨以醇儒古學見
稱，其詩多類白樂天。」〔註10〕北宋中期慕白最著名的詩人當推蘇東
坡。《王直方詩話》云：

東坡平日最愛樂天之爲人，故有詩云：「我甚似樂天，但
無素與蠻。」又：「我似樂天君記取，華顚賞遍洛陽春。」
又：「他時要指集賢人，知是香山老居士。」又：「定似香
山老居士，世緣終淺道根深。」而坡在錢塘，與樂天所留
歲月略相似，其詩云：「在郡依前六百日」者是也。〔註11〕

東坡對於白居易的接受，顯然也在於其爲人。他因喜愛白居易達道之
語、世緣淺道根深之明通，才進而愛慕其人。《二老堂詩話》中分析

〔註9〕 王禹偁〈前賦春居雜興詩二首，間半歲，不復省視，因長男嘉祐讀
杜工部集，見語意頗有相類者，咎於予，且意予竊之也，予喜而作
詩，聊以自賀〉《小畜集》卷九，同註8。

〔註10〕 《六一詩話》引自何文煥《歷代詩話》（台北：藝文印書館，1964年），
頁264、266。

〔註11〕 《王直方詩話》引自胡仔《苕溪漁隱叢話》前集卷二十一（台北：
台灣中華書局，1965年），頁141。

白蘇二人相似之處曰：「其文章皆主辭達，而忠厚好施，剛直盡言，與人有情，於物無著，大略相似。」〔註12〕除了肯定文辭上的通達，大部分的重點仍放在兩者人格情性上的接近。

蘇轍也曾描述自己身經謫宦，而受白居易曠達的人生態度所感動的情形：

> 元符二年，予自海嶺再謫龍川，既至，廬於城西聖壽僧舍，閉門索然，無以終日……乃得樂天文集閱之。樂天少年知讀佛書，習禪定，既涉世，履憂患，胸中了然，照諸幻之空，故其還朝爲從官，小不合即舍去，分司東洛，優游終老。蓋唐世士大夫達者，如白樂天寡矣。予方流轉風浪，未知止息，觀其遺文，中甚愧之，然樂天處世，不幸在牛李黨中，觀其平生，端而不倚，非有所附麗者也，蓋勢有所至而不能已耳。〔註13〕

白居易對政局的灑脫，「小不合即舍去」的堅持，「履憂患，胸中了然」的明達，宦海浮沈依舊處之泰然，甚至周旋於牛李黨爭中，還能全身於黨禍，這些種種都是讓蘇轍等北宋士大夫之所以愛慕樂天，且能滋生勉勵之心的原因。

不過，白居易的曠達自安，也有人認爲並非出於本性，例如蔡啓即言：

> 樂天既退閒，放浪物外，若眞能脫屣軒冕者。然榮辱得失之際，銖銖校量，而自矜其達，每詩未嘗不著此意，是豈眞能忘之者哉！亦力勝之耳。〔註14〕

他認爲樂天實是「自矜其達」，並非眞能忘卻榮辱得失。但他提出了「力勝」的說法，指出樂天的曠達雖非天性，但至少在面對世事浮沈時，頗能出於勉力，表現超脫的用心。蔡啓之言不無道理，因爲在《新唐書・白居易列傳》中對白居易其人的描述正是：

〔註12〕周必大《二老堂詩話》，引自《歷代詩話》同註10，頁656。

〔註13〕引自《苕溪漁隱叢話》後集卷十三，同註11，頁95。

〔註14〕蔡啓《蔡寬夫詩話》卷下，同註1，頁393。

> 居易始以直道，奮在天子前，爭安危冀以立功。雖中被斥，晚益不衰，當宗閔時，權勢震赫，終不附離爲進取計，完節自高。……嗚呼居易其賢哉。

白居易〈與元九書〉中亦自云：

> 僕志在兼濟，行在獨善，奉而終始之則爲道，言而發明之則爲詩。謂之諷喻詩，兼濟之志也；謂之閒適詩，獨善之義也，故覽僕詩，知僕之道焉。

白居易以直道自任，兼濟之志發於詩，欲藉此改革當時政治社會之弊。這樣的人，即使後來詩風由「諷喻」轉爲「閒適」，呈現了他個人人生態度的轉變，但終究不可能完全放任縱恣，不問世事，故其曠達應非天性本然。雖然如此，但他「力勝」爲之的用心亦能被宋人肯定，可見宋代對詩人的要求，只要是能達於合於理想人格的境界，都是傾慕的對象，即便是後天的修爲亦然。

相對於宋初對白詩淺易詩風的接受仿效，之後的宋人對白居易的認同多轉移至人格修爲方面；至於討論白詩藝術表現的焦點，則均放在其直接淺易的表現方式上，其中最著名的就是蘇軾的「元輕白俗」之說。東坡對其藝術形象言簡意賅的描述，在宋代引起廣大的共鳴。這個評語帶有否定的意味，後來論詩者也多針對這點對白詩加以批評反對，如魏泰《臨漢隱居詩話》就說：

> ……唐人亦多爲樂府，若張籍、王建、元稹、白居易以此得名，其述情敘怨，委屈周詳，言盡意盡，更無餘味。
>
> ……白居易亦善作長韻敘事，但格制不高，局於淺切，又不能更風操，雖百篇之意，只如一篇，故使人讀而易厭。〔註15〕

宋人向來主理務深，而且又有強調餘味之論，故白詩淺近的風格，多被認爲述情敘怨過於周詳，言意俱盡，格不高又無韻味，使人讀之較易生厭。張戒《歲寒堂詩話》亦有同感：

> 元白張籍王建樂府，專以道得人心中事爲工，然其詞淺近，

〔註15〕魏泰《臨漢隱居詩話》，引自《歷代詩話》，同註 10，頁 322、327。

> 其氣卑弱。〔註16〕……杜牧之云：「多情卻是總無情，惟覺
> 尊前笑不成。」意非不佳，然而詞意淺露，略無餘蘊。元
> 白張籍，其病正在此。只知道得人心中事，而不知道盡則
> 又淺露也。〔註17〕

張戒雖不贊成白詩淺露的表現方式，但對於其善敘人情的部分仍有所取，還進一步分析白詩問題所在，顯得較爲公允：

> 世言白少傅詩格卑，雖誠有之，然亦不可不察也。元白張
> 籍詩，皆自陶阮中出，專以道得人心中事爲工，本不應格
> 卑，但其詞傷于太煩，其意傷于太盡，遂成冗長卑陋爾。……
> 若收斂其詞而少加含蓄，其意味豈復可及也。蘇端明子瞻
> 喜之，良有由然。皮日休曰：「天下皆汲汲，樂天獨恬然，
> 天下皆悶悶，樂天獨舍旃。仕若不得志，可爲龜鑑焉。」
> 此語得之。〔註18〕

張戒雖覺得白詩有「格卑」的現象，但他認爲主要是因爲文字處理失當，才會造成顯露冗長之弊，若就其詩歌所欲表現的意義而言，往往仍有可取之處。至於後來又論及蘇軾對白居易的喜愛，引皮日休之語等，可見張戒對白居易的推崇還是以其人格行事爲主。

其實，白詩風格所以走淺近的路線，是因白居易本人對詩歌功能的認知，他的創作多根據社會取材，以寫實反映社會政治，所以接受者要能明白理解，才能達到其所欲追求的效果，故《冷齋夜話》引掌故稱其詩「老嫗能解」。也正因其詩淺近易解，所以流布相當廣速，《甌北詩話》卷四曾描述當時白詩受到歡迎的盛況：

> ……觀寺郵堠牆壁之上無不書，王公妾婦牛童馬走之口無
> 不道，至遶繕寫摹勒衒賣於市。〔註19〕

然而在宋代，因爲時代風尚的不同，對詩歌功能要求的差異，使得白

〔註16〕張戒《歲寒堂詩話》，引自丁福保編《歷代詩話續編》（北京：中華
書局，1983 年），頁 542。
〔註17〕張戒《歲寒堂詩話》，同註 16，頁 546。
〔註18〕張戒《歲寒堂詩話》，同註 16，頁 553。
〔註19〕趙翼《甌北詩話》（台北：廣文書局，1987 年）

詩的藝術評價若非傷其「顯露」則病其「鄙俚」，忽略了白居易當初預設的社會功能。

總之，宋代對白居易詩歌的掌握大體環繞在詞意淺近、略無餘蘊的問題上，只是每一家批評此種風格的認可程度不同。不過，宋人對白居易〈長恨歌〉一詩的指摘，卻都相當接近，大多認為其不但敘事過煩過露，且有失君臣之禮，尤其是與杜甫相較之下，其失更為明顯。《冷齋夜話》所作的評論就頗具代表性：

> 老杜北征詩曰：「唯昔艱難初，事與前世別，不聞夏商衰。中自誅褒妲。」意著明皇鑒夏商之敗，畏天悔過，賜妃子死也。……白樂天〈長恨詞〉曰：「六軍不發無奈何，宛轉蛾眉馬前死。」乃是軍官迫使殺妃子。……孰謂劉白能詩哉？其去老杜何啻九牛一毛耶？北征詩識君臣之大體，忠義之氣與秋色爭高可貴也。[註20]

相同的事件，杜甫寫來不損皇威，而白居易詩中則道出了唐明皇的懦弱無助，即使重點在於諷喻之意，但重視義理禮法的宋人，就是無法接受對君王採取批判的態度，才會進而否定〈長恨歌〉的藝術成就。

平心而論，白居易的詩歌成就有大半是建立在其社會寫實的諷喻手法，可是宋人於此幾乎不予重視，僅王禹偁頗有承繼之態。原本廣受摹效的淺易詩風，也因時代的文學期待改變轉而被批為格卑，大體而言，宋人之所以視白居易為典範，且得以延續到北宋中期，主要還是基於對其人格精神的重視，對其曠達的人生觀、全身於黨禍的修為，極感傾慕。然而從這種選擇性的推崇過程中，便難免會有誤讀的情況。

（二）孟郊、賈島、姚合

宋代詩歌的流變史中晚唐派的勢力兩度出現，一在宋初，一在南宋四靈，可說宋代詩學自學晚唐始，又由學晚唐結束。宋人所謂的晚唐

〔註20〕惠洪《冷齋夜話》卷二（北京：中華書局，1988年），頁56。

體，是指中晚唐之交，以孟郊、賈島和姚合爲代表的狹隘詩風。此派在宋初主要的活動時期爲太宗、眞宗朝，追慕仿效其詩風者也多描摹淒清幽寂的山水景物爲主，並發揮超塵出世的隱逸之趣，而且這些號稱以晚唐爲宗者還大多具有僧人或隱士的身份，例如「九僧」或林逋。由此推想這種詩風的流行，應與宋初統治者熱衷佛道，禮遇隱士有關。

郊、島之所以被相提並論，一由於「窮苦」，二由於「苦吟」。「窮苦」是針對其內容風格而言，「苦吟」則是象徵其藝術表現的方法上過於雕琢。宋人在這兩個特色上的論述也特別多，像歐陽脩就說：「孟郊賈島皆以詩窮至死，而平生尤自喜爲窮苦之句。」〔註21〕但歐陽脩顯然對此種風格並不贊同，他曾評之曰：「下看區區郊與島，螢非露溼吟秋草。」〔註21〕就是不滿二人侷促於物象，限制於窮苦，詩中充滿悲愁陰鬱之氣。基於對兩人詩歌特色的認知，歐陽脩從兩人寫作的共同內容和技巧，提出「窮而後工」說，〔註23〕以「窮」與「工」做爲兩人詩作的標誌。像魏泰便承歐陽脩窮工之說，但又格外強調孟郊詩苦吟的精神：

> 孟郊詩寒澀窮僻，琢削不假，眞苦吟而成。觀其句法格力
> 可見矣。其自謂「夜吟曉不休，苦吟神鬼愁。如何不自閒，
> 心與身爲讎。」而退之薦其詩云：「榮華肖天秀，捷疾愈響
> 報。」何也？〔註24〕

之後蘇軾則更進一步探求兩人藝術形象的差異，他所提出的「郊寒島瘦」的評價亦深得宋人之心。及至南宋劉克莊，仍針對郊、島創作過程中「窮」與「工」的關係作發揮，不過他是屬於「從其工推究其必窮」的反向思考：

〔註21〕歐陽脩《六一詩話》同註10，頁266。
〔註21〕歐陽脩〈太白戲聖俞詩〉，出自《歐陽文忠公集》卷五（台北：台灣商務印書館，1979年）
〔註23〕參見張健《中國文學批評論集》對「詩窮而後工說」之探討（台北：天華出版事業，1979年）頁46。
〔註24〕《臨漢隱居詩話》，同註15，頁321。

觀人言語，可以驗其通塞。郊島詩極天下之工，亦極天下
之窮。方其苦吟也，有先得上句，經年始足下句者，有斷
數鬚而下一字者，做成此一種文字，其人雖欲不窮，不可
得也。〔註25〕

可見以孟郊、賈島作爲寒苦詩人的代表，而形成窮與工的互動關係，
是宋人一般的認定。

　　雖然後來的宋人大多對孟郊的詩風不表欣賞，如嚴羽所說：「孟
郊之詩刻苦，讀之使人不歡。」〔註26〕就認爲這類詩歌本身苦澀的特
質，會影響閱讀者的心情；不過，倒也有論者點出其詩之妙，像曾季
貍曾述自己讀孟郊詩的經驗：「……五十以後，因暇日試取細讀，見
其精深高妙，誠未易窺。」〔註27〕可知讀孟郊詩必須具有一定年紀閱
歷，且非細讀不足以窺其奧。

　　另外，如黃裳所說：「孟郊鳴其窮，始讀鬱吾氣，再味濡我胸。」
〔註28〕也是認爲孟郊詩須再三品味，才能體會出箇中滋味。許顗則
說：「孟東野詩苦思深遠，可愛不可學。」〔註29〕亦頗能欣賞其苦思
以致詩意深遠的特色。還有如張戒，獨排眾意，反駁世人之鄙薄孟郊
詩寒苦，認爲這僅是表面之見：

東野……世以配賈島，而鄙其寒苦，蓋未之察也。郊之詩
寒苦則信矣。然其格致高古，詞意精確，其才亦豈可易得？
〔註30〕

張戒獨賞其格致高古，詞意精確，進而肯定孟郊之才。劉克莊亦以爲
孟郊的詩風具有別樹一幟的創造力：

〔註25〕〈跋柯豈文詩〉引自劉克莊《後村先生大全集》（台北：台灣商務印
　　　　書館，1975 年）卷一〇一。
〔註26〕嚴羽《滄浪詩話》引自《歷代詩話》，同註10，頁 698。
〔註27〕曾季貍《艇齋詩話》引自《歷代詩話續編》，同註16，頁 367。
〔註28〕〈讀羅隱孟郊集〉引自黃裳《演山集》卷三（台北：台灣商務印書
　　　　館，1970 年）
〔註29〕《彥周詩話》引自《歷代詩話》，同註10，頁 399。
〔註30〕張戒《歲寒堂詩話》卷上，同註16，頁 554。

當舉世競驅浮豔之時，雖豪傑不能自拔，孟生獨爲一種苦
淡不經人道之語。〔註31〕

如東野諸詩自出機杼，無一字犯唐人格律。〔註32〕

這些便道出了孟郊自闢蹊徑，但不爲世人所瞭解的創作用心。

然而，宋代的許多批評家仍喜歡由其詩評其人，從孟郊的詩作計
較其侷促蹇澀的人生態度，如蘇轍所評就極爲嚴苛：

郊耿介之士，雖天地之大，無以安其身。起居飲食，有戚
戚之憂，是以卒窮以死。而李翺稱之，以爲郊詩高處，在
古無上，平處猶下顧沈謝。至韓退之亦談不容口，甚矣，
唐人之不聞道也。孔子稱顏子在陋巷，人不堪其憂，回也
不改其樂。回雖窮困早卒，而非處身之非，可以言命，與
孟郊異矣。〔註33〕

顯然是以道德人格爲標準在衡量孟郊，如此的批評是在論人，而非論
詩，若沒有進入詩人的內在生命去對應他的寒苦，自然無法欣賞他的
創作意圖和這樣的創作型態。

至於賈島，他曾經爲僧，而後又還俗，這樣的歷練，不易引起一
般人的共鳴；又因其與韓愈的關係不如孟郊密切，所以雖同爲窮苦詩
人的代表，但卻未能受到與孟郊相當的關注。而最讓宋人忽略他的主
要因素，在於賈島詩的意念及取境都顯得較孟郊更爲狹窄，在宋人看
來這即是才學不及所致，在以才學爲詩的宋代，這是相當大的缺失。
故於四靈出現之前，賈島除了偶而與孟郊並論外，知者甚少。雖說批
評者難以進入其特殊的生活體驗之中，是最根本的原因；但從批評家
往往摘句爲評的情形，其實也透露出賈島詩瘦弱的本質，及有句無篇
的現象，亦是讓人難以認同之處。

然而還是會有些推崇賈島者，他們大抵取其平淡、閒易且不失深

〔註31〕劉克莊《後村詩話後集》卷一（台北：藝文印書館，1970年）頁8。

〔註32〕〈跋滿領衛詩〉引自《後村先生大全集》，同註25，卷一一一。

〔註33〕蘇轍〈詩病五事〉引自近藤元粹編《螢雪軒叢書》（日本大阪：青山
　　　　嵩山堂，光緒34年），頁2。

長的意味，像張耒就有詩云：

> 五字一篇詩，人傳賈島詞，清秋千古在，幽淡幾人知。霜
> 夜燈前讀，林間靜處思，恍然如見面，更對七朱絲。〔註34〕

張耒顯然放下詩人生命背景與詩作中狹隘的部分，獨獨突顯其作品中
「清閒」、「幽淡」的部分來欣賞。

孟郊、賈島雖以窮困苦吟的形象並稱，但實際上兩人的風格差異
頗大，才力造詣上亦有上下。劉克莊即認為：「以賈配孟，是師與弟
子並行也。」〔註35〕或正因如此，在四靈時，即以另一角度來欣賞賈
島詩，並找了另一詩人姚合來與之相配。姚合詩與賈島同屬一派，而
刻畫纖仄又似過之。

宋初宗晚唐者，如上所述，某些因素是時代風尚與統治者的信仰
傾向使然；但及至宋末，永嘉四靈復倡唐音則是為了反抗江西詩派末
流的僵硬弊端。江西詩派重說理、強調才力學問，逞辨博而詩律壞，
劉克莊將這種詩風的發端推究到杜甫，認為：

> 古詩出於情性，發必善；今詩出於記聞，博而已。自杜子
> 美未免此病。於是張籍、王建輩稍束起書袋，劃去繁縟，
> 趨於切近，世喜其簡便，竟起效顰，遂為晚唐。〔註36〕

他引晚唐詩風出現的機緣來比對當時「晚唐體」流行的文學背景，其
論述邏輯是可以理解的：杜甫詩開了「出於記聞」的博辨之體，中晚
唐詩人則以短小、精警、清切的風格加以矯革；宋代的江西詩派，所
發展的亦屬於杜甫這一方向，甚至更拘泥於形式詩法，流於剽竊模
擬，毫無生氣，故自然得以晚唐體來矯之。這就是葉適稱四靈所謂「如
胠鳴吻決，出毫芒之奇，可以轉運而無極也」〔註37〕的原因了。

〔註34〕〈夜讀賈長江詩效其體〉引自張耒《柯山集拾遺》卷五（台北：廣
文書局，1965 年）
〔註35〕《後村詩話》新集卷四，同註31，頁 3。
〔註36〕〈跋韓隱居詩〉引自《後村先生大全集》，同註25。
〔註37〕〈徐斯遠文集序〉引自葉適編《永嘉四靈詩集》（浙江：浙江古籍出
版社，1985 年）

　　由於四靈以創作爲主，雖宗姚賈，卻無具體的批評流傳。唯有趙師秀曾選姚合詩一百二十首、賈島詩八十一首，編爲《二妙集》，作爲學習範本。四靈之所以宗主姚賈，除了要以之矯正江西詩派末流之弊外，亦與他們的生活背景有關。因爲四靈也皆屬於仕途狹窄，輾轉下僚的中下層士大夫，又與詩僧往來密切，其所思所想、所遇所感，都接近於姚、賈一派。但自四靈之後，姚、賈雖被視爲晚唐體的代表，實則其個性已被淹沒於晚唐體的共同特色之中。〔註38〕

　　宋人對晚唐體代表詩人的仿效，宋初由於時代風尚使然，宋末則以矯革文弊爲主，這種目的性的推崇，讓「誤讀」原已不可避免，加上對於摹效典範的實際創作，又鮮少能進入他們內在深層的世界，去品味他們的窮澀苦吟，只一味將之視爲學習範本；尤其強調以道德人格來要求，進而批評其外顯詩風，在這樣的情形下，更見後來評論者視角的偏差。

　　賈島的詩風清苦僻奇，效顰者致力於此，主要在精神上追隨之；但當時非難「晚唐」、「九僧體」的角度卻是針對其喜歡寫景，又偏於瑣碎細小之景的弊端。如方回批評宋末晚唐體，而及於宋初晚唐體之弊時說：

> 後山學老杜，此其逼眞者，枯淡瘦勁，情味幽深。晚唐人
> 非風花雪月禽鳥蟲魚竹樹則一字不能作。〔註39〕

其實以景托情、生動形象、流美圓轉是中國抒情詩的重要特點，也是漢末魏晉以來所形成的詩學傳統，晚唐體雖有意境狹小、氣格卑弱之弊，但終究是這種傳統的尾聲。只是受到理學和釋老的影響，使得宋代詩學的審美趣味發生了轉變，宋人喜歡枯淡瘦硬而不再接受晚唐人好風花的格調，自然也對晚唐詩的體物之習感到不滿。因此對孟賈姚三位苦吟詩人的評價，幾乎呈現一面倒的否定。

〔註38〕晚唐體，一般而言，其共同特色爲：重體物、尚抒情，反對刻意用事與說理，創作以白描的表現爲主。

〔註39〕方回《瀛奎律髓》寄贈類（上海：上海古籍出版社，1993年）。

（三）李商隱

相對於晚唐體派詩人淺近白描的手法，西崑體可說是是宋代第一次的「雅化」運動。西崑詩派以李商隱為宗主，代表性詩人楊億對李商隱可謂推崇備至，這點屢見載於宋人各詩話中，例如葛立方《韻語陽秋》敘述：

> 咸平景德中，錢惟演、劉筠首變詩格，而楊文公與王鼎、王綽號「江東三虎」，詩話與錢劉亦絕相類，謂之「西崑體」。大率效李義山之為豐富藻麗，不作枯瘠語，故楊文公在至道中得義山詩百餘篇，至於愛慕而不能釋手，公嘗論義山詩，以謂包蘊密緻，演繹平暢，味無窮而炙愈出，鑽彌堅而酌不竭，使學者少窺其一斑，若滌腸而洗骨。是知文公之詩，有得於義山者為多矣。〔註40〕

西崑詩人對李商隱，主要讚揚其詩有令人取之不竭、用之不盡的深度，內蘊深密，又能敘述平暢。但西崑諸詩人在李商隱的旗號下，他們所吸收的卻主要是偏向消極方面的影響，就像詠物、愛情、詠史這一類作品，儘管大都沿襲了李商隱常寫的題材，然而，他們許多作品都只是不加取捨地一味模仿李詩，以致於失去了李商隱詩歌的精髓。由宋人批評西崑體詩多用典故而導致語僻難曉看來，西崑詩人實過於著重在雕琢及用事方面，生搬硬套的結果，非但沒有完整學到義山詩的佳處，反而擴大了李詩的糟粕。

而宋人對李商隱的討論正始於西崑派詩人的引介。即使後來西崑體沒落了，討論李商隱詩的興味仍不曾稍減，反而更藉由檢討西崑體詩，加深對李商隱的探討。一般來說，宋人論李商隱詩鮮少有極端爭議，大體上是就其創作成果的瑕瑜論之，故還頗能發揮義山詩的藝術特質。

在宋人談李商隱的進程中，王安石對義山與老杜關係的發掘，是奠定義山在宋代地位最有力的說法。蔡啟即道：「王荊公晚年亦喜稱義

〔註40〕葛立方《韻語陽秋》卷二，引自《歷代詩話》，同註10，頁499。

山詩，以爲唐人知學老杜而得其藩籬者，爲義山一人而已。」〔註41〕
王安石對李商隱的讚美，在於肯定李商隱學杜的成果，他甚至認爲學
李可以作爲學杜的橋樑。而且他不像西崑體，僅醉心於李詩的華美詞
采，他對西崑體和李商隱兩者之間的界線清楚分別。

葉夢得也頗認同王安石推重李商隱之事，他說：

> 唐人學老杜，惟商隱一人而已，雖未盡造其妙，然精密華
> 麗亦自得其彷彿，王荊公亦嘗爲蔡天啟言：學者未可遽學
> 老杜，當先學商隱。未有不能爲商隱而能爲老杜者。〔註42〕

他肯定李商隱學杜的成果，但強調李商隱只是學杜的橋樑。實際上，
李商隱的作品，特別是政治詩（古體如〈行次西郊〉、律體如〈贈悼
劉蕡和蜀中諸作〉），確實接近於杜甫的憂國之音、沈鬱之調，但基本
上仍不及老杜氣勢的渾厚。所以義山可觀之處應在其別開一徑：重藻
彙用事，只不過略有雕琢之弊。

其實，李義山詩之所以可以作爲摹習杜詩的橋樑，主要在於其講
求詩法。在江西詩派盛行以後，多有推重義山詩法的見解，如許顗就
曾有一段對話：

> 作詩淺易鄙陋之氣不除，大可惡。客問何從去之，僕曰：「熟
> 讀唐李義山詩與本朝黃魯直詩而深思，焉則去也。」〔註43〕

呂本中也敘述到：

> 東萊公嘗言，少時作詩，未有以異眾人，後得李義山詩，
> 熟讀規摹之，始覺有異。〔註44〕

義山詩不但與黃庭堅同樣代表去除淺易鄙陋之氣的指標，而且又成爲
參悟作詩之法的關鍵，自然也受到宋人的正向評價。簡言之，李商隱
詩雖不是至境，但詩法明確，又較杜詩更易參透，故以之入手正可作
爲通往杜詩境界的橋樑。

〔註41〕蔡啓《蔡寬夫詩話》，同註1。
〔註42〕葉夢得《石林詩話》，引自《歷代詩話》，同註10，頁432。
〔註43〕許顗《彥周詩話》，同註29，頁401。
〔註44〕呂本中《紫微詩話》，引自《歷代詩話》，同註10，頁367。

　　之前透過西崑詩，對李商隱詩的瞭解並不全面也不夠深入，反而藉由江西詩派的風行，窮究詩法的態度，更能帶動對義山詩的深層認識。但要釐清的是：江西詩派取於義山者，乃在其詩法而非風格，所以江西詩風與李商隱詩並不相同，因此在典範的推舉上，義山既不可能被推為至尊，但相對而言，其地位也不至於隨江西詩派而起伏。

　　然而，宋人藉由李詩為學習杜甫的跳板，對李商隱詩的認識已有所偏，到了南宋中期以後，詩壇又有了轉變，流行的是白描切近又不乏雕琢之功的晚唐派，當此之際，由義山入杜之說開始受到了質疑，如劉克莊就說：

> 余嘗評本朝詩，崑體過於雕琢，去性情寖遠。至歐梅始以開拓變拘，挾平澹，易纖巧，子曰：「辭，達而已矣。」豈必揔□□義山入杜乎？〔註45〕

對杜詩的終極認定不變，但學習杜詩的取徑有殊，在「詞達」的主張下，他們提出了「由姚合進而至賈島，自賈島進而至老杜」〔註46〕的進程。

　　除了以其詩為習杜的進階說法外，李商隱最為宋人稱道者，還有其才學之博。一般人對義山詩最初的印象，便是詞采華麗、用典富贍。雕琢詞藻固然為義山詩的特色，但是宋人對於義山用事技巧的優劣更為關心，如《風月堂詩話》評曰：「用事如此，可謂有功矣。」「用事屬對如此者罕有。」，〔註47〕《堪溪詩話》亦云：「用事出人意表，猶有餘味。」皆肯定義山用典的技巧。宋人以為詩者博學積實，才能用典如此豐贍，這一點相當合於宋人脾胃。甚至利用義山的這個特色來詮釋詩人之才的重要：

> 李商隱詩好積故實，……一篇之中用事者十七八。……以是知凡作者，需飽材料。傳稱任昉用事過多，屬辭不得流

〔註45〕劉克莊〈跋刁通判詩卷〉引自《後村先生大全集》卷一一〇，同註25。

〔註46〕方回《瀛奎律髓》，同註39。

〔註47〕朱弁《風月堂詩話》（台北：廣文書局，1973年），頁38。

便。余謂昉詩所以不能傾沈約者，乃才有限，非事多之過。
〔註48〕

他們認爲詩人一旦飽積材料，再以大才駕馭典故，便無礙於詩之流
暢。換言之，詩的好壞，不在用事與否，只要博學大才，自能無施不
可。

　　宋人自歐陽脩以來，這種重視才學的觀念，一直籠罩著宋代詩
學，義山用典之豐，技巧之純熟，在宋人看來，若無博大之才是無法
做到的，這也就是爲什麼即使後來西崑體已顯弊端，但義山詩仍未被
輕忽放棄之因。此外，義山詩之所以遲遲未因雕琢而併入晚唐詩的範
疇，也是因爲其用典的作風與晚唐派詩人的白描不同。雖然後來宋人
因而改採他途習杜，但李詩在無限感傷和隱約朦朧之中，詞采的華美
與音調的流麗，卻是在晚唐詩人中最具盛唐風姿者，這一點是不容置
疑的。

　　另外，義山詩歌的內容也有受宋人稱道之處。他雖不能像杜甫被
歸爲忠君的儒家思想；也不能像李白詩那樣具有神仙的飄逸神態；或
像郊島詩被視爲刻畫窮苦那麼單純，但是李義山詩中所呈現的，對於
事物的敏銳善感、出人意表的心理洞悉，透過層層典故、辭采包裝下
的議論所展現的另類奇趣，反而受到宋人特別的重視。像張戒就曾評
曰：「義山多奇趣。」〔註49〕另外，張戒又舉例說明：

　　　「地險悠悠天險長，金陵王氣應瑤光，休誇此地分天下，
　　　只得徐妃半面妝。」李義山此詩，非誇徐妃，乃譏湘中也。
　　　義山詩佳處，大抵類此。詠物瑣屑，用事似僻，而意則甚
　　　遠。世但見其詩喜說婦人，而不知爲世鑒戒。〔註50〕

便是讚美義山詩含有深遠的意涵，且譏諷得體。只不過若一旦關乎君
臣分際之時，宋人對義山的尖銳譏刺，便頗有微詞了。例如范晞文云：

　　　……李商隱詠眞妃之事則曰：「平明每幸長生殿，不從金輿

〔註48〕魏慶之《詩人玉屑》，引自《苕溪漁隱叢話》，同註11。
〔註49〕張戒《歲寒堂詩話》，同註 16。
〔註50〕張戒《歲寒堂詩話》，同註16。

> 唯壽王。」彰君之惡也，聖人答陳司敗知禮之問，恐不爾
> 也。又「爲免被他褒女笑，只教天子暫蒙塵。」又「君王
> 若道能傾國，玉輦何由過馬嵬。」又「如何四紀爲天子，
> 不及盧家有莫愁」皆有重色輕天下之心。大抵商隱之詩類
> 如此。〔註51〕

彰君之惡，便有失君臣之禮；譏刺過當，便有失溫柔敦厚之旨。宋人
對於義山這點就像對白居易詩中反映君王之過時那般不諒解。

　　然義山詩最受宋人批評之處，主要仍在於「雕琢」。宋人原本即
認爲詩雖須雕琢，但仍應以到達自然無痕跡爲佳，宋人屢評義山詩雕
琢，就是因爲其詩作中見得到斧鑿的痕跡。如《彥周詩話》云：「李
義山詩，字字鍛煉。」《王直方詩話》更直接表明：

> 作詩貴雕琢，又畏有斧鑿痕，貴破的又畏粘皮骨，此所以
> 爲難。李商隱柳詩云：「動春何限葉，撼曉幾多枝？」恨其
> 有斧鑿痕也。〔註52〕

此外，宋人對其鍛煉雕琢之下所運用的字彙，亦頗有微詞，例如張戒
就表示：「李義山詩，只知有金玉龍鳳。」〔註53〕語氣間便透露著不
以爲然。

　　事實上，義山所處時代是行將凋萎的晚唐，義山對於歷史時事乃
至於人情世故，極具敏銳的觀察力，所以在他妝點華麗的詩境中，尚
能出之以譏刺，發之爲議論，這種善感的本質全由天賦，已屬難得。
至於李商隱個人的評價，則完全受制於其經歷，他長久處於牛李黨爭
的糾紛困擾之中，他的哀時憂國和耿介節操，一直沒有得到理解；加
上李商隱的詩歌向來以「綺密瑰妍」見長，屬於婉約一派的風格，這
類作品又以表現綺麗的景象和美艷的事物爲多，因此人們只片面欣賞
或批判他的豐典麗藻，反而忽略了他借辭托事、言之有物的優點。如
此長期的誤解，甚至還被視爲「輕薄」的詩人，影響後人對其詩歌的

〔註51〕范晞文《對床夜語》卷三，引自《歷代詩話續編》，同註16，頁512。
〔註52〕《王直方詩話》，同註11，頁272。
〔註53〕張戒《歲寒堂詩話》卷上，同註16，頁560。

認識。

　　義山所處的時代，與西崑詩人所處的太平盛世原本迥異，西崑體所擇取效法的部分，又只在於李詩的雕琢與華麗，原本已不夠完整；後來又以李詩爲學習杜詩的跳板，所關注的重心又已非李詩本身。特別值得一提的是，義山詩在宋人心中的地位，與論李杜韓時最大的不同在於：除了在西崑體流行時曾受到宗師般的重視外，他並不算是名列前茅的典範詩人，無法與人爭宗主的地位，但宋人對其詩探討的深入程度，卻比其他大家有過之而無不及。主要是因爲宋人對義山的詩法頗有會心之處，他雕琢華麗的風格，固然不合宋人口味，但其博學多才、用事深刻、議論深遠等部分則還能得到宋人的欣賞。總之，他雖不在最顯位，但也不曾受到激烈詬病，故其詩歌的藝術技巧才沒有被抹滅。

（四）韓　愈

　　宋人對韓愈的誤讀反應主要出現在北宋階段。北宋前期「尊韓派」將韓愈的古文運動直視爲儒家復興運動。以此爲標準，他們對韓愈的接受及肯定表現在下列諸事：首先是「排佛」事件的形象。柳開在〈韓文公雙鳥詩解〉中，以自己主觀的解讀，從排佛的角度迻自解釋韓愈的〈雙鳥詩〉。《太平廣記》則引用韓詩「欲爲聖明除弊事，肯將衰朽惜殘年」（〈左遷至藍關示姪孫湘〉）來表達韓愈憂國的一面。甚至如《冊府元龜》也將韓愈〈諫迎佛骨表〉一事列於「直諫」條，並給予高度肯定。還有，王禹偁將〈諫迎佛骨表〉視爲「可救今時弊病者」。他們均藉此強化韓愈的衛道精神。

　　再者，北宋前期文人特別重視韓愈的道統說，並認定韓愈是儒家道統最後的繼承人，孫復在〈信道堂記〉中就提到他的道統觀爲：

　　　吾之所爲道者，堯、舜、禹、湯、文、武、周公、孔子之
　　　道也。孟軻、荀卿、揚雄、王通、韓愈之道也。〔註54〕

他們還列出自己的道統譜系，希望自己能繼承韓愈之後。例如柳開曾

─────────────

〔註54〕孫復〈信道堂記〉，《明復小集》，四庫全書本。

表示：

> 吾之道，孔子、孟軻、揚雄、韓愈之道；吾之文，孔子、
> 孟軻、揚雄、韓愈之文。〔註55〕

他們強調韓愈的道統，正意味著韓愈儒家形象的強化，此即成爲宋人接受韓愈的主要內容之一。

　　郭紹虞就指出宋代文人對道統予以高度推崇，但推崇道統的背後，其實是有強烈的目的性：

> 宋初之文與道運動，可以看做韓愈的再生。……最明顯的，
> 即是『統』的觀念。因有這『統』的觀念，所以他們有了
> 信仰，也有了奮鬥的目標，產生以斯文斯道自任的魄力，
> 進一步完成『摧陷廓清』的功績。〔註56〕

北宋初期的文人爲了排斥異端、反對虛浮文風，所以需要更完整的道統體系支持。所以他們賦予道統絕對的意義，並爲道統披上一層神秘的色彩。他們爲了強調道統的權威性，更提出道統的天意說，說明道統的必然性。像柳開，就爲道統加上「天」的解說：

> 周之德既衰，古之道將絕。天之至仁也，愛其民不堪弊廢
> 禮亂樂，如禽獸何，生吾先師，出於下也，付其德而不付
> 其位，亦天之意厥有由乎！……故孟軻氏出而佐之，辭而
> 闢之，聖人之道復存焉。……天知其是也，再生揚雄氏以
> 正之，聖人之道復明焉。……天憤其烈，正不勝邪，重生
> 王通氏以明之，而不耀於天下也。出百餘年，俾韓愈氏驟
> 登其區，廣開以辭，聖人之道復大於唐焉。〔註57〕

韓愈的作爲正是「光大聖人之道」，而聖人之道又是上天賦予的，所以隨著道統的神秘化，韓愈的地位也逐漸被抬高。此時，被視爲崇拜對象的韓愈，已不再是唐代的韓愈，也不只是口頭上的推崇而已，而

〔註55〕柳開〈應責〉，引自《河東先生集》卷一（上海：上海商務印書館，
　　　　1936年）。

〔註56〕郭紹虞《中國文學批評史》（台北：五南圖書出版有限公司，1994年），
　　　　頁155。

〔註57〕柳開〈答臧丙第一書〉，引自《河東先生集》卷6，同註55。

成爲了一種社會文化。在北宋前期文人的推崇過程中，韓愈的儒者形象被無限擴大。

　　總之，北宋前期接受韓愈，主要是爲了反對當時浮華柔弱的文風，韓文的教化、儒道正是北宋文人接受的主要面向。他們不但以此推崇韓文，而且據此進一步塑造韓愈文學形象：他們以集團文學運動的概念解釋韓愈的文學活動，並將韓愈描寫成當時的文壇盟主。如姚鉉〈唐文粹序〉所說：

> 於是柳子厚、李元賓、李翱、皇甫湜又從而和之，則我先
> 聖孔子之道，炳然懸諸日月。〔註58〕

孫何亦云：「續典紹謨，韓領其徒。還歸雅頌，杜統其眾。」〔註59〕不但注意到古文「運動」與其集團性，以及韓愈的領導地位，更重要的是他們的言論，暗示了韓愈所帶領的是儒家復興運動。如此以「道統」來確認韓愈的儒者身分，更可知當時重道輕文的傾向。

　　正因如此，尊韓派對於北宋以前「抑韓」的評價，作出了不少的修正與反駁，企圖樹立韓愈的正面形象。例如：《舊唐書》中曾批評韓愈〈諱辨〉中的思想「不合孔孟之旨」。可是《太平廣記》在敘述〈諱辨〉之事時，並不提及韓愈主觀處事、違背時俗的負面性格；而是將〈諱辨〉改爲韓愈獎勵後進之事，從中襯托韓愈「憐才」的形象。又例如：韓愈〈爭臣論〉中「居其位，則思死其官」的任官精神，也受到宋人的稱道，於是韓愈被塑造成「正直」、「達命」、「良刺史」的形象。諸此種種皆反映了當時尊韓之風氣，且顯示對韓的推崇，在於合乎宋人對儒者人格行事的要求。但這樣過於盲目爲韓愈辯護，常會形成誤解；況且，目的性的接受原本就易導致曲解。

　　北宋前期評論韓愈的文學作品，或多或少牽涉到「道統」、「古道」、「排佛」等論題，所以無法專就韓愈本身的文學價值進行討論，

〔註58〕姚鉉編、張宏生釋注《唐文粹》（台北：錦繡出版社，1992年）。
〔註59〕孫何〈文箴〉，收錄於呂祖謙編，齊治平點校《宋文鑑》卷72（北京：中華書局，1992年）。

到了北宋中葉之後，出現三教合一的潮流，使得文人重新界定儒佛關係，才得以正視韓愈文學上的表現。如歐陽脩就體會到韓愈的古文運動是一文體改革運動，故其推崇韓愈的文學成就，著重在韓愈所提倡的古文傳統，並非像石介等人那樣一味的遵從韓愈的儒家道統。除此之外，如蘇軾、張耒所作的〈韓愈論〉，也都著重在韓愈的文人身分，而非其儒者地位。韓文的用字章法逐漸受到重視，進而被稱爲「集大成」。這些都呈現了北宋中葉後接受韓愈的趨向。

其實作爲一個文人，韓愈在唐朝受弟子們推崇的是其文風格新之功，或看重他怪奇的風格，或重視他書寫的多樣性。〔註60〕而其中特別受到稱許的，還是韓愈的載道色彩。李翱在〈祭吏部韓侍郎文〉中寫道：

六經之風，絕而復新。學者有歸，大變于文。〔註61〕

即認爲韓文本於六經，其成就定義在於文道合一。可知，他們評論韓文時也大都在儒家書寫中尋求認同。這樣的評論角度積累既久，自難更改，宋代便承此後緒再加以發揮；甚至過度推崇，使其文人形象幾爲儒者所掩蓋。

至於韓愈的詩歌，韓愈同時代的人，甚少稱道之，總是讚譽他文章者多。趙德作其文錄序、皇甫湜作其墓誌銘、李漢撰其文集序，都無隻字片語稱述其歌詩，趙璘《因話錄》也說：

韓公文至高，孟長於五言，時號孟詩韓筆。〔註62〕

均證明韓愈在當時主要以文章當世，雖亦能詩，但詩藝未獲重視。

入宋之後，首先推崇韓愈的是柳開，其在開寶年間獲授昌黎詩已有評解，但所重於韓者，主要仍在韓文。所以韓愈詩眞正開始在宋代受到重視，應該自梅堯臣始。梅堯臣曾經屢次擬韓愈詩，如〈余居御橋南夜聞祅鳥鳴效昌黎體〉、〈擬韓吏部射訓狐〉等。不過，在北宋中

〔註60〕高光敏《北宋時期對韓愈接受之研究》，台灣師大國研所 92 年博士論文，頁 18。
〔註61〕李翱〈祭吏部韓侍郎文〉，引自吳文治編《韓愈資料彙編》（北京：中華書局，1983 年）。
〔註62〕趙璘《因話錄》，引自《韓愈資料彙編》，同註 61。

葉歐陽脩主持文壇以前，韓詩受到的注意有限，大部分探討的重心仍
放在韓文上。至歐陽脩出，從中唐以迄宋初，韓文重於韓詩的局面轉
而一變。歐陽脩是推崇韓文最力之人，也是由他發現韓詩的佳處，且
因爲他身分地位的顯要，故影響頗大。歐陽脩是位古文家，同時也是
詩人，他對於韓詩的欣賞推崇，清楚的表達在《六一詩話》內：

> 退之筆力，無施不可，而嘗以詩爲文章末事，故其詩曰：「多
> 情懷酒伴，餘事作詩人。」然其資談笑、助諧謔、敘人情、
> 狀物態，一寓於詩，而曲盡其妙。此在雄文大手固不足論，
> 而余獨愛其工於用韻也。〔註63〕

由此段批評可見：韓愈的創作重心雖在於文，但餘暇所作之詩卻仍大
有可觀。其詩寫作手法與風格不像文章般嚴肅，但皆能曲盡其妙。歐
陽脩認爲韓詩之所以能夠表現多方面的內容，主要在於他「雄文大
手」，故「筆力無施不可」。同時，韓詩「用韻」的功夫，也成爲歐陽
脩提點宋人欣賞韓詩最醒目之處。宋人不但針對此辯論，更在創作上
實踐，張戒並因此得出了「以押韻爲工，始於韓退之，而極於蘇黃」
〔註64〕的結論。

　　歐陽脩學韓文也學韓詩，自然包括「以文爲詩」的手法，事實上，
這在當時引起了注目也引發了爭論。以文爲詩的具體內容概括兩方
面：一是以古文的章法句法爲詩，一是以古文中常見的議論入詩。嚴
羽《滄浪詩話‧詩辨》論之云：

> 近代諸公乃作奇特解會，遂以文字爲詩，以才學爲詩，以
> 議論爲詩。夫豈不工，終非古人之詩也。〔註65〕

從這種帶有貶意的評論中，我們可看到宋人受到韓愈以古文議論爲詩
的影響確實不小。由於宋人對韓愈的認識，乃是先賞其文，方見其詩，
因此文人兼詩人的身分多少影響他的創作。固然有歐陽脩認爲他雄文
大才，無施不可；但也有不少人認爲韓詩只是押韻之文而已，並不合

〔註63〕歐陽脩《六一詩話》，同註10。
〔註64〕張戒《歲寒堂詩話》卷上，同註16。
〔註65〕嚴羽《滄浪詩話‧詩辨》，同註26。

詩的體製風韻。《臨漢隱居詩話》有一段關於這個問題的辯論：

> 沈括存中、呂惠卿吉父、王存正仲、李常公擇，治平中（1064
> ～1067），同在館下談詩。存中曰：「韓退之詩乃押韻之文，
> 雖健美富贍，而格不近詩。」吉父曰：「詩正當如是，我謂
> 詩人以來未有如退之者。」正仲是存中，公擇是吉父，四
> 人交相詰難，久而不決。〔註66〕

這段記述中的四個人，大體上就代表了宋人對韓詩的兩種極端的看
法：認爲此不合詩之正格、或讚賞此作詩之法。但詰難之後仍「久而
不決」，可見當時對韓詩之作法還是有諸多疑慮。與「押韻之文」的
觀點相類的，還有黃庭堅所提出的「以文爲詩」。《後山詩話》曰：

> 黃魯直云：「杜之詩法，韓之文法也。詩文各有體，韓以文
> 爲詩，杜以詩爲文，故不工爾。」〔註67〕

在此黃庭堅並無否定韓詩之爲詩的地位，只是不贊成其以文爲詩的創
作取向，以爲韓詩「非本色」，如此作詩不合詩之格律。

其實「以文爲詩」的積極意義，如我們前章所述，在於突破舊界
線，開拓詩的新天地。只是宋代後來以道學家思維寫詩、或於其中講
述哲理，以爲發揮了「以文爲詩」的手法，但這些作品的形象思維完
全喪失，才使得此種創作方法受到許多非難。

而韓愈詩，由毫無藉藉之名，到足以與李杜相抗頡，正緣於宋代
詩人對上述「以文爲詩」之法的取法與爭議。許多論者便認爲韓詩可
謂宋詩新風貌的先驅，並指出宋詩的中堅份子與韓詩的傳承關係，最
常見的就是趙翼《甌北詩話》卷五的這一段話：

> 以文爲詩，自昌黎始，至東坡益大放厥詞，別開生面，成
> 一代之大觀。〔註68〕

吳喬《圍爐詩話》也說：

> 子瞻詩美不勝言，病不勝摘。大率多俊邁而少淵渟，得瑰

〔註66〕魏泰《臨漢隱居詩話》，同註15，頁323。
〔註67〕陳師道《後山詩話》，引自《歷代詩話》，同註10，頁303。
〔註68〕趙翼《甌北詩話》，同註19。

奇而失詳愼，多粗豪、滑稽、草率，又多以文爲詩。然其
才古今獨絕。〔註69〕

這些均是從「以文爲詩」這一藝術手法來推究他們與韓愈的淵源。此
外，呂本中《童蒙詩訓》所說：

淵明、退之詩，句法分明，卓然異衆，惟魯直能深識之。
〔註70〕

還有張戒《歲寒堂詩話》，也將蘇黃與韓詩鉤聯起來：

詩以用事爲博，始於顏光祿，而極於杜子美。以押韻爲工，
始於韓退之，而極於蘇黃。〔註71〕

他們多是由用韻句法方面來言其譜系關係。對此龔鵬程頗不以爲然，
他說：

後來祖述黃、陳的人，反倒爲了說明蘇、黃、陳等人如何
取法韓詩而煞費苦心，還因此建立了一個唐宋詩風格承遞
史的論述架構，以指導規範詩歌創作的活動。〔註72〕

他認爲：在宋詩新風貌形成以前，韓詩並不那麼受到重視。即使是足
以代表宋詩的人物，如蘇軾、黃庭堅、陳師道等，也大多僅稱道其文
而罕論其詩，或根本不認爲其詩足堪範式。〔註73〕宋詩中的兩個中堅
人物黃庭堅和蘇軾對韓詩甚至是頗有微詞的，尤其最爲反對韓愈的
「以文爲詩」。例如胡仔《苕溪漁隱叢話》前集卷十八引《王直方詩
話》載洪龜父云：「山谷於退之詩，少所許可。」山谷集中根本找不
到讚揚韓詩的言論；蘇軾自己也說：

〔註69〕吳喬《圍爐詩話》，引自《歷代詩話》，同註10。
〔註70〕呂本中《童蒙詩訓》，引自《宋詩話輯佚》，同註1。
〔註71〕張戒《歲寒堂詩話》，同註16。
〔註72〕龔鵬程〈從杜甫、韓愈到宋詩的形成〉，宋代文學研究叢刊第三期，
　　　　1997年9月。
〔註73〕前者例如稱頌韓愈「文起八代之衰」的蘇軾，在〈書吳道子畫後〉
　　　　確定韓文在北宋後期的地位：「詩至於杜子美，文至於韓退之，書至
　　　　於顏魯公，畫至於吳道子，而古今之變，天下之能事畢矣。」（《蘇
　　　　軾文集》卷70，北京：中華書局，1986年）；王禹偁：「韓柳文章李
　　　　杜詩。」（〈贈朱嚴〉小畜集卷10，同註8）

> 詩之美者，無過韓退之；然詩格之變，自退之始。書之美
> 者，莫如顏魯公；然書法之壞，自魯公始。〔註74〕

可見蘇黃等人本身對韓詩並不那麼認同，因此，龔鵬程反對宋代的一
些詩論家依傍門戶，一廂情願地拉攏蘇、黃與韓詩的關係，並藉此使
韓愈的地位在與宋詩關係的論述結構下更鞏固。

只是從文學發展趨勢來看，北宋中葉是古文取代時文（駢文）成
為主要文體的時代，又是詩歌風格由唐轉宋，宋詩出現獨特面目的時
代。在此時間點上，宋人也確實開始將「以文為詩」當作一個詩歌創
作上的問題來討論，使「辨體論」、「本色說」〔註75〕成了宋代詩論很
重要的議題，這些都與韓詩脫不了關係。宋詩的代表性詩人與韓詩之
間是否可以視為傳承的譜系關係，也許不能那麼斷然確定。不過，在
歐陽脩的提倡和其他詩人的支持下，北宋詩人從韓詩的影響中創造出
自己獨特的風貌，倒是不容否認。即使詩人主觀上不贊成韓詩的藝術
手法，卻也有沿著韓愈開闢的路徑而發展的跡象。

韓愈在宋代的接受，是由其人其文進而涉及其詩，雖然被視為典
範的主要時期是在北宋階段，但韓詩在宋代的評價是比較分歧而困難
的。像李白，基本上只有就題材、詩意、人格來談論時，他的地位才
會被質疑；但大體而言，李白的詩歌藝術是受到肯定的。韓愈則不然，
不但他作為「詩人」的身分受到質疑，他所作的詩要如何欣賞才能切
中好處，也是問題，像葉夢得所指出：

> 韓詩雖筆力傑出，語氣豪壯，但意隨語盡，無言外之意，
> 是其短處。〔註76〕

「以文為詩」、「於詩本無所解」都是批評韓詩溫婉含蓄不足，有失詩
之本旨。故有所謂「本色」認定的問題。因此有意學韓始於歐陽脩，
但自黃庭堅後，多主張學杜甫。

〔註74〕魏慶之《詩人玉屑》前集卷十七，同註48。
〔註75〕陳師道又說：「退之以文為詩，子瞻以詩為詞，如教坊雷大使之舞，
　　　雖極天下之工，要非本色。」本色概念的提挈，正是宋人爭議所在。
〔註76〕葉夢得《石林詩話》卷下，同註42。

不過，張戒對此有較爲持平的看法：

> 韓退之詩愛憎相半，愛者以爲雖杜子美之不及，不愛者以
> 爲退之於詩本無所得，自陳無己輩，皆有此論，然二家之
> 論俱過矣。以爲子美亦不及者固非，以爲退之詩本無所得
> 者，談何容易耶！退之詩，大抵才氣有餘，故能擒能縱，
> 顛倒崛奇，無施不可，放之則如長江大河，瀾翻洶湧，滾
> 滾不窮，收之則藏形匿影，乍出乍沒，姿態橫生，變怪百
> 出，可喜可愕，可畏可服也。蘇黃門子由有云：「唐人詩
> 當推韓杜，韓詩豪杜詩雄，然杜之雄亦可以兼韓之豪也。」
> 此論得之。詩文字畫，大抵從胸臆中出，子美篤於忠義，
> 深於經術，故其詩雄而正；李太白喜任俠，喜神仙，故其
> 詩豪而逸；退之文章侍從，故其詩文有廊廟氣，退之詩正
> 可與太白爲敵，然二豪不並立，當屈退之第三。〔註77〕

張戒此段文字粃平一般喜韓與不喜韓兩派的說法，且能將韓詩中「變怪百出」的特色，與「瀾翻洶湧」的氣勢剖析透徹，並將之與杜甫、李白作區分。不過，他基本上仍肯定韓詩豪健奇崛之態爲詩歌的卓越表現，而將之定位爲唐詩第三。

值得提出來加以探討的，是黃庭堅教人學詩宜看韓愈「文章」之事：

> 文章必謹布置，每見後學，多告以〈原道〉命意曲折，且
> 用此以教人作詩。〔註78〕

之前曾見黃庭堅對「以文爲詩」並不贊同，但在此，詩文相生之法卻成了他悟入學詩之道。這些創作與批評看似矛盾的現象，正是種宋人思辨的過程，在此宋人對「以文爲詩」的接受過程中，韓詩特質的參透顯然扮演了重要的角色。

只是宋代對韓愈的認識與評價經過了一些轉變與修正，雖然這些轉變或修正也許依舊帶有誤解，不過，韓愈的文學史地位漸趨穩定是

〔註77〕張戒《歲寒堂詩話》，同註16。
〔註78〕范溫《潛溪詩話》，引自《歷代詩話》，同註10。

不爭的事實。而宋人重視才學，又窮究詩法，韓愈挾其文章之盛名，使宋人對其詩亦關注有加。不過，也因為宋代詩學本身具有的反省性格，隨著韓詩特色的日漸發掘，尤其是「以文爲詩」之論的爭議，使得韓詩地位難免有所起落。

（五）李　白

　　宋人推尊李白的一個最主要的理由，在於他們認爲李白承繼了漢魏風骨，如黃庭堅所謂「太白詩歌，度越六代，與漢魏樂府爭衡。」〔註79〕張戒《歲寒堂詩話》云：「後有作者出，必欲與李杜爭衡，當復從漢魏詩中出爾。」〔註80〕宋人中朱熹對李白詩又特別有見地，他亦從追承漢魏的角度談李白：

　　　　古風兩卷多效陳子昂，亦有全用其句處。……太白始終學
　　　　《選》詩，所以好。〔註81〕

這主要是與當時崇尚古風古體的復古思潮有關，蔡啓《蔡寬夫詩話》便說道：「景祐、慶曆後，天下知尚古文，於是李太白、韋蘇州諸人，始雜見於世。」此處便清楚的說明了在仁宗朝時李白被普遍推重的原因，宋代對李白的擇取在這點上是與韓愈相近的。

　　大致而言，宋代是個揚杜抑李的時代。他們對李白的貶抑絕大部分即是因為對他以及他詩歌的一些誤讀效應。

　　首先，宋人對李白的謫仙形象，進行了意義的深化與意象的強化。大致說來，杜甫「醇儒」的形象，是完全出於宋人的塑造；而李白的「謫仙」形象，則由唐人啓其端，宋人只是順勢強化。李白在唐朝即有「謫仙」的說法；入宋後，此說被更加以突顯。宋人便常有以「謫仙」稱說李白者，如釋契嵩即有「遁世說李白清才逸氣，但謫仙

〔註79〕黃庭堅〈題李白詩草後〉，引自《豫章黃先生文集》卷二十六（台北：台灣商務印書館，1967年）。

〔註80〕張戒《歲寒堂詩話》，同註16。

〔註81〕朱熹〈論文〉下，黎靖德輯訂《朱子語類》卷一四○（台北：正中書局，1982年）。

人耳」之句。

　　除了在詩中部分以「謫仙」稱李白，像孔平仲〈李白祠堂〉評李白：

　　　　灑落風標眞謫仙，精神猶恐筆難傳，文章若出斯人手，壯浪豪雄一自然。〔註82〕

點出李白自然天成、豪放不羈的風格特色，正與其謫仙形象相符應。另外，尚有以整首詩來描繪李白的謫仙形象，甚至直視爲仙的，像南宋四大家之一的尤袤，其〈李白墓〉：

　　　　嗚呼謫仙，一世之英。乘雲御風，捉月騎鯨。來遊人間，蛻骨遺形。其卓然不朽，與江山相爲終始者，則有萬古之名。吾意其崢嶸犖落，絕不與化俱盡；或吐爲長虹，而聚爲華星。青山之下，埋玉荒塋。祠貌巍然，斷碑誰銘！〔註83〕

「乘雲御風」、「捉月騎鯨」，根本就是仙人形象，全詩的用字遣詞，也均不離神仙意境。又像徐積，他不單常「夢李白」，有所謂「夢中太白從吾遊」之說；還寫了一篇猶如神話的〈李太白雜言〉，云：

　　　　噫嘻欷奇哉，自開闢以來，不知幾千萬餘年。至於開元間，忽生李詩仙。是時五星中，一星不在天。不知何物爲形容，何物爲心胸，何物爲五臟，何物爲喉嚨，開口動舌生雲風。當時大醉騎遊龍，開口向天吞玉虹。玉虹不死蟠胸中，然後吐出光焰萬丈凌虛空。蓋自有詩人以來，我未嘗見大澤深山，雪霜冰寒，晨霞夕霏，萬化千變，雷轟電掣，花葩玉潔，青天白雲，秋江曉月，有如此之人，有如此之詩。

　　〔註84〕

詩中以各種神異的景象來烘托詩仙的誕生，簡直對李白驚爲「天」人，情節更是仿彿神話。還有王禹偁的〈李太白眞讚並序〉也這麼說：

　　　　仙之來兮峨眉扁，曳素衣兮遊紫庭。仙之去兮騎長鯨，拂霞袖兮歸滄溟。雲濤雪浪圍蓬瀛，是誰仙筆留其形？國風

　〔註82〕《清江三孔集》卷二十二，四庫全書本。
　〔註83〕　尤袤〈李白墓〉，出自《全唐詩話》（北京：中華書局，1985年）。
　〔註84〕徐積〈李太白雜言〉引自《節孝集》卷一，四庫全書本。

　　　　缺敗誰繼聲，空有鶴態高亭亭。〔註85〕

他對李白形象的描繪，尤其是活脫脫的一尊神仙。總之，大體上宋人
對李白，無論於其人或其詩，所捕捉的形象大致上是語帶飄逸、才具
不羈的奔放。

　　而宋代詩話中，則較常出現宋人親見或夢見李白爲仙的記載，或
者李白死後仍然遊戲人間的紀錄，如前述徐積的〈夢李白〉；或如《侯
鯖錄》中所載「東坡先生在嶺南，言元祐中見李白在酒肆中誦其詩」；
岳飛後代岳珂的《桯史》中亦記有「夢李白相見於山間」，並授與〈竹
枝詞〉三疊之事。

　　可見在宋代的傳說中，李白成仙之說已甚爲流行。有關李白的傳
說故事，可以看成是傳說者對李白的一種解讀，他們根據宋代的歷史
環境，傳統文化心理及自身的遭遇心境，對李白做出主觀的認識與評
價。而當時人之所以繪聲繪影的描述李白謫仙的形象，主要應該還是
與當時的社會背景相關。唐宋正是我國道教發展的黃金時代，也是繼
漢魏的神仙信仰之後的第二高峰。鄭土〈中國古代神話仙話的演變軌
跡〉一文，對唐宋仙話的流行有詳實的說明：

　　　唐宋統治者推崇道教，迷戀神仙，……爲了成仙，他們厚
　　　待道士、方士，如宋眞宗，屢次召見『頗精修養之術』的
　　　青華觀道士趙自然、『行赤松導引，安期還丹之法』的張無
　　　夢、『善服氣，得延年』的泰山隱士秦辨、『善服氣』的道
　　　士賀蘭栖眞，向他們請教『長久之策』。〔註86〕

從統治者不斷尋求、召見這些道士隱士，便可知宋代對成仙之事是有著
迷思的。正是因爲唐宋社會對神仙之說的普遍接受，加上李白本身的道
教思想背景與詩歌風格，才形成了宋人對其形象的設定，也才致使李白
成仙之說備受廣布。但事實上，李白除了這些得仙傳說之外，尚有醉倒

〔註85〕〈李太白眞讚並序〉出自《歷代名賢確論》(台北：台灣商務印書館，
　　　　1972 年)，卷七十八。《侯鯖錄》同上卷二；《桯史》同上卷八。
〔註86〕鄭土〈中國古代神話仙話的演變軌跡〉，引自《民間文學論壇》1992
　　　　年第一期。

金鑾殿、高力士脫靴、楊貴妃爲之捧硯等故事，這些也都表現了李白的
個性思想。只是他睥睨權貴的傲岸精神，卻僅有少數人，如蘇軾，能注
意並予以「戲萬乘若僚友，視儔列如草芥」的稱許。〔註87〕就如同鄔國
平〈李杜詩歌比較評述〉所說的：

> 宋朝能夠高度評賞李白高傲個性和以此爲內質的那部分詩
> 章的人畢竟太少，人們更關心詩歌符合傳統規範的義理、
> 人倫性內容而不是兀傲不馴的個性。〔註88〕

在以忠義許杜甫的宋代，對李白闡揚的聲音是很少的，蔡瑜《宋代唐
詩學》討論宋人對李杜態度的不同，有此結論：

> 宋人尊李與尊杜的表現截然不同，宋人尊杜表現在各種積
> 極的工作上，編纂之力，註解之勤，討論之多，遠遠超過
> 其他詩人。相對的，李白在宋代則是徒具虛位，儘管他的
> 詩也爲若干大家稱揚，但是，仙才的形象似乎阻礙了人們
> 對他的親和感，無法可循的創作方式，也使學詩者望之卻
> 步，因此，比起杜甫，李白在宋代算是相當寂寞的。〔註89〕

李白他仙才的形象固然帶給宋人仰之彌高的欽羨風采，像歐陽脩對李
白便極其賞愛，據劉攽《中山詩話》就云：「歐公……於李白甚賞愛，
將由李白超趦飛揚爲感動也。」〔註90〕歐陽脩最愛的就是李白以獨具
的天才特質發揮他的豪放風格，這是純由藝術層面而論，並不涉及道
德內容的批評。但畢竟李白「謫仙」形象所給予人的超俗感太強了，
讓後世對李白產生了距離感。而且，「天仙」形象從另一角度理解，
通常是不食人間煙火，不問人間事理，爲人雖無失德，但爲詩則無助
於教化。換言之，李白的詩無法負擔社會教化作用，從此觀點出發，
便會對李白有求全的責難了。

　　同時，也因李白瀟灑放縱的個性、豪放飄逸的詩風、天馬行空的

〔註87〕蘇軾〈李太白碑陰記〉，引自《蘇軾文集》，同註73。
〔註88〕鄔國平〈李杜詩歌比較評述〉，引自《中國李白研究》（江蘇：江蘇
　　　　古籍出版社，1991年集）。
〔註89〕蔡瑜《宋代唐詩學》，台大中研所博士論文1990年6月，頁287。
〔註90〕劉攽《中山詩話》，引自《歷代詩話》，同註10。

詩歌手法，使向來重詩法的宋人苦無依循之道，甚至視李白為「無法度」，自然「望之卻步」了。譬如編輯李白集有功的曾鞏，對李白詩雖頗有見解，在其〈李白詩集後序〉有言：「然其辭閎肆雋偉，殆騷人所不及，近世所未有也。」一語指出李白詩歌藝術上的優點；但他亦明言李白詩「雖中於法度者寡」。黃庭堅〈題李白詩草後〉更如此形容之：

> 予評李白詩，如黃帝張樂於洞庭之野，無首無尾，不主故
> 常，非墨工槧人所可擬議。〔註91〕

「無首無尾，不主故常」同樣是指李白詩無法度可言。對於這點，朱熹倒是為其提出了解釋：「李太白詩非無法度，乃從容於法度之中，蓋聖於詩者也。」〔註92〕他認為李白不是沒法度，而是法度自然融於詩中。整個宋代，真正能推崇李白勝過杜甫，且又能提出欣賞李詩新意者，當推朱熹。這在當時不能不視為異數。

承上所述，儘管黃庭堅重視詩法，講求技巧，可是他作詩的目標還是希望達到「無意為文」的自然境界，他曾拿李白行草來作比，謂之「不煩繩削而自合」。雖然如此，但兩人在創作方法上仍有本質的不同：李白是直接追求自然，而黃庭堅則是希冀藉由人工努力以達到自然。此外，黃庭堅還以為李白詩雖直承漢魏風骨而來，境界至高，卻難以總萃所有詩歌風格，尤其律法更非其所長，這是黃庭堅即使極推崇李白，但卻不以之為詩法對象的另一原因。

另外，宋人論李白會產生曲解，還基於李杜互贈詩中有所謂「白自負文格放達，譏甫齷齪，而有飯顆山之嘲誚」，〔註93〕這是指李白在〈戲贈杜甫〉詩中所透露出譏誚杜甫之意。加上杜甫贈李詩近十五首，而李白卻僅有兩首贈杜甫，情意表達過於懸殊，使宋人懷疑兩人之間必有芥蒂。如莊綽《雞肋編》卷上便云：

> 杜子美有贈憶李白及寄姓名於他詩者，凡十有三篇。……

〔註91〕黃庭堅〈題李白詩草後〉引自《豫章黃先生文集》卷二十六，同註79。
〔註92〕朱熹《朱子語類》，同註81。
〔註93〕李白〈戲贈杜甫〉之詩的負面詮解，由段成式、孟棨開始倡論，至劉昫寫入正史。

世謂李白唯飯顆山一絕外，無與少陵之詩，史稱〈蜀道難〉

爲杜而發，……俗子遂謂翰林爭名自絕。〔註94〕

宋人從李白對杜甫情意如此淡薄的詩作來揣測，曲解李白是爲了與杜
甫爭名才致此。像《邃齋閒覽》引王安石之言：「二人者，名既相逼，
亦不能無相忌也。」〔註95〕宋人遂在兩人相關的作品中，多方尋找彼
此譏誚的內容，形成「以庸俗之見而度賢哲之心」〔註96〕的現象。

對於這種現象，陳文華即認爲：

這是源於文人相輕的觀念，而這習慣已是根深蒂固，……唐
宋兩代，自然還是保有了這份惡習。文人往往自負，自亦不
免輕人；自己既看不起人，自然也會想像別人也一樣看不起
另外的人。因此，不管是認爲李『戲』杜，或杜『譏』李，
或兩人相詆，實際都是這一觀念引導出來的結果。〔註97〕

其實宋人揚杜抑李，甚至曲解李白，主要目的都在於提高杜甫的地
位。宋人一味以忠君忠義相標榜，應是對李白最委屈的誤讀，其中，
王安石對李白的誤解影響後來者最大。

宋人中最早鮮明激烈地揚杜抑李的就是王安石。他編四家詩，以
杜甫爲第一，太白爲第四，理由是：

白之歌詩豪放飄逸，人固莫及，然其格止於此而已，不知
變也。

他以爲李詩只限於「豪邁飄逸」一格，不善變化，而且詩中「十首九
說婦人與酒」，格調與識見均不高。〔註98〕王安石屬於政教中心論者，
對李白這類浪漫主義的作品瞭解與評價自然不佳。

然以此角度來看待李白之詩歌者，在宋代不乏其人，像陳藻〈讀

〔註94〕莊綽注，蕭魯陽點注《雞肋編》卷上，（北京：中華書局，2004 年）

〔註95〕引自張忠綱校注《杜甫詩話校注五種》（北京：書目文獻出版社，1994
年）

〔註96〕引自嚴羽《滄浪詩話》，同註 26。

〔註97〕陳文華《杜甫傳記唐宋資料考辨》（台北：文史哲出版社，1987 年），
頁 143〜144。

〔註98〕陳善《捫蝨新話》引荊公語。同註 78。

李翰林詩〉就言：

> 杜陵尊酒罕相逢，舉世誰堪入此公？莫怪篇篇吟婦女，別
> 無人物與形容。〔註99〕

趙次公〈杜工部草堂記〉亦如此認定：

> 李杜號詩人之雄，而白之詩多在於風月草木之間、神仙虛
> 無之說，亦何補於教化哉！惟杜陵野老，負王佐之才，有
> 意當世，而骯髒不偶，胸中所蘊，一切寫之於詩。〔註100〕

蘇轍甚至在「詩病五事」中提出「唐人工于詩，而陋於聞道」〔註101〕
的觀點，批評李白華而不實，好事喜名，從人爲亂，不知義理所在。
不但貶低其詩歌價值，還貶低其人格。

上述各家對李白或斥其狂醉於花月，或不滿其豪俠使氣，總之，
李白的道德見識不足取，忠君憂民之心也不及杜甫。宋人執其道德忠
義的期待視野來評論李白，完全一派道學家、政治家和文人的偏見，
愈見其偏頗與不公。

羅聯添在〈李白事蹟三個問題探討〉一文內，爲宋人對李白的誤
讀作了最佳的分析：

> 宋以後過份注意李白有關俠、仙、酒、色詩篇，遂對李白
> 認知有了偏差，觀感淪於片面。今細考其實，可知李白詩
> 歌多有爲時事而作。李白不僅『憂時感憤，恆發於言』；亦
> 嘗尊重仲尼爲大聖，數致意於『三綱五常之道』。其爲人行
> 事固有時從恣放浪；但積極用世，端正不苟，亦常見於詩
> 文篇章。〔註102〕

再次證明了宋代時李白爲人行事之所以被曲解，全是因爲宋人由道德

〔註99〕陳藻〈讀李翰林詩〉，出自《樂軒集》（台北：台灣商務印書館，1970
年）。

〔註100〕趙次公〈杜工部草堂記〉，出自傅增湘《宋代蜀文輯存》卷九十八
（台北：新文豐出版社，1974年）。

〔註101〕蘇轍〈詩病五事〉：「李白詩類其爲人，駿發豪放，華而不實，不之
義理之所在也。」同註33。

〔註102〕羅聯添〈李白事蹟三個問題探討〉出自《臺大中文學報》第三期1989
年12月。

立場著眼所致；若是持平地探析李白詩歌，應該會對李白有較全面的認知。

　　總體而言，對李白詩歌風格的掌握，各家大體不差。唯有牽涉到價值批判時，重視詩教功能的宋人，便往往不取李白，這是因為他們將詩的意志，侷限在人倫道德的內容，因此，對李白也不免在其作品中挖掘此類詩意；加上杜甫已為此標準提供了最佳範例，不符要求的李白自然容易遭到排擠。

　　在宋代的李白，似乎正應了杜甫對他的那兩句評語：「千秋萬歲名，寂寞身後事」。〔註103〕李白那奔放不羈的情思，雖逸出正統儒家的藩籬，但他天馬行空、無與倫比的巨大才華不能不使人折服稱賞；然而，他那仙道儒俠縱橫雜揉的思想並不符合於宋人審世標準，即使他那全憑天才揮灑自如的藝術也使人覺得「無規矩可循」。就算他擁有天仙的飄逸，仍無法獲得宋人全面的欣賞與肯定。

（六）杜　甫

　　杜甫是宋人討論最多，影響宋代詩學最鉅的詩人。其於中國詩史上至尊無上的地位，也確立於宋代。杜甫可謂是宋代詩壇的教父、詩家初祖，其詩歌地位等同於六經。風靡詩壇的江西詩派就直接以杜甫為宗派之祖，即使江西詩派裡很多詩人並未完全師法杜甫，但他們仍尊杜甫為宗，這種現象正有力地說明杜甫及其詩歌在宋代的偶像性。

　　杜甫之所以被推尊是有一個歷史過程的。其生前一直到晚唐五代，聲名並不顯赫，只有元稹在〈杜工部墓系銘〉激賞他，曰：

　　　上薄風騷，下該沈、宋，古傍蘇、李，氣奪曹、劉，掩顏、
　　　謝之孤高，雜徐、庾之流麗，盡得古今之體勢，而兼人人
　　　之所獨專矣。……則詩人以來，未有如子美者。〔註104〕

這評價極高，且完全針對藝術而論，並無涉及合道與否的標準。入宋

〔註103〕杜甫〈夢李白〉之二。
〔註104〕元稹〈杜工部墓系銘〉，《元氏長慶集》（台北：台灣中華書局，1965年）。

後，當白體、九僧體、西崑體盛行之際，杜詩自然不被看重，楊億以至於歐陽脩，都曾公然表示不喜杜詩。〔註105〕及至王安石，杜甫崇高的地位才真正被確立。王安石自稱「予考古之詩，尤愛杜甫氏作者」（〈杜工部後集序〉）。到了蘇軾，更稱「杜子美詩格力天縱，奄有漢魏晉宋以來風流，後之作者殆難復措手。」（〈書唐氏六家書後〉）除了表達一己對杜詩的喜愛外，還予以杜詩頗高的評價。

宋代詩人認真向杜詩學習就是在北宋中葉到南宋中葉這一階段。他們從原本的韓歐詩歌典範中發現了藝術環節的薄弱，也就是「意與語俱盡」、「少餘味」、「往往逐失於快直」（《石林詩話》）的情形，因此他們需要一個既沒有這些藝術缺憾，而又盡可能含有韓詩價值內容的新典範，那便是杜甫了。在這一時期宋人廣泛的蒐集、研究、註釋、模擬杜詩。至於黃庭堅和江西詩派專意學杜，方回時又以之為「一祖」，杜甫的地位更不可動搖了。

宋代於特定的歷史條件下所產生的理學，在當時成為具統治地位的學術思潮，並以強大的影響力滲透到社會、政治、文化各領域，宋代的杜詩學研究也始終處於這種思潮的支配之中。加上宋朝統治者將主要權力攬於中央，以樹立政治權威的政策，使得皇權過度膨脹，造成意識型態中對「統」的普遍追求。在儒家道統說的貫徹下，宋代的理學與文學其實是同出一源的，因此，宋人對杜詩的大量蒐集，對杜甫的極力推崇以及評說杜詩的主要觀點等諸多方面，無疑的，也都直接或間接受到這些政治需要與思想背景的影響。

如上所述，宋代政治、文化等諸多領域，都強烈地貫穿著「統」的觀念，這又同時含括著「道統」、「正統」等說法。其中所謂的「正統」，錢鍾書簡言曰：

　　正統包括橫向和縱向兩個內容，即一統和傳統。換句話說，

〔註105〕《中山詩話》記載，宋初楊億，不喜杜工部詩，謂之「村夫子」。歐陽脩亦不甚喜杜詩，他在〈李白杜甫優劣論〉中寫道：「杜甫於白，得其一節，而精強過之；至於天才自放，非甫可到也。」同註90。

　　天下只此一家，古今相傳一脈。〔註106〕

可見史學上的正統論，與實質上政治的權威論是脫離不了關係的；將
此觀念導入文學領域，自然也有其政治共識。文學研究中的統緒觀，
一般皆以風騷爲正宗，宋人論杜，即認爲其根本可貴之處在於繼承了
風騷之正統。陸游〈宋都曹屢寄詩且督和答作此示之〉詩中即對杜詩
在文學統緒上的地位有此明述：

　　古詩三千篇，刪取才十一。每讀先再拜，若聽清廟瑟。詩
　　降爲楚騷，猶中足六律。天未喪斯文，杜老乃獨出。〔註107〕

此外，例如歐陽脩雖不甚喜歡杜甫，但在其〈堂中畫像探題得杜子美〉
詩中，也以得風騷之正統論之：

　　風騷久寂寞，吾思見其人。杜君詩之豪，來者孰比倫。〔註108〕

又如黃庭堅〈次韻伯氏寄贈蓋郎中喜學老杜詩〉中，亦有「老杜文章
擅一家，國風純正不欹斜」之句。

　　總之，宋人以杜詩接續風騷，故讓杜詩來代表他們所標榜的「正
統」。此雖名爲推尊，但在宋人把杜詩納入了自己所設定的道德倫理
框架之後，實際上卻或多或少抹煞了杜詩所具有的「諫諍」姿態和「憂
憤」精神。其實傳統風騷原本即有諫諍美刺的作用，但宋人說詩，卻
多半隱去傳統詩論中「刺」的一端，而將「美」的一端加以無限擴大，
並用「以意逆志」的主觀方法推及其餘。對待杜詩，宋人便偏重於其
「溫柔敦厚」的詩教意義，像司馬光就曾說：

　　古人爲詩，貴於意在言外，使人思而得之，故言之者無罪，
　　聞之者足以戒也。近世詩人，惟杜子美最深得詩人之體。
　　〔註109〕

〔註106〕錢鍾書言，引自王水照〈北宋的文學結盟與「尚統」的社會思潮〉，
　　　　　出自張高評編《宋詩綜論叢編》（高雄：麗文文化公司，1993年），
　　　　　頁634。
〔註107〕陸游〈宋都曹屢寄詩且督和答作此示之〉，引自《劍南詩稿》卷七
　　　　　九（台北：台灣中華書局，1983年）。
〔註108〕歐陽脩〈堂中畫像探題得杜子美〉，引自《歐陽文忠公集》，同註22。
〔註109〕司馬光《溫公續詩話》，引自《歷代詩話論作家》，同註2，頁254。

之所以如此，原因在於宋代將儒學的重建基點放在「內省」上，強調以內斂爲主體的自覺性理想人格；並不重在直言敢諫的表現。但杜詩的實際情況，卻是「美」少「刺」多；只是宋人一意專注於這種「抱道而居」的人格意識，因而就容易忽略了杜詩雄渾悲壯、憂憤沈鬱的精神力量。同時，王安石等人還又開發了杜詩「陶鈞萬物」的藝術功力，認爲：「杜詩之爲詩，不在於其『敢』，而在於其『能』，在於其道盡『世間好語言』」。〔註110〕於是他們爲杜甫新的人格內容找到新的表現方式。

除了詩歌本身具有宋人所稱的正統性外，杜甫其人其詩所表現出來的「忠君」形象，亦是宋人尊杜的主要原因。像蘇軾爲〈王定國詩集敘〉即云：

> 古今詩人眾矣，而杜子美爲首，豈非以其流落飢寒，終身
> 不用，而一飯未嘗忘君也歟。

蘇軾以「一飯未嘗忘君」具體呈現杜甫的忠愛形象。由於蘇軾在詩壇的影響力甚大，加上宋代的文化社會背景，「忠君」便成了宋人宋代尊杜爲詩人之首最主要的理由。此外，我們從方回評黃庭堅〈戲題巫山縣用杜子美韻〉一詩之末所云：

> 學老杜詩當學山谷詩，又當知山谷所以處遷謫而浩然於去
> 來者，非但學詩而已。〔註111〕

亦可見黃庭堅的學杜，不僅學詩，還學其忠義憂時之情。更因他這個冠冕太大了，宋人甚至認爲他可以超乎詩人身分的所能所會，如李復就曾言：

> 蓋子美深於經術，其言多止於禮義，至於陶冶性靈，留連
> 光景之作，亦非若尋常之所謂詩人者。〔註112〕

當然，宋人對杜詩辭章上的純藝術層面也有所觸及，例如黃庭堅曾分析其詩歌之妙：「乃在無意於文，夫無意而意已至。」〔註113〕但畢竟

〔註110〕《陳輔之詩話》引王安石語，引自《歷代詩話》，同註10。
〔註111〕方回《瀛奎律髓》卷四十三，同註39。
〔註112〕李復〈與侯謨秀才〉引自《潏水集》卷五，四庫全書本。
〔註113〕黃庭堅〈大雅堂記〉，同註79，卷十七。

「忠君」思想才是杜甫受到尊崇的主因，所以就算是黃庭堅論杜言及句律，但終究看重的仍是杜詩的風教和忠愛性情：

> 山谷嘗謂余言：老杜雖在流落顛沛中，未嘗一日不在本朝，
> 故善陳時事；句律精深，超古作者，忠義之氣，激發而然。
> 〔註114〕

正因爲宋人論杜的重心有所偏傾，故而張戒《歲寒堂詩話》才會有這麼一段說法：

> 鄙哉！微之之論也。鋪陳排比，曷足以爲李杜之優劣。〔註115〕

他對於唐代時元稹的揚杜是以「鋪陳排比」爲由，而非「篤於忠義」，表現其極爲不滿之意；換言之，唐代僅以形式上的藝術技巧論杜，張戒認爲這是識見不足的。這也再次看到宋代論杜詩時重心的轉移。宋代南渡後因政局動盪，知識份子對於杜詩傷時憂國之情操，頗能感同身受，故杜詩在這方面的特色愈加被強調凸顯，甚至成爲抑李揚杜的重要依據。

　　可知杜甫詩歌創作對後代所造成的影響，固然是由於自身多方面的成就，但宋人的忠君思想實具有左右其地位的力量。爲了適應儒家詩教與宋代政治要求，宋人需要的是能藉詩以傳道者，在宋人看來，杜詩完全符合儒家詩教的精神和封建綱常的原則，因此「忠君」成了杜詩之所以稱爲儒家「正統」的具體內容，宋人對杜詩具體篇章的詮解，往往也多以此爲著眼點。甚至對宋人來說，在詩的領域，也需要有像聖人孔子那樣的偶像，來支持他們的論點。因此，秦少游便直接將杜甫與孔子相比：

> 杜子美之於詩，實積眾家之長，適其時而已。……孔子，
> 聖之時者也，孔子之謂集大成。嗚呼，杜氏、韓氏，亦集
> 詩文之大成者歟！〔註116〕

黃徹則以孟子比擬：

〔註114〕《詩人玉屑》卷十六引《潘子眞詩話》之記載，同註48。
〔註115〕張戒《歲寒堂詩話》，同註16。
〔註116〕秦觀〈韓愈論〉，引自《淮海集》卷二十二。

> 東坡問老杜何如人，或言似司馬遷，但能名其詩耳。愚謂
> 老杜似孟子，蓋原其心也。〔註117〕

可知宋人對杜詩的評價，在一定程度上已經超越了其自身的文學價值，進而成為儒家詩教的範本。

然以「集大成」稱之，除上述秦少游之例外，《後山詩話》與《滄浪詩話》亦記載：

> 蘇子瞻云：子美之詩，退之之文，魯公之書，皆集大成者
> 也。

> 少陵詩，憲章漢魏而取材六朝。至其自得之妙，則前輩所
> 謂集大成者也。〔註118〕

杜甫多方面的風格成就，被宋人發掘得相當深廣，故其用「集大成」的觀念來總括杜甫的成就，這是極高的評價。蔡瑜《宋代唐詩學》中說：

> 杜詩集大成的原始意義是一種詩歌史地位的評價，主要是
> 反省杜甫以前詩歌發展的歷史，而肯定杜甫具有總率前人
> 之長的風貌。〔註119〕

這「集大成」的評價，使得杜甫成了崇拜者心中最偉大的偶像。但要特別說明的是，這裡所稱的偶像，已不同於前代對古人的單純崇尚與仿效，而是帶有更複雜的情感因素，除了一般的心理認同與趨向楷模的行為傾向外，還含有更多情感投入的過程、更高的價值涉入感，以及更理想的自我建構問題。這其中通常具有浪漫的幻想或期待，以致於當偶像未及理想時，便會產生偏差的合理化回應。

例如，杜甫詩歌創作中題材風格的豐富絕非「忠君」二字就能概括，但為了不使精心塑造的偶像受到損害，朱熹甚至還因而提出了「詩外求意」說。在其〈跋章國華所集注杜詩〉中曾云：

> 杜詩佳處，有在用事造語之外者，唯其虛心諷詠，乃能見

〔註117〕 黃徹《䂬溪詩話》卷一，引自《歷代詩話續編》，同註16，頁395。
〔註118〕 陳師道《後山詩話》及嚴羽《滄浪詩話》，皆引自《歷代詩話》，分
　　　　見同註26、註67。
〔註119〕 同註89，頁237。

之。〔註120〕

所謂「佳處」，朱熹〈答劉子澄書〉明白指出即其「忠潔之志」。照朱熹的意思，即使杜詩（偶像）某些篇章與忠君（宋人理想）無涉，但只要用自己的主觀意志去探求章句外之意，仍能得到所需的理想精神。

　　杜甫雖是宋代詩人的共同偶像，但換個角度看，他也是宋人揮之不去的夢魘。在宋代關於夢見杜甫的記載不下數十件，成爲一種奇特的集體心理現象。例如畢仲詢《幕府燕閒錄》敘述：

> 盛文肅夢朝上帝，見殿上執扇，有題詩云：「夜闌更秉燭，相對如夢寐」意其天人詩，識之。既寤，以語客，乃杜甫詩也。〔註121〕

作夢者本來不知道是杜詩，卻在無意識的夢境裡出現此詩，且在夢中還爲天上仙人所用。另外，趙次公《杜詩先後解》論〈古柏行〉一詩中「崔嵬枝幹郊原古，窈窕丹青戶牖空」之句時也說：

> 「郊原」字，未見所出。「郊原」貼之以「古」，公之語也。其後大中中盧獻卿夢人贈詩曰「卜築郊原古，青山唯四鄰」，乃其死之祥。然則公之詩句，冥中人亦知承用也。〔註122〕

這裡則是誇言連陰間也在引用杜詩。又如趙令畤《侯鯖錄》記載宋初狄遵度之事：

> 狄遵度字元規，……慕杜子美、韓退之之句法，一夕夢子美自誦其逸詩數十章，既覺，猶記兩句云：「夜臥北斗寒挂枕，木落霜拱鴈連天。」因書其後曰：子美存耶？果亡耶？其肯爲余來嘿誦人未知之者，俾予知耶？觀其詞，蓋非他人所能爲，眞子美無疑矣。遵度因足成其詩，號〈佳城篇〉。
> 〔註123〕

〔註120〕朱熹〈跋章國華所集注杜詩〉，引自《朱子語類》，同註81。
〔註121〕畢仲詢《幕府燕閒錄》卷六，引自胡仔《苕溪漁隱叢話》前集，同註11，頁34。
〔註122〕趙令畤《侯鯖錄》，收入《叢書集成新編》冊八十六卷二，頁600。
〔註123〕轉引自楊玉成〈文本、誤讀、影響的焦慮——論江西詩派的閱讀與

記載中杜甫彷彿陰魂不散的掛念著自己的詩，並借詩還魂似的，讓作夢者寫出不可能寫出的詩句。還有人直接夢到自己在作詩，醒來卻發現這些詩全是出自於杜甫。杜甫在這些夢裡就像某種陰影、鬼魅，而尤其值得注意的是，這些作夢者均表示，自己並不曉得夢中詩原爲杜甫作品，這種失憶的狀況，似乎正透露了宋人對「世間好語言，已被老杜道盡」的潛在焦慮。〔註124〕

　　楊玉成整理出與這些夢境可能的相關意涵，認爲這些夢證明了：宋人心中的杜甫，具有出幽入冥、上天下地、無所不在的影響力；這種無所不在的力量還表現在宋人極力追求「古人未嘗道」，然卻經常發現「杜詩無不有」的情況下。因此他們將杜甫魅影化，並認爲他以潛行之姿侵入後繼詩人的世界，來說明宋代詩人在面對杜甫這樣的經典詩人時內心的矛盾感受。故宋人夢杜甫，一方面凸顯了杜詩崇高神聖的地位，但另一方面也呈現了宋代詩人更明顯的影響焦慮徵狀。

　　在以「集大成」稱許杜詩之外，宋人對偶像之作還以「詩史」目之。《西清詩話》與《鶴林玉露》就指出杜詩在詩句中寄寓了褒貶深意，乃繼承了春秋的著作精神；《岜溪詩話》也認爲杜詩用春秋凡例，具春秋義法。〔註125〕這些說法均在強調杜甫詩中「史」的特質。

〔註124〕　同註123，頁361。

〔註125〕　《西清詩話》：「都人劉克，窮該典籍，人有僻書疑事，多從之質，嘗注杜子美、李義山集。與客論曰：『子美人日詩：元日至人日，未有不陰時。人知其一，不知其二，四百年間惟杜子美與克會耳。』……其日晴，所主之物青，陰則災，少陵意謂天寶離亂，四方雲擾幅裂，人物歲歲俱災，豈春秋書王正月意耶？」（卷上，廣文本，頁88）《鶴林玉露》：「春秋之時，天王之使交馳於列國，而列國之君如京師者絕少，夫子謹而書之，固以正列國之罪，而端本澄源之意。其致責於天王者尤深矣。唐之藩鎮，猶春秋之諸侯也，杜陵詩云：『諸侯春不貢，使者日相望。』蓋與春秋同一筆。」（羅大經，卷二，引自《歷代詩話》，同註10）《岜溪詩話》：「諸史列傳，首尾一律，惟左氏傳春秋則不然，千變萬狀，有一人而稱曰至數次異者，族氏、名字、爵邑、號謚，皆密佈其中而寓諸褒貶，此史家祖也。觀少陵詩，疑隱寓此旨……補官邊涉，歷歷可考，至敘他人

　　　　書寫策略〉，出自《建構與反思》上，同註3，頁241。

　　宋人視杜甫爲詩史，乃是由詩作的內容出發，進而評論詩人呈現此種內容的藝術技巧，從而肯定詩人的道德情操。就詩史的意義來說，也不應脫離溫柔敦厚的詩情和豐富多變的藝術表現手法。但整體而言，宋人對詩史的思辨仍以道德人格的掌握爲主，實際上並未能盡括杜甫的藝術成就。況且以此方式來詮釋杜詩，也無法蓋括杜甫的所有詩作。

　　綜言之，杜甫個人與詩中的思想都是複雜的、多變的、發展的，實在不是「忠君」一個概念可以涵攝。其一生隨著大唐帝國由盛轉衰的過程，對自我與社會的認識益趨深透，對於君主的態度亦有所變化，即使從杜甫早年「致君堯舜上，再使風俗淳」的思想來看，也與宋人所謂「忠君說」的本質有根本上的區別：杜甫是從知識份子應盡之責任，來標舉個人的理想抱負；宋人則是基於學術思想的認知，和政治體系的需求，進而期待倫理規範下的形象。所以宋人力圖以此概括杜詩的所有思想內容與價值，結果卻反而容易自相抵牾。

　　況且，杜甫畢竟是個詩人，他自己也頗以詩歌成就自負，曾自云：

　　臣之述作，雖不足鼓吹六經，先鳴諸子，至沈鬱頓挫，隨
　　時敏捷，揚雄枚皐，可企及也。〔註126〕

由此，他個人的想法便極爲清晰地反映出來。而且他也曾屢次表示「文章千古事」、「文章日自負」等皆富有自得之意，但這些卻反被宋人斥爲「所見狹矣」〔註127〕可見宋人對杜詩評價的認識與杜甫本人是大相逕庭的。非常明顯的，杜詩是以其忠君愛國、病民省身的意義，通過了宋人的價值認定，甚而因此得到了「詩聖」的桂冠，宋人並以杜詩的無條件忠君作爲衡量其他作品的準繩。但實際上，我們可以說，杜詩在宋代的真正價值不過是「六經」的附庸而已。雖然杜甫因而得到人們的極度推崇與膜拜，不過，如此誤讀杜詩，幾乎將杜詩的文學

　　　亦然。……凡例森然，誠春秋之法也。」（卷一，同註117）
〔註126〕杜甫〈進雕賦表〉。
〔註127〕洪邁《容齋隨筆》卷十六（台北：台灣商務印書館，1968年）。

性淹沒，作為一個詩人而言，杜甫的遭遇實在是很不幸的，試看費士羧《全蜀藝文志・卷三十四・下漕司高齋堂記》云：

> 少陵忠義之氣，根於素守。雖困躓流落，而一日未嘗忘君。……其補於政治，豈淺淺哉！

此文雖置於藝文志，但通篇不及杜甫詩歌藝術一字，只反覆強調「一日未嘗忘君」的忠義之氣。如此評價，身為詩人的杜甫豈會甘心？

（七）陶　潛

陶潛平淡簡古的詩歌風格，是一條貫串宋詩的主線，雖隨著階段性的需求而或隱或現，但總是宋詩追求的基調。

宋人把發掘陶淵明詩歌真正的價值歸功於自己，這是有一個可資尋繹的過程：文學史上最早對陶潛的討論，不外對其人格和風格的稱美，例如蕭統說他「貞志不休，安道苦節」，〔註128〕就是言其道德人格；而鍾嶸所說「文體省淨，殆無長語，篤意真古，辭興婉惬」，〔註129〕則是論其詩歌風格。在六朝評價的因襲下，論陶甚少出此兩個範疇，只是各代重點均有不同。譬如唐代，多著眼於其藝術人格，他們所欣賞的就是由陶詩中酒、菊、五柳、歸去來等美感意象所構成的美感人格，陶潛就是這些意象的代表，而提到這些意象就等於提到陶潛。

在藝術人格的感召之下，陶詩的風格也引起廣大的模仿，像王維、李白、孟浩然、白居易、韋應物、柳宗元等人，作品中的淡遠之氣，或田園題材的創作，均與陶詩的影響不無關係；甚至如前章所曾提及的，韋應物、白居易等人還有直接標示仿效之作，譬如〈與友生野飲效陶體〉、〈效彭澤體〉，及〈傲陶潛體詩十六首〉等等。

宋初白體、崑體詩大都承唐代餘緒，在飲酒、歸耕等字面意義上使用淵明典故；到了梅堯臣，才開始提出了「平淡」的口號。雖然如朱自清所言：

> 平淡有二，韓詩云：「艱宅怪變得，往往造平淡」，梅平淡

〔註128〕蕭統著，李善等注《昭明文選》（台北：文化出版社，1989 年）
〔註129〕鍾嶸著，徐達譯《詩品》卷中（台北：台灣中華書局，1971 年）。

是此種。朱子謂：「陶淵明詩平淡出以自然」，此又是一種。
〔註130〕

也就是說梅堯臣詩的平淡，於容易中透出艱辛，應屬於韓愈一派，與陶詩的平淡迥然有異，但梅堯臣畢竟是大開宋詩平淡風格的先驅，他的平淡說對陶潛詩風在宋代的發掘仍具有啓發之功。至於平淡詩風的確立，要到蘇軾才算眞正的完成。從蘇軾對平淡的見解爲：「外枯而中膏，似淡而實美」，就可知當時已能掌握陶淵明平淡的眞髓。蘇軾不但使「平淡」成爲兩宋重要的詩學觀念，還積極尋求創作典範，以落實平淡詩風的意義，而這典範的最佳人選便是陶潛。隨著平淡詩觀的盛行，促使淵明其人其詩成爲宋人的學習典範；同時，也由於淵明其人其詩的經典化，使得平淡詩風越加深化於宋人心中。

陶學發展到宋代，奠定了陶淵明及其詩的典範地位。陶淵明及其詩的崇高地位，可以說是在宋人手中完成的，宋人爲此也感到相當自傲，所以我們看到像《蔡寬夫詩話》中便有言：

> 淵明詩，唐人絕無知其奧者，惟韋蘇州、白樂天嘗有效其
> 體之作。〔註131〕

語氣中可感覺得出來，他肯定宋代獨能體認到陶詩之奧的自得。事實上，宋代學陶、和陶的風氣，較諸前代更有過之，一般而言，宋人對受陶詩影響的情形，談得也比唐人多，也更具體。例如蘇軾曾說：

> 吾於詩人無所好，獨好淵明之詩。吾前後和其詩凡一百有
> 九篇，至其得意，自謂不甚愧淵明。〔註132〕

黃庭堅也曾言：

> 此生精力盡於詩，末歲心存力已疲，不共盧王爭出手，卻
> 思陶謝與同時。〔註133〕

這些宋代詩壇的大師均明確表達出自己愛陶、慕陶，期望創作能如陶

〔註130〕朱自清《宋五家詩鈔》（台北：宏業書局，1983年）
〔註131〕蔡啓《蔡寬夫詩話》，同註1。
〔註132〕蘇軾〈與蘇轍書〉，引自《蘇軾文集》，同註73。
〔註133〕黃庭堅〈最高秋〉引自《豫章先生全集》，同註79。

詩的心意。

　　陶詩之所以有如此地位，除了之前所論，因其平淡風格在當時受到重視之外，對陶潛其人的認知亦是關鍵。歷代對陶潛的瞭解是不斷在增加的，只是這樣的增加，往往帶著後解者個人的想像空間和感情成分，因此在瞭解增加的同時，對他的誤解也隨之增加。結果瞭解和誤解加起來，終於使陶潛成了文學史上的傳奇與文化的圖騰。〔註134〕而在宋代，陶潛其人其詩所呈顯的誤讀，主要就表現在文化思想層面上。

　　宋代之前，對陶潛的評論尚未及於思想層次。及至宋人，一面繼承唐人對陶潛「藝術人格」的歌詠，一面則強調其綜合藝術與道德的超越昇華，這個昇華的建立正在於宋人對陶潛思想討論的基礎上。

　　自古以來，中國文人所接受的文化教養，被型塑出一種觀念，即淑世濟民、實現功名，才能認定個人存在的意義。尤其是宋代，重文輕武的政治策略、新儒學的學術背景，培養出了一批極具節氣道德，極富政治使命的知識份子；但他們也因爲政治，而成爲歷史上最失意的文化人。當其仕途不遂之際，詩人面對生命的逆轉困頓，個人生命價值無所著力時，便須找到保持內心平衡的道路，宋代詩人對於出處行藏的趨向，普遍轉而選擇以林泉山壑爲依歸。這種在性理之學的影響下主靜尚淡的隱逸態度，與淵明所代表的平淡風格正好相契。但自許甚高的宋代文人，卻仍經常徘徊於廟堂與山林的衝突，仕與隱的掙扎，不甘心放下滿心的功名利祿與政治責任；而淵明平靜祥和、瀟灑淡泊的風神氣韻，所實現獨立的生命價值，便成爲宋代文人心中共同的文化蘄想，他們冀求自陶詩的淡薄寧靜中找到心靈的歸宿。

　　對陶詩的精神內涵與審美價值均有所掌握的蘇軾，便指出陶淵明的人格價值在於仕與不仕「無適而不可」，一切任其自然的高尚志趣。淵明的自適眞率，不僅了卻世俗功名的牽累，而且破除了仕與隱之間

────────────

〔註134〕高大鵬《陶詩新論》（台北：時報出版社，1981年），頁73。

的對峙，進入絕對自由之境。在蘇軾看來，這才是真正「合於道」。作為一個理想人格，他立足於個體內在的獨立和自由，呼應了宋代知識份子普遍的心理需求。宋代文人因此找到一個進不喜，退亦不憂的理想人格典範。

　　然而，當宋人將陶潛視為調適個體仕隱衝突之理想範型的同時，正如鍾秀所說：「陶公之詩品，曰洒落，曰寧靜，曰淡薄，曰恬雅，列其目為詩，皆余心目中所摹擬之境，假公詩以印證耳。」〔註135〕宋人對陶詩的認定，多半正是依著個人「心目中所摹擬之境」而定，對其詩如此，對其人的認定也是如此，而最深的偏差就在於對淵明思想上所謂「道」之境界的提出。

　　蘇軾對陶潛人格典範的景仰，除了上文曾論及其仕隱之間的「無適而不可」，是「合於道」之外；又讚許其「不為五斗米折腰」的高潔之志為：「欲以晚節師範其萬一。」〔註136〕並將其與禪學相契：「奇文出纏息，豈復生死流。」如此陶潛既能「出生死流」，當然也能知「道」了。據葛立方《韻語陽秋》記載：

　　　　東坡拈出陶淵明談理之詩，前後有三，……皆以為知道之
　　　　言。蓋摛章繪句，嘲弄風月，雖工亦何補？若賭道者，出
　　　　語自然超詣，非常人能蹈其軌轍也。〔註137〕

蘇軾所欣賞的三聯陶詩，一為「客養千金軀，臨化消其寶」，是輕物重生的老莊之道。其二、其三為「採菊東籬下，悠然見南山」及「笑傲東軒下，聊復得此生」，同樣是淡然忘世、超然物外的道家思想。可推想在蘇軾看來，陶潛所知的是道家之道。這應是因為宋代理學吸收了老莊思想，故使受理學時風薰陶的宋人易於在展現淡泊情態的陶詩中找到共鳴。又如許顗《彥周詩話》中曰：

　　　　陶彭澤歸去來辭云：既以身為形役，分惆悵而獨悲，是此

〔註135〕鍾秀《陶靖節紀事詩品》，轉引自李澤厚《中國古代思想史論》（台
　　　　北：華京出版公司，1990 年）。
〔註136〕引自葛立方《韻語陽秋》卷十二，見註40。
〔註137〕同上，卷三。

老悟道處。〔註138〕

羅大經《鶴林玉露》亦言:「淵明可謂知道之士。」〔註139〕如此皆已然開啓探討陶詩思想的大門,宋人由此逐步推斷陶詩中「道」的成分。

由蘇軾的「豈復生死流」,到後來羅大經的「可謂知道之士」,其實宋人已將陶潛從頗具老莊思想與佛法禪趣的人生觀進階至中國聖賢崇高的「道」觀,簡言之,宋人所謂的「道」,指涉的是東方獨特的智慧(宗教生命)、是文化的最高價值取向(道德生命),藉著對「道」的追尋,可提供人類心靈的目標。陶潛正由於被認定對超越性的「道」有所知、有所悟,因之陶潛得以橫跨儒釋道三家,成爲進退困境下的宋代文人之理想人格,也才使其作品人格雙雙得到昇華。

事實上,陶潛自己所知的「道」應該並沒有那麼抽象,只是一種單純的生活之「道」,譬如「晨興理荒穢,帶月荷鋤歸」、「相見無雜言,但道桑麻長」、「餘糧宿中田,股腹無所思,朝起暮歸眠」。這些無一不是從他實際生活中體驗出來的治生之法。陶潛本不是個思想家,亦非宗教徒,「道」之於他不過是種直覺的體察與經驗的積累。可是這樣的「治生之道」並不能滿足宋代文人們的理想,況且陶潛的「悠然見南山」確能反映出天人合一、物我兩忘的理想境界。因此,陶詩平淡簡古的審美意象,在宋人看來不再只是一般的情感體驗,而是包含著對整個人生哲學領悟的體會;淵明的創作活動本身已經消融在「悠然自得」、隨心無爲的生命存在中,所以能涉筆成趣、所寓皆妙。

於是在形象誤讀的制約下,他悟道與否不再重要,重要的是,宋代詩人們都「認爲」他知「道」,都「希望」他見「道」,甚至以「道」爲他加冕,所以他的文學作品不再只是文學,還成了文化價值的符號。〔註140〕不過,也因爲理想的框架太大了,生活的體驗又太隔了,使得眞實的陶潛被縮小,後來的追隨者隔著理想的距離看他,完全忽

〔註138〕許顗《彥周詩話》,同註29。
〔註139〕羅大經《鶴林玉露》,同註125。
〔註140〕同註134。

視他對生活的經營，自然無法瞭解陶潛的實際面向。難怪張戒《歲寒堂詩話》嘆曰：「後人詠田園之句，雖極工巧，終莫能及。」

雖然兩者（陶潛本身與後人期望）對「道」本質的認知有異，而產生了誤讀的情況，但也因此，陶潛在宋代的人格風格與語言風格得到統一，進而列入經典之林，享有較前代更崇高的地位與評價。

二、典範轉移的意義

基於時代精神和價值原則的變遷，宋人對過往的時人都要作一番重新審視、評估與抉擇，以便爲自己確立詩學的典範與支柱。從白居易到陶淵明，我們看到的是一個接續不斷的詩壇典範的抉擇過程。從最高典範中選到淘汰的經過，檢討其中深蘊的意義，我們除了可以感知時代讀者的期待視野、與當時的美學傾向外，還能觀察到仿效典範的擇取和「影響的焦慮」意識萌生的關係。

在選擇典範的過程當中，那些不能適應宋代的文化精神與審美意識者，便一一遭到淘汰。所以從宋人對歷代詩人的認同與品評，我們可以觀照到時代的文化性格和批評者的美感取向。換言之，文學發展的典範直接關係到這個時期的創作實踐和理論意旨，爲我們把握這個時期的影響心理提供了一個契機。

就美學意義而言，任何時代的美學觀念，都將典型地體現在對審美理想的確認上，而任何理想的確認，都同時表現爲對歷史的評價，也就是通過對歷史上美感類型的經典化選擇，來反應其美學觀念的價值取向。所謂美學觀念的精神內核通常即是哲學意識，也就是由哲學思維對應而體現出來的一種具有終極關懷性質的精神活動態勢。因此，一個時代所形成的共同的美學理想，表現出的可說是整個時代的文化性格。

宋代文學典範的汰選，不像文學派別流演那麼單純，後一波是前一波的修正或反動，循環重複；而是在他們擇取汰換典範的過程中，一直有其基本的美學追求貫穿其間，此追尋的方向與意念，在典範的

轉換當中，逐漸被釐清，浮現出宋代詩歌之所以爲此的本質面貌。就如龔鵬程所說的：

> 論者以爲宋詩只是一個派別一個派別之間不斷的爭鬬與遞
> 嬗，殊不知在面目互異、取徑互殊的宋代詩歌流變史中，
> 存在著一種基本特質，使其外不同於唐詩，內則彼此展現
> 出類同的價值傾向。〔註 141〕

換言之，有宋一代認同的美學傾向並非轉換不定的，而是透過這些文學典範的接受與評析，直指其根本的美學核心。正因爲如此，所以宋代詩人即使號稱學唐，也已非唐人本來面目或唐詩主流，而是以宋詩特有的風格持續發展著。胡應麟《詩藪》外編卷五就說：

> 宋之學陳子昂者朱元晦，學杜者王介甫、蘇子美、黃魯直、
> 陳無己、陳去非、楊廷秀……諸人亦自有近者，總之不離
> 宋人面目。〔註 142〕

他們經由自覺選擇的學唐，來凝塑不同於唐詩風格的創作。在省思性地選擇與認同的創作型態中，他們所欣賞的前人作品，往往是合乎自己脾味的，故而成就的詩歌，也是宋人風貌的。此外，在文學批評上，唐代重要詩人的形象塑造，大部分都在宋人手中完成，有些歷代不移，有些引起爭論，總之，皆影響深遠。

由宋人典範輪替的過程中值得探討的美學現象，大約如下：

首先，統觀宋詩首尾兩期的詩壇情況，可以發現許多相似之處，最明顯的即是均以晚唐詩風爲模習典範。從表面上看來，似乎是一個螺旋式的歷史循環，但實際上，晚唐詩風出現在宋初與宋末，意義上卻有著實質的差異。宋初直承強大的唐詩餘威，其沿襲純粹在模仿，或許各仿自典範的一部份，但總是以相似之擬爲主，較少因受到影響而有不安的情態，接近於前代以往的仿擬，尤其在強勢典範下，接受者尊之爲詩法對象，似乎還帶有自豪意味；而至南宋的晚唐體作爲江西詩派的對立

〔註 141〕龔鵬程〈知性的反省——宋詩的基本風貌〉，引自張高評、黃永武編《宋詩論文選輯》（高雄：復文圖書出版社，1988 年），頁 156。

〔註 142〕胡應麟《詩藪》外編卷五（台北：廣文書局，1973 年）。

面，四靈、江湖所面對的是江西詩風、理學詩風及中興大家自成一格的詩風，他們卻敢棄而不用，轉而提倡直承晚唐以相抗衡，可見他們並不想隨波逐流，他們嘗試在影響中，尋求創作自主，只是才力不足，未能建立起屬於自己的風格，反而使宋詩又落回唐人窠臼。此二者不僅是表達方式和風格的差異，且有更深刻的文化思想內蘊的不同。

其次，在典範輪替的最後，我們發現「重陶」、「尊杜」實爲宋代詩學的兩大支柱。蕭華榮《中國詩學思想史》就如此總結宋代詩壇：

> 歷史的青睞最終落在陶潛、杜甫身上，把他們推到“二老詩中雄”的崇高地位，成爲宋代詩學的兩個解釋學意義上的支柱。宋人幾乎無不以虔誠的口氣談論陶潛，毫無微詞；他們也幾乎無不談到杜甫，崇之爲“詩聖”，其作品則被崇之爲“經”，反覆注釋與發揮。〔註143〕

從詩法而論，陶潛與杜甫的作品皆「不煩繩削而自合」，這是宋人最高的藝術追求。但陶、杜在宋代之所以獲致尊者的高位，卻是因爲二者恰巧適合了時代精神的需要，即方回所說的「唯余陶杜知其道」。陶、杜原各自有其妙處，而宋人以「道眼」觀陶論杜，肯定他們對超越性的「道」的體悟，這才是二人備受尊崇的根本原因。

宋人所謂陶、杜「知道」，其實不過是他們以「道眼」，從陶、杜詩中看出他們帶有理學色彩之道。即便如此，在宋人看來，陶、杜所知之道的側重點又有異同。宋末陳仁子《牧萊脞語》將之概括爲：「世之詩，陶者自沖澹處悟入，杜者自忠義處悟入。」此即周紫芝所說「少陵有句皆憂國，陶令無詩不說歸。」

總之，從忠肝義膽上學杜，從沖澹恬退中學陶，是宋人在思想內容上所主張的；在藝術手法上，於陶則學其平淡自然，於杜則學其法度深嚴。二人皆「知道」，但所悟所發的方向是不同的：「忠肝義膽」是道德人格的體現；「沖淡自然」是自然人格的追尋，教化的目的與

〔註143〕蕭華榮《中國詩學思想史》（上海：華東師範大學出版社，1996年），頁170。

古淡的風格相聯繫，為我們指示了宋人的審美線索。〔註144〕

其實宋代是個強調詩法的時代，不只江西詩派對詩學技法有所強調，其他各家論及創作的詩法技巧，也不乏一番見解。但這些對詩法的講究，仍不敵宋人對超越性之「道」的認同。之前引《韻語陽秋》記東坡拈出淵明知道之詩後，曾有言曰：「蓋摛章繪句，嘲弄風月，雖工爾，何補？若睹道者，出於自然超詣，非常人所能蹈其軌轍也。」〔註145〕換言之，只要「知道」，便會自然流為「技」，所以對詩格的要求，便轉向對人格的要求，不僅陶、杜，對其他各家典範的認同亦基於此。而像這樣以「道眼」關注詩家作品，甚至以此期待詩家的創作表現，正是宋人最大的誤讀關鍵。

由此所形成宋代獨特的審美意識，最明顯的就是其「兼取為人」的閱讀心態。宋人讀詩頗重「知其人」，論詩往往兼論其人，尤其總以道德層面來評定詩人，在政治社會的標準下，藝術才分不再是詩歌主要的衡量，詩人不再是值得稱述的身分，賢與聖才是最高的評價。這種看待文學作品的角度，或者造成理解偏差、或者忽略典範對象的其他特質，總之，無法持平的賞析前輩作品。

再者，除了以「道」為兼取其為人的標準，以致於偏重道德意識甚於藝術技法外，韓經太〈論宋人平淡詩觀的特殊指向與內蘊〉一文中還指出宋代的「平淡」理想：

中國古典詩歌的平淡美，作為審美理想而確立於成熟的理論自覺中，應該說，是自宋代開始。〔註146〕

宋人追求平淡詩境，早在宋初梅堯臣「作詩無古今，惟造平淡難」的感嘆中就顯露無遺了。仔細想來，在宋初時，詩風雖是承晚唐而來，

〔註144〕 參見韓經太〈論宋人平淡詩觀的特殊指向與內蘊〉、程杰〈從陶杜詩的典範意義看宋詩的審美意識〉二文中的觀點，引自張高評編《宋詩綜論叢編》，同註106。

〔註145〕 同註40。

〔註146〕 韓經太〈論宋人平淡詩觀的特殊指向與內蘊〉，引自張高評編《宋詩綜論叢編》，同註106，頁389。

但不只有華靡精巧的西崑體，尚有疏淡清遠一派。這些大多由隱士詩人所組成的在野群體，正是平淡詩學的基礎。其他北宋大家如王安石，晚年一變作風，轉入「深婉不迫之趣」，被稱爲「王荊公體」的小詩，歷來批評家皆謂美在閑淡；另外，蘇軾在豪邁之餘，神往之境亦是「高風絕塵」的意趣；以黃庭堅、陳師道爲代表的江西詩派，則力求「擺落膏豔，而趨於古淡」、「枯淡瘦勁，情味幽深」。這些均可見宋代是以「平淡」爲整個時代的主要風格內蘊。

宋代美感追求的「平淡」，並非只是平易舒暢、流利自然的風格而已。蘇軾〈書黃子思詩後〉云：

> 獨韋應物、柳宗元發纖穠於簡古，寄至味於淡泊，非餘子所及也。〔註147〕

其〈與姪論文書〉又曰：

> 凡文字，少小時需令氣象崢嶸，彩色絢爛，漸老漸熟，乃造平澹。實非平澹，絢爛之極也。〔註148〕

葛立方《韻語陽秋》亦云：

> 大抵欲造平淡，當自組麗中來，落其華芬，然後可造平淡之境。〔註149〕

宋末劉克莊也反覆強調「枯槁之中含腴澤」、「若槁而澤，若質而綺」〔註150〕等等；甚至如黃庭堅形容杜甫至夔州後詩風「平淡而山高水深」，及其所謂「需要年高手硬，心意閑淡，乃入微耳。」可見平澹不是絢爛的對立，而是超越。所謂「漸老漸熟」、「年高手硬」，正是說明這樣從刻意到無意的入神造詣。所以平淡美是屬於辯證的美感經驗，山高水深中自有奇麗詭怪，但無妨於平淡正體爲其中樞。

像這樣：似「率意」而實用力，似「平淡」而實雋永，似尋常而實奇崛，似枯瘠而實豐腴，就是有宋一代的審美追求。從北宋到南宋，

〔註147〕蘇軾〈書黃子思詩後〉，同註73。
〔註148〕蘇軾〈與姪論文書〉，同註73。
〔註149〕葛立方《韻語陽秋》，見註40。
〔註150〕散見《後村先生大全集》，同註25。

從理學家到詩學家，大抵皆是如此，正說明了宋代平淡美的旨趣。這是時代精神與文學思潮的反映，與魏晉以來「緣情綺靡」的詩學觀追求相比，宋人顯然更力求將詩歌之美收斂到深層。

只是當我們從宋代視爲典範的文學前輩來觀察，不免有此疑惑：師法李、杜、韓而又以平淡爲理想是否會產生矛盾？事實上，這正是宋人審美理想的特殊價值所在。宋之前，雖已有平淡格調的詩風，但宋人的平淡詩觀是以文人的野逸興趣爲心理基礎，並以宋儒性命之學的義理爲哲學依據，遂能予以此風格新的闡釋。范溫《潛溪詩眼》對此說解頗爲透澈：

> 世俗喜綺麗，知文者能輕之。後生好風花，老大即厭之。
> 然文章論當理與不當理耳。苟當於理，則綺麗風花同入於
> 妙；苟不當理，則一切皆爲長語。〔註151〕

好雅正而知變化，本義理而解風流，對於動輒大談心性義理的宋人來說，這意味著他們並不固執。義理定斷之後自能接受欣賞。

另外，蘇軾於李、杜之後，又另外標舉出韋、柳之「發纖穠於簡古，寄至味於澹泊」。〔註152〕韓經太〈宋人美學觀念的結構分析〉一文據此則認爲：宋人「由唐人集古今之大成處悟入，復由魏晉以來之蕭散處悟出。」所以將宋人審美的觀念形態稱之爲「複合性結構」。〔註153〕換言之，無論是李白的飄逸，或韓愈的險僻，只要「當理」，皆可入宋人美學範疇，皆符合宋人理想詩觀，並不與「平淡」詩風相衝突。

至於在促使「影響的焦慮」產生的意義上，我們從典範的選擇過程，也觀察到了一些端倪。

〔註151〕范溫《潛溪詩眼》，引自《宋詩話輯佚》上冊，同註1。

〔註152〕蘇軾〈書黃子思書後〉，同註73，這兩句上指韋應物詩雖纖穠麗密，卻有簡古之風；下指柳宗元詩雖淡泊卻有至味。

〔註153〕韓經太〈宋人美學觀念的結構分析〉引自成大中文所主編《第一屆宋代文學研討會論文集》（高雄：麗文文化有限公司，1995年）頁378。

　　首先，承上所述，宋人論詩時道德重於藝術，也就是說：他們受前人技巧風格的影響不如受前代詩人的人格影響來得清晰。當其所承受的是人格方面的影響時，接近於偶像崇拜，沒有比較優劣的壓力，故較不易造成影響的焦慮。可是這樣的情形以北宋前期為多，中期以後，雖仍以人格要求為主，但已出現針對詩歌技巧作探究的詩論。例如對杜甫或陶潛，在就其「明道」的形象予以讚許之外，黃庭堅等還有「不煩繩削而自合」、「杜之詩法出審言，句法出庾信，但過之爾。」〔註154〕之類的評述。對於前輩詩人在藝術技巧上的討論，不像初期的表象浮泛，而是更為深入的分析比較，幾乎與人格之論同等重要了。這意味著後人在創作上著力用心甚於前者，可能是由於觀念與關注焦點的轉進所致，總之，如此一來，自然會產生影響焦慮下的種種問題。

　　其次，宋代在擇取典範時，與之前最大的差異，在於他們是有意識地、明確而肯定地指出師法承學的對象。他們通常明白揭示以某人為師，仰慕某人，學習某人的何種書寫特點，他們清楚地表明所受影響的淵源，而非如前代的模擬仿效，只是模糊籠統的效法某種體裁、手法或主題而已。這表示宋人已意識到自己正承受著前代詩人的影響，同時也瞭解所受的影響為何，那麼在此情況下，基於之前的推論，就普遍的藝術心理規律而言，焦慮的產生是不可避免的。

　　再者，我們還可以發覺，宋代詩人在面對其所擇取的典範時，除了稱許其優點特長、表明效法宗師之處外，還有直接明白的批評，論其缺失與不足處。這種否定、質疑前輩詩人的作法，不論是否是因為誤讀所致，均展現出與前代截然不同的態度。宋代之前一味尊崇先輩詩人，鮮少批評，接受多而反思少；宋代則因疑古風氣興起，他們不再完全推尊崇拜古人，所以自我意識才會萌發，就這點來說，他們會出現積極而有建設性的反焦慮手段是可預期的。

〔註154〕《後山詩話》引黃庭堅語。同註67，頁259。

　　接下來的章節，即延續此美學與影響兩角度的意義，從表象與內因分別深入探討宋人的傳統觀，以印證宋人確有此合乎「影響的焦慮」訴求的條件。

第二節　宋代詩人的「傳統觀」

　　從上一節典範擇取的過程所歸納得致的論點，可以發現，宋人在面對前輩詩人時態度上迥異於前代，他們更清晰地確定自己所承受的影響淵源，也表明對前驅者肯定的部分以倫理人格為主，同時，他們對典範的批判亦十分直接。如此看來，他們確實與前代的崇古心態及仿古手法有極大的差別，顯示了宋代詩人在思維與創作型態上，均有其獨具之處；但是從典範的推崇過程中，他們也展現了對道統、文統與復古的堅持，由此看來，宋人又似乎仍難以跳脫過去傳統的框架。這兩種看似矛盾的理念，卻都是宋人在面對前代時所展現的態度。這種衡量古人與自己存在之間的種種關係，包括理解前者的存在目的、對待前者的方式、處理前代（文化或文學）遺產的思維等等各方面，我們皆可稱之為「傳統觀」，在此尤偏重於歷史脈流中後來者的視角。

　　傳統，原指由歷史延續而來的文化、習性、思想等，它是一個民族的「經歷物」，是永遠不會消失的，它不僅體現在「物」的方面，更重要的是它凝結於觀念和制度之中，並以無意識的狀態深藏於人們的心裡，成為榮格所謂「集體無意識」的成因之一。〔註 155〕在一般的認定中，“傳統”與“現在”除了是對立的詞彙外，它們之間應是基礎與開創的輔助性關係。正如德國詮釋家漢斯──格奧爾格‧加達默爾（H.-G. Hans-Georg Gadamer，1900～）說的：

〔註 155〕容格著，馮川、蘇克編譯《心理學與文學》（台北：久大文化公司，1990 年），頁 443。主要是立據於容格對原始意象（原型）的解釋，他認為原始意象可以被設想為一種記憶蘊藏，一種印痕或者記憶痕跡。它來源於同一經驗的無數過程的凝聚，是不斷發生的心理體驗的沉澱，因而是一種典型的基本形式。

> 傳統按其本質就是保存（Bewahrung），儘管在歷史的一切
> 變遷中它一直是積極活動的。但是，保存是一種理想活
> 動，……即使生活受到猛烈改變的地方，如在革命的時代，
> 遠比任何人所知道的古老的東西，在所謂改革一切的浪潮
> 中仍保存了下來，並且與新的東西一起構成了新的價值。
> 〔註156〕

傳統保存了舊有的一切，而這一切在融合了新事物後，又會產生新的
意義和價值，這是屬於傳統新變的論點。又如恩斯特‧羅伯特‧柯提
斯（Ernst Robert Curtius，1886～1956）在其著作《歐洲文學與天主
教的中世紀》裡所下的結論：

> 像所有生命一樣，傳統也是一種巨大的新陳代謝。〔註157〕

這「新陳代謝」不意指死亡，反之，它是以「基因」的滲透方式不斷
地流動著、發展著；因而才有所謂事物的一種新狀態總是包含著先前
狀態的說法；反之，一個事物的起源，往往也同時兼具有開發的可能。
所以陳炎〈試論積澱說與突破說〉中直接就認定傳統本身就具有突破
的力量：

> 傳統積澱本身，就蘊育著突破創新的潛在力量；突破創新，
> 也只有在傳統積澱的基礎上，才可能實現成功。〔註158〕

他執守的亦是創新與傳統積澱不可分割的看法，而且，他還提出「傳
統本身即具開新的力量」之說法，是較為特別之處。

當然也有持平的論調，認為傳統與現在應是互相牽制影響的，比
方：

> 前代的文學作品本身已構成一個相對完整的藝術系統，但
> 它並不是一成不變的，由於後起的新的文學作品源源不斷
> 地加入，促使其「完整性」有所調整，價值標準也理應有

〔註156〕加達默爾著，洪漢鼎譯《真理與方法》上（上海：上海譯文出版社
　　　　1999年），頁361。
〔註157〕引自哈羅德‧布魯姆著，朱立克、陳克明譯《比較文學影響論——
　　　　誤讀圖示》（板橋：駱駝出版社，1992年），頁28。
〔註158〕陳炎〈試論積澱說與突破說〉，學術月刊1993年五期。

> 所修正。也就是説，傳統因現在而改變，正如現在爲傳統
> 所指引一樣。傳統是一種力量，現時產生的作品也是一種
> 力量，各對對方施予影響，兩者的合力能產生較爲寬容的
> 藝術價值標準。〔註159〕

又或者英國詩人艾略特（Thomas Stearns Eliot，1888～1965）在〈傳統和個人的才能〉一文中所提到的：

> ……這種歷史意識包含一種認識，即過去不僅僅具有過去
> 性，同時也具有現在性；……是一個同時的存在，而且構
> 成一個同時並存的秩序。這種歷史意識是對超越時間即永
> 恆的一種意識，也是對時間以及對永恆和時間合而爲一的
> 一種意識：這是作家所以具有傳統性的理由，同時也是使
> 一個作家敏銳地意識到自己在時代中的地位，以及本身所
> 以具有現代性的理由。〔註160〕

總之，這些強調「傳統」對「現在」的重要性和必要性的論點，大致符合我們對「傳統觀」的認知；但是在布魯姆的觀點中，傳統與現在的關係卻非如此和諧。就布魯姆「影響的焦慮」理論而言，傳統的定位是相當關鍵的，對他們來說，當後人在模仿前輩、或依循前代的風格理念時，所仿的即是過去作者的或寫或思或讀，這種彼此之間的聯繫就是傳統。所以，傳統是延伸過去一代的影響，而且是一種超載的影響：

> 一位新作者不僅認識到他自己在與一位前輩的形式和精神
> 作鬥爭，而且同時也會被迫意識到就他之前已產生的事物
> 而論，那位前輩所佔有的地位具有絕對原初性，是它確立
> 先在地位的。當他有了這個認識的時刻，文學傳統就開始
> 了。〔註161〕

這樣的傳統已是如此沈重，他們還從字源上給予這般定義：

> 傳統，拉丁文是 traditio，在辭源學上是一過分的遞交或過

〔註159〕同註157，頁26。
〔註160〕轉引自李元貞《黃山谷的詩與詩論》，台大中研所博士論文，1971年6月。
〔註161〕同註157。

　　　分的給予，一種傳遞，一種認同，反之，甚至是一種投降
　　　或一種背叛。〔註162〕

之所以稱爲「一種投降或一種背叛」，主要是針對接受傳統者的不同
反應而定：視其選擇的是認同傳遞或突破創新，若是前者則爲投降，
後者則被稱爲背叛。不管如何，傳統對後來者而言已非前述的積澱養
分，反而成爲過度的壓力，這樣的壓力來自於後來者與先驅之間存在
著的競爭關係。這種傳統觀的產生，實與布魯姆該理論的出現背景有
極大的關聯：布魯姆「影響的焦慮」詩學理論所建立的時代是在西方
啓蒙運動之後，他們主張現代性，極度要求獨創精神，並在強烈的自
覺意識下與傳統作區隔，甚而斷然與傳統對立。W.J.貝特《歷史的重
負和英國詩人》（The Burden of the Past and the English Poet）書中曾
對這時期詩人的心理特質有過深刻的敘述：

　　　現代詩人是產生於啓蒙運動思想的憂鬱症的繼承者，這種
　　　憂鬱發自啓蒙運動的心靈對自己所承繼的雙重想像力遺產
　　　（古人和文藝復興時期的大師們）所持的懷疑態度。〔註163〕

就是這樣的懷疑態度，使得整個傳統觀有了改變，顛覆了文學傳統的
連貫性，詩人開始正視自我的創作者意識，注重的是個人創造性的部
分，而非對傳統的承繼。

　　龔鵬程在〈宋代文化在中國的地位〉一文中引了一段美學大師克
羅齊（Benede tto Croce，1866～1952）的話，頗能爲布魯姆此詩學理
論的傳統觀作一註解：

　　　……天才不是一些人從另一些人那裡發展出來的，不繼承
　　　誰也不發展誰，天才是獨立的。……「個性化歷史」不考
　　　慮歷史和思維的必然發展，只關注「種種個人」，注意其氣
　　　質、情感和個人創造性。〔註164〕

〔註162〕同註157，頁28。
〔註163〕同註157。
〔註164〕引自龔鵬程〈宋代文化在中國的地位〉，出自黎活仁等主編《宋代
　　　　文學與文化研究》（台北：大安出版社，2001年）

在一般歷史的陳述過程中，傳統幾乎就像是一條鎖鍊，緊扣著先驅與後來者的關係；但就如同克羅齊所提出的「個性化歷史」之觀念，布魯姆「影響的焦慮」說正是以多元面打破傳統線性發展的單一純粹，過去文學史中「一個詩人促使另一個詩人成長」〔註 165〕的傳承觀念受到了挑戰。

比較來看，一般連續歷史觀論述下的傳統有根源的問題，在此架構下的文學史像一棵大樹，有其固定的根柢，筆直地延伸著承繼影響的枝幹，或者發展為繁榮的葉帽，但總體看來，它是可溯及同一淵源，接受同一影響來源，也就是其有源有流，中間有一條連續鏈，具有不可違逆的中心控制；而布魯姆的理論則是種解構的偏異，猶如蕃薯藤的蔓延，是從各個點生發，向四方攀援的叢聚狀發揮，各有其發展脈絡，不盡然在特定的框架內與其他詩人有傳承影響的糾葛。其實，歷史經常是斷裂的，不應只是把一些個別的事物納入相同的源流來詮釋，也要正視其存在的特殊意涵。但是因為一般連續性的歷史觀較符合人們對傳統概念的認知，故多習慣以時間延續的思維定勢來論述流衍的過程。不過，如同龔鵬程所說的「要截斷眾流，自許為一代之詩，需要氣魄。」〔註 166〕布魯姆「影響的焦慮」說便是這種需要氣魄的開創。而當一個詩人表現出如此氣魄與開創時，其之前的影響焦慮意識必然存在。

總之，在我們探討宋代詩人「影響的焦慮」自覺時，必須先釐清在邏輯上宋人是否也和西方啟蒙運動後的詩人有一樣或相似的傳統觀，如此，才能進一步說明「影響的焦慮」在宋代形成的可能，也才能證明宋代詩歌整體傾向是積極而開創的，而更能將西方的詩學理論貼切地援引運用在中國詩歌史上。這正是本章節探討的主要意義。

〔註165〕哈羅德‧布魯姆著，徐文博譯《影響的焦慮》（台北：久大文化有限公司，1990年）。

〔註166〕龔鵬程〈從杜甫、韓愈到宋詩的形成〉，同註72。

一、表　象

前文曾略敘過宋人的傳統觀似乎欠缺了一致性，其實除了由典範的擇取過程中展現的一些跡象外，我們還可以從詩話或當時詩人的一些文論、詩論當中，發掘宋人看待傳統的角度，基本上也都可得見「歸附傳統」與「力求創新」兩種論點。

（一）歸附傳統

「唐詩」這個龐大的文學遺產是宋代知識份子共同的背景，也是宋人極爲熟悉的語言材料，其與宋代文士生活契合之深，可由下列記載看出：

> 元祐中，諸院族人居榆林，甚盛。嘗一日，同遊西池，有士子方遊觀，嘆曰：『紈褲不餓死，儒冠多誤身。』從叔叔巽應聲問曰：「秀才，汝『讀書破萬卷，下筆如有神』也未？士子甚驚嘆。〔註167〕

文中士子觀西池有所感觸，乃吟杜甫之詩，叔巽立即以杜甫詩反問，同樣取自杜甫〈奉贈韋左丞丈二十二韻〉中詩句，引用得當又頗具意涵。可見宋人在許多場合都有機會使用唐詩，甚至影響及於一般人的生活語言和思考方式。從這事實來看，宋人對唐詩這前代遺產的傳承似乎已形成習慣。

在如此背景下，便會出現像下列的這些情況：《蔡寬夫詩話》中記載王禹偁詩被兒子視爲與杜甫詩相近，請易之，但王禹偁卻顯得頗爲高興地回答：「吾詩精詣，遂能暗合子美耶？」

《石林詩話》引蔡天啓語云：「荊公每稱老杜『釣帘宿鷺起，丸藥流鶯囀』之句，以爲用意高妙，五字之模楷。他日公作詩，得『青山捫虱坐，黃鳥挾書眠』，自謂不減杜語，以爲得意。」王安石亦以自作不減杜詩爲榮。

另外，山谷也以學杜能得其神似而自喜：

> 山谷謂洪龜父云：「甥最愛老舅詩中何等篇？」龜父舉「蜂房

〔註167〕引自呂本中《紫微詩話》同註44，頁364。

　　　各自開戶牖，蟻穴或夢封侯王」及「黃流不解浣明月，碧樹
　　　為我生涼秋」，以為絕類工部，山谷云：「得之矣。」〔註168〕

他們以自己的作品近似文學偶像而深感自豪，表現的是對前輩的景仰
與愛慕之情，認定前輩的成就，也藉此肯定自己。

　　宋人不但認可仿效前人的作法，而且還提出了「如何學」的議題，
例如黃庭堅〈答洪駒父書〉中曰：

　　　寄詩語意老重，數過讀，不能去手，繼以嘆息，少加意讀
　　　書，古人不難到也。諸文亦皆好，但少古人繩墨耳，可更
　　　熟讀司馬子長、韓退之文章。〔註169〕

要達到古人的標準，要多讀書，多熟悉前代的文學遺產，他還具體舉
出學習典範來，黃庭堅以為如此一來要仿習前人並不難。范溫《潛溪
詩眼》也有黃庭堅的另一種說法：

　　　山谷言學者若不見古人用意處，但得其皮毛，所以去之更
　　　遠。〔註170〕

除了多讀書以掌握前代詩作的熟悉度外，還要瞭解古人詩作中用意之
處，才算得其精髓。呂本中《童蒙詩訓》也有相同的看法：

　　　學文須熟看韓柳歐蘇，先見文字體式，然後更考古人用意
　　　下句處。學詩須熟看老杜蘇黃，亦先見體式，然後遍考他
　　　詩，自然功夫度越過人。〔註171〕

在這段論述中，呂本中除了提出與黃庭堅所稱「考古人用意」相近的
論點外，從他這段話裡，還可看到他考慮更多，不但列舉仿效對象，
也重視文學體式，而且，文體的不同，仿效典範也有別，另外，他所
仿習的對象不拘於前代作家，也不限於大家之作，「遍考他詩」是其
習古論點中尤其值得注意之處，表示其對前代文學遺產的接受度與功
能性，均有極清晰的定位。

〔註168〕《王直方詩話》，同註11。
〔註169〕黃庭堅〈答洪駒父書〉，引自《豫章黃先生文集》卷十九。見註79。
〔註170〕范溫《潛溪詩眼》，同註147。
〔註171〕呂本中《童蒙詩訓》，引自《宋詩話輯佚》下冊，同註70。

魏慶之《詩人玉屑》卷五中亦有類似的認知：

> 楚辭、杜、黃，固法度所在，然不若遍考精取，悉爲吾用，
> 則姿態橫出，不窘一律矣。〔註172〕

在此，他則又深入說明了「遍考精取」的目的。換言之，對前代的學習，不僅在於師法特定詩人的創作，其他作品廣泛的接受也是自前代獲益的要訣之一。像山谷〈答洪駒父書〉就明白指出仿習前人的方法：

> 古之能爲文章者，眞能陶冶萬物，雖取古人陳言，入於翰
> 墨，如靈丹一點，點鐵成金也。〔註173〕

他先肯定古人之善於爲文，是因能「陶冶萬物」；後人即使無前人的功力，而只是將古人的陳言加入自己的作品中，也能有畫龍點睛的作用，可見適時取用前人作品，是承受前代遺產最直接的方式。在黃庭堅〈次韻子瞻和子由觀韓幹馬因論伯時畫天馬〉中還有句話說：「領略古法生新奇。」新奇來自對古法的領略。再度說明了如何吸收前代文學成就是後來者學習的重要技巧。

此外，既以學習爲接受傳承的主要手法，所以，自前驅處「學什麼」也是宋人探討的重點，譬如山谷〈論作詩文〉中就有謂：

> 作文字須摹古人，百工之技，亦無有不法而成者也。〔註174〕

創作原本也就有技藝的成分在內，因之正如「百工之技」，亦必須向前人學習。又如其〈答王子飛書〉言：

> ……至於作文，深知古人關鍵，其論事救首救尾，如常山
> 之蛇。〔註175〕

更清楚提出所學要點在於掌握「古人關鍵」。這與他另一篇〈答元勛不伐書〉說到：

> 如欲方駕古人，須識古人關捩，乃可下筆。〔註176〕

〔註172〕魏慶之《詩人玉屑》卷五〈呂居仁誨人〉，同註48。
〔註173〕黃庭堅〈答洪駒父書〉三首其二，引自《豫章黃先生文集》卷十九，同註79。
〔註174〕黃庭堅〈論作詩文〉，引自《豫章黃先生文集》卷六，同註79。
〔註175〕黃庭堅〈答王子飛書〉，同註79。
〔註176〕黃庭堅〈答元勛不伐書〉，同註79。

兩篇論點幾乎一樣，此「關捩」或「關鍵」，均與繩墨規矩意思相近，凡此上述諸言皆指從古人那裡學到爲文之準繩規矩，即皆指爲文的方法要領可得之於先驅。

他們甚至以爲前代先驅詩人們能有所成就，是因爲他們也從摹襲而來，這點就足以支持這些宋人主張傳承的傳統觀，譬如郭思《瑤溪集》有這樣一段話：

> 老杜於詩學，世以謂前無古人，後無來者。然觀其詩，大率宗法文選，摭其華髓，旁羅曲探，咀嚼爲我語。〔註177〕

他指出文學偶像杜甫也是宗法《文選》，有所根本的。又如朱熹《晦庵詩說》曰：

> 李太白終始學選詩，所以好。杜子美詩，好者亦多是效選詩，漸放手，夔州諸詩則不然也。〔註178〕

他也認爲李杜之所以詩好，是因爲效學《文選》。既然典範都承自前人，後人傳習更是無可厚非了。

所以類似論點便極爲常見。或如山谷〈答洪駒父書〉云：「自作語最難，老杜作詩，退之作文，無一字無來處。」及〈論作詩文〉中云：「如老杜詩，字字有出處」；或如李之儀〈跋吳思道詩〉稱讚吳之詩時所言：「度越唐人多矣！……其妙處略無斧鑿痕，而字字皆有來歷。」〔註179〕在其〈雜題跋〉甚至說：「作詩字字要有來處，……若無來處，即謂亂道可也。」〔註180〕這「來處」除了表示創作源頭外，也有人解讀成法度，〔註181〕總之，皆謂這些前輩們的創作還是有所

〔註177〕郭思《瑤溪集》，引自《宋詩話輯佚》同註1。

〔註178〕朱熹《晦庵詩說》引自《朱子語類》卷一四○，同註81。

〔註179〕李之儀〈跋吳思道詩〉引自《姑溪居士文集》卷四十（台北：藝文印書館，1971年）。

〔註180〕李之儀〈雜題跋〉後集卷十五，同上註。

〔註181〕黃景進〈黃山谷的學古論〉一文指出「出處」的多重涵意，在詳考當時例證後言：「山谷所謂『出處』實指法度規矩而言，所謂『有出處』即指嚴謹有法。文章的法度，範圍甚廣，從用字、造句、結構佈置到美學風格等，皆包括在內。」收入台大中研所編《宋代文學與思想》（台北：台灣學生書局，1989年），頁270。

依循的。

　　另外，朱熹〈跋病翁先生詩〉裡還出現一種頗有意思的說法：

　　　　……然余嘗以為天下萬物皆有一定之法，學之者須循序而
　　　　漸進，如學詩且當以此等為法，庶幾不失古人本分體製。
　　　　向後若能成就變化，固未易量。然變亦大是難事，果然變
　　　　而不失其正，則縱橫妙用何所不可？不幸一失其正，卻似
　　　　反不若守古本舊法以終其身之為穩也。……故自其變者而
　　　　學之，不若自其不變者而學之，乃魯男子學柳下惠之意也。
　　　　〔註182〕

朱熹此言在論變與不變之間，企圖找出恰當的準則，然而最終仍認為
「自其變者而學之，不若自其不變者而學之」，如此才「不失古人本
分體製」。可見朱熹即便討論到文學創作的變化創新，依然以古人原
有舊法為衡量，並不以溢出規範為美。

　　再者，說到復古，宋代本身就是古文運動勃興與完成的時代，歐
陽脩〈記舊本韓文後〉有此記載：

　　　　……因出所藏昌黎集而補綴之，求人家所有舊本而校定
　　　　之。其後天下學者亦漸趨于古，可謂盛矣。嗚呼！道固有
　　　　行于遠而止於近，有忽于往而貴于今者，非惟世俗好惡之
　　　　使然，亦其理有當然者。〔註183〕

蘇軾序歐陽脩的《居士集》時，也論述了當時文壇的情況：

　　　　……士亦因陋守舊，論卑而氣弱，自歐陽子出，天下爭自
　　　　濯磨，以通經學古為高，以救時行道為賢，以犯顏納說為
　　　　忠。〔註184〕

這兩段引文皆具體呈現當時古文運動進行的情況，事實上，宋代是號
稱古文運動成功的時代，接續著唐代韓柳未竟的古文運動，所以宋人

〔註182〕朱熹〈跋病翁先生詩〉出自《晦庵先生朱文公文集》卷八十四（台
　　　　北：台灣商務印書館，1980年）。
〔註183〕歐陽脩〈記舊本韓文後〉，出自《歐陽文忠公集》卷七十三，同註
　　　　22。
〔註184〕蘇軾序《居士集》，見註73。

在創作上多有著「師古」、「明道」的要求。宋初文壇瀰漫著復古思潮確是不容置疑的，這也是宋代歸附傳統最明顯的現象。

因此，許多研究者在探討了宋人的行為言論之後，便認為宋代其實「並未改變模仿和依傍的態度，只是模仿了另一個榜樣，依傍了另一家門戶。」〔註185〕所以在「大判斷或者藝術的整個方向上沒有什麼特著的轉變，風格和意境雖不寄生在杜甫、韓愈、白居易或賈島、姚合等人的身上，總多多少少落在他們的勢力圈裡。」〔註186〕譬如錢鍾書的〈宋詩選註序〉認為宋詩是「偏重形式的古典主義發展到極至」、「惟學古人句樣而已」。又如胡雲翼，他也認為宋詩之弊首在模擬，他說：

> （宋人）完全刻板地在模擬裡面討生活。蘇舜欽、梅堯臣雖然反對西崑，不過表示他們不主張完全模擬晚唐而已，又何曾脫離唐詩的羈絆？歐陽脩跟著蘇梅輩唱詩壇的革新，也不過是革西崑體之舊，而復韓昌黎之新，如是而矣，又何曾創立新體？只有王安石、蘇軾在詩歌裡面有新的貢獻，也是他們的聰明才氣使然，決不是他們有意不接受唐詩的影響。其實他們的作風依然薰染唐詩的情調很深。〔註187〕

他這話說得直接。王水照亦有相似的說法，只是他的表達比較不那麼尖銳，但他也認為總的來說，宋詩是處於一個「新的擬古主義反對舊的擬古主義」的過程：

> 在宋代文學中，不難時時感到前代文學的深刻影響。宋初詩歌三體（白體、晚唐體、西崑體），固然是對唐人的心摹手追，彷彿步武，即使是梅、蘇、歐開始的宋調，在創新慾望的支配下，仍表現出對前代詩歌傳統的崇奉，只不過從晚唐詩人轉向了李、杜、韓，且從亦步亦趨變而為脫去形跡、融化一如己出罷了。〔註188〕

〔註185〕錢鍾書《宋詩選註》序（台北：書林出版有限公司，1990 年），頁16。
〔註186〕同上註，頁11。
〔註187〕胡雲翼《宋詩研究》（台北：洪業書局，1972 年），頁195。
〔註188〕王水照〈宋代詩歌的藝術特點和教訓〉，出自《宋詩綜論叢編》，同

無論是胡雲翼還是王水照，都是從宋代文學史的流變現象與宋代幾位大家的表現上來下此論點。他們以為宋代即使到了北宋後期，受到前代的影響依舊明顯，只是師法的方法由亦步亦趨轉化為不露痕跡罷了。總之，他們的看法大致表示了宋人傳統觀中依循傳承的部分。

（二）力求創新

北宋開始即有追求「道前人所未道」的言論，譬如梅堯臣所說的：

詩家雖率意，而造語亦難。若意新語工，得前人所未道者，斯為善也。〔註189〕

他在另外一詩〈依韻和宜城張主簿見贈〉中也說：

韓子於文章，所貴不相效，譬彼古今人，同心不同貌。〔註190〕

還舉韓愈為文作例子，強調文學創作貴有各自的風貌，雖然古今創作的題材與情感大體相類，要自己新「造語亦難」，但若能「得前人所未道者」，才是最善的創作態度。

司馬光〈答福昌張尉禾書〉則將前人中模仿蹈襲者與自造獨創者並列對比：

竊見屈平始為騷，自賈誼、東方朔、嚴忌、王子淵、劉子政之徒，踵而為之，皆蹈襲模仿，若重影疊響，訖無挺特自立於其外者。獨柳子厚恥其然，乃變古體，造新意，依事以敘懷，假物以寓興，高揚橫騖，不可羈束……。〔註191〕

這段文字很清楚是就古人創作上的手法與表現相對評述的，顯然，他並不認同唐代之前的諸家先驅，以模擬蹈襲的方式傳承，而獨標榜柳宗元「變古體、造新意」的用心，以為這樣的創作成就是前者所不及的。當然，經過前篇章節的析論，我們已知漢魏之際的創作模式與其

註106，頁31。

〔註189〕歐陽脩《六一詩話》同註10。

〔註190〕梅堯臣著，朱東潤選注《梅堯臣詩選》（北京：人民文學出版社，1980年）。

〔註191〕司馬光《溫國文正司馬公文集》卷六十二（台北：台灣商務印書館，1975年）。

意義，也知道如柳宗元輩在唐代新文體發揮的情況是與漢魏不同的，
兩者原不宜如此相較，但是從司馬光的比較中，我們掌握到的主要
是：北宋時在文學上力求創新的理念。即使面對前人，也會針對其摹
襲予以批判。

　　另外，像《王直方詩話》的這一段引眾家說法，也相當常見：

　　　　宋景文云：「詩人必自成一家，然後傳不朽，若體歸畫圓，
　　　　準矩作方，終爲人之臣僕。」故山谷詩云：「文章最忌隨人
　　　　後。」又云：「自成一家始逼真。」誠不易之論。〔註192〕

魏慶之《詩人玉屑》卷五亦有一段相類似的引文：

　　　　文章必自名一家，然後可以傳不朽。若體規畫圓，準方作
　　　　矩，終爲人之臣樸，古人譏屋下架屋，信然。陸機曰：「謝
　　　　朝花於已披，啓夕秀於未振。」韓愈曰：「惟陳言之務去。」
　　　　此乃爲文之要。苕溪漁隱曰：「學詩亦然，若循習陳言，規
　　　　模舊作，不能變化，自出新意，亦何以名家。魯直詩云：『隨
　　　　人作計終後人。』又云：『文章最忌隨人後。』誠至論也。」
　　　　〔註193〕

兩段文字中引述的言論大致一樣，只是《詩人玉屑》裡援引了更早的
文論。其中比較值得注意的是，所謂「終爲人之臣僕」、「最忌隨人後」、
「終後人」或「何以名家」等等，這些字眼明顯透露出不願後於人、
想要自成一家及傳不朽的企圖心、和競爭意識，而且還帶有頗爲強烈
的憂慮語氣，所以創作上須要能自出新意，有所變化，不能僅是一味
地循習陳言。就像東坡所言：

　　　　凡造語貴成就，成就則方能自名一家。〔註194〕

東坡之孫蘇符在與世人論詩時，亦提出與其祖一樣的論點：

　　　　……大凡文字須是自得自到，不可隨人轉也。〔註195〕

而吳可〈學詩詩〉則以參禪爲喻，表現對前人舊論之規模摹襲的不以

〔註192〕《王直方詩話》，同註11。
〔註193〕宋祁《宋子京筆記》，出自魏慶之《詩人玉屑》卷五，同註48。
〔註194〕蘇軾〈跋吳思道詩〉，引自李之儀《姑溪居士文集》卷三，同註179。
〔註195〕張鎡《詩學規範》十四，引自《宋詩話輯佚》，見註1。

為然，認為即使是當時的偶像杜甫也可跳脫：

> 學詩渾似學參禪，頭上安頭不足傳。跳出少陵窠臼外，丈
> 夫志氣本沖天。〔註196〕

末句「丈夫志氣本沖天」，更將創作者精神揭示出來，文學創作應該
在於表達個人的想法，而非安於前人的窠臼之中。

宋代的理學家們對此也有一番見解，例如《林下偶談》卷三，曾
提及一個故事：

> 時案上置牡丹數瓶。箅窗曰：「譬如此牡丹花，他人只一種，
> 先生能數十百種，蓋極文章之變者。」水心曰：「此安敢當？
> 但譬之人家觴客，或雖金銀器照座，然不免出於假借。自
> 家羅列，僅瓷缶瓦杯，然卻是自家物色。」水心蓋謂不蹈
> 襲前人耳。瓷缶雖謙辭，不蹈襲則實語也。然不蹈襲最難，
> 必有異稟絕識，融會古今文字於胸中，而灑然自出一機軸
> 方可。不然則雖臨紙雕鏤，只益為下耳。〔註197〕

《詩人玉屑》卷十引〈漫齋語錄〉中亦有一段相關的理論，可與之相
發明：

> 詩吟涵得到自有得處，如化工生物，千花萬草，不名一物
> 一態。若摸勒前人，無自得，只如世間剪裁諸花，見一件
> 樣，只做得一件也。〔註198〕

無論是花之喻或杯缶之例，總是言自出機杼的意義。引用如此貼近生
活的譬喻，更易說明道理：只要是自己的胸中的真誠表現，即使不似
前人的成就，仍是最佳的創作；反之，若只是一味模勒前人，文學的
領域中就只能呈現單一面目，那麼，再怎麼雕鏤，也「只益為下」了。
就像另一位理學大師朱熹所言：

> 後人專作文字，亦做得衰，不似古人。前輩云：「言眾人之
> 所未嘗，任大臣之所不敢，多少氣魄。」〔註199〕

〔註196〕吳可〈學詩詩〉，引自《詩人玉屑》卷一，同註48。
〔註197〕吳氏《林下偶談》卷三（台北：台灣商務印書館，1966年）。
〔註198〕〈漫齋語錄〉引自《詩人玉屑》卷十，同註48。
〔註199〕朱熹〈論文〉上，引自《朱子語類》卷一三九，同註81。

言前人所未言是需要氣魄的，必須要有黃庭堅「我不爲牛後人」〔註200〕的決心才能做到。陸象山稱許黃庭堅：

> ……雖未極古之源委，而其植立不凡，斯亦宇宙之奇詭也。
> 〔註201〕

亦著眼於其不蹈古人町畦的表現。所以象山雖然認爲山谷「未極古之源委」，但自家物色卻反而能「植立不凡」。

　　南宋時這種不以蹈襲爲美的認知益加肯定，楊萬里〈見蘇仁仲提舉書〉中有這樣一則故事：

> 韋蘇州之詩，天下之所同美也。客有效韋公之體以見公者，而公不悅。既而以己平生之詩見公，而公悅之。當其效人之詩體以求合於人，自以爲巧矣，而其巧適所以爲拙。則夫捨己以徇於人，與夫信己以俟於人，其巧拙未易以相過也。〔註202〕

楊萬里自己由依循江西詩派到獨創「誠齋體」，他對於仿效前人一事有其深刻的體會。當創作者摹襲前人時，多少需要求合於人、以俟於人，如此一來創作的完整性與自主性受到了限制，成品是巧是拙可以想見。也因此楊萬里在〈跋徐恭仲省幹近詩〉其三中便更明確地表達了這樣的觀念：

> 傳派傳宗我替羞，作家各自一風流。黃陳籬下休安腳，陶謝行前更出頭。〔註203〕

創作上的傳承對他來說沒有必要，因爲作家各有特色，無須依傍前人或名家，只要發揮自己，也會有比陶謝還要好的作品出現。戴復古〈論詩十絕〉其四也有同樣的論點：

> 意匠如神變化生，筆端有力任縱橫。須教自我胸中出，切忌隨人腳後行。〔註204〕

〔註200〕黃庭堅〈贈高子勉之三〉引自《豫章黃先生文集》卷十二，同註79。
〔註201〕援引自羅大經《鶴林玉露》卷三，同註125。
〔註202〕見楊萬里《誠齋集》卷六十四（台北：台灣商務印書館，1965年）。
〔註203〕同上註，卷二十六。
〔註204〕戴復古〈論詩十絕〉，引自《石屏詩集》卷七（台北：台灣商務印

這種不蹈襲的傳統觀到了姜夔，除了強調「句中有餘味，篇中有餘意，善之善者也」的創作理念外，更將之昇華爲一種悟境。他在《白石道人詩集·自敘二》中曰：

> 作者求與古人合，不若求與古人異。求與古人異，不若不
> 求與古人合而不能不合，不求與古人異而不能不異。彼惟
> 有見乎詩也，故向也求與古人合，今也求與古人異，及其
> 無見乎詩已，故不求與古人合而不能不合，不求與古人異
> 而不能不異。其來如風，其止如雨，如印印泥，如水在器，
> 其蘇子所謂不能不爲者乎？〔註205〕

「求與古人同」或「求與古人異」都落入了「工」的地步，唯有「不求與古人合而不能不合」、「不求與古人異而不能不異」的境界，才算達到「妙悟」，才是創作的佳境。這種說法，一方面是針對當時以學識爲詩的現象而發，但另一方面我們也可以發現，宋人追求創作藝術的境界，期許超越傳承與獨創的層次。

於是，一些學者便針對宋人力求創新的特質予以評價，譬如明代時袁中道〈宋元詩序〉中即已稱讚兩宋承三唐之後，而能有所突破，獨創格局，殫工極巧：

> ……天地之英華，幾泄盡無餘；爲詩者處窮而必變之地，
> 寧各自出手眼，各爲機局，以達其意所欲言，終不肯雷同
> 剿襲，拾他人殘唾，死前人句下。〔註206〕

其中提到了文體的「變」既出於不得已，於是宋代詩歌在創作題材遂無所不寫，詩思則追求「出新意於法度之中，寄妙理於豪放之外」等等。清人方東樹《昭昧詹言》卷一也說：

> 韓黃之學古人，皆求與之遠，故欲離而去之以自立。〔註207〕

　　　書館，1966 年）。

〔註205〕姜夔《白石道人詩集·敘二》卷首（台北：台灣商務印書館，1979
　　　　年）。

〔註206〕袁中道〈宋元詩序〉，引自《珂雪齋文集》卷二（上海：廣益書局，
　　　　1936 年）。

〔註207〕方東樹《昭昧詹言》（北京：人民出版社，1984 年），頁 18。

又如當代宋詩研究學者張高評，尤其稱許宋人在這一點上的努力：

> 宋詩特色的完成，端在宋人期許獨創成就，追求自成一家
> 的抱負與實踐上。〔註208〕

他還進一步說明宋人是如何建立新的詩歌典範：

> 宋詩面對唐詩之繁榮高峰，居於「處窮必變之地」，遭時制
> 宜，學唐而變唐，或推本唐人詩法，力破餘地；或自出手
> 眼，各為機局，終不肯雷同抄襲，拾唐人之牙慧。於是追
> 求詩歌語言的變異，樹立作家風格的獨特，打破常規常格，
> 塑造新奇別緻，不重合，不苟同，以達到「自成一家」，而
> 延續文學生命，拓展詩界視野。〔註209〕

這些論點皆著眼於宋代詩人突破創新、期許獨到成就的背離式傳統觀
而定。

　　從上述兩端觀點的表象來看，似乎只能說明宋代並存著兩種相對
的傳統觀，一方面具有繼承傳統的思想，另一方面又有自出機杼、別
成一家的企圖，是以我們可以說整個宋代文壇呈現的是一個不一致的
傳統觀。不過，每個人各有所好、各有理念雖無可厚非；但從整個時
代的學術風氣而言，這樣衝突的觀念在宋代如此尚理好議的時代背景
中竟未引發任何議論，這就值得生疑了，更何況當時文壇正當瀰漫著
復古風潮之際。此外，令人難以理解的還有：相同的一個人居然同時
擁有這樣相對立的傳統觀，而且，並不是因生命歷程前後期的認知不
同所造成，例如黃庭堅，當他憂心忡忡地表示：「文章最忌隨人後。」
或充滿骨氣地說：「我不為牛後人」之餘，竟然還能在論作詩文時說：
「作文字須摹古人」、「取古人陳言，入於翰墨」等。

　　這些矛盾而啟人疑竇的現象，許多學者將之歸為前述一般傳統定
義下「積澱養分→創新突破」的關係。像清人吳之振序《宋詩鈔》稱
「宋人之詩，變化於唐而出其所自得。皮毛落盡，精神獨存。」當代

〔註208〕張高評〈自成一家與宋詩特色〉，出自《宋詩之新變與代雄》（台北：
　　　　　洪葉文化事業有限公司，1995 年）
〔註209〕同上註，頁 138。

有更多學者給予相同的解釋，譬如張高評〈自成一家與宋詩特色〉一文中提到：

> （宋代）不是對傳統成果一味享受，而是就文學現狀不斷超越：宋人不只回顧歷史，更是面對未來。大凡名家名作，或統領風騷的文藝，都不是對傳統積澱的簡單因襲，而是主動超越。……宋人一方面積澱傳統詩學，一方面在積澱的基礎上尋求突破創新，故宋人無不學古，而學古永遠是個過程，學古的目的還在於突破創新。〔註210〕

這些論點的理由，都是以宋人對傳統文化的傾心研讀，盡情汲取爲創造前提，來評斷宋代文學的獨闢蹊徑、自創新面。張高評甚至將這種創作方式稱爲「舊瓶裝新酒」或「老幹新枝、兼容並存的複合生命」，〔註211〕並以爲如此才能「一方面繼承傳統，一方面開創特色」。簡言之，宋詩無論意境內涵、措辭煉調，在在追求「不經人道，古所未有」，但在此別開「生」面、耳目一「新」的期許之前，必須先在傳承古學精華的基礎上用心，才有可能在這些傳統所澱積形成的規範、前輩詩人登峰造極的成就等束縛阻力下，還能夠予以突破、別有開拓。否則，就如錢鍾書《宋詩選註》序所說的：

> 前代詩歌的造詣不但是傳給後人的產業，而在某種意義上，也可以說向後人挑釁，挑他們來比賽，試試他們能不能後來居上、打破紀錄，或者異曲同工、別開生面。假如後人沒出息，接受不了這種挑釁，那末這筆遺產很容易遺禍子孫，養成了貪吃懶作的膏粱紈袴。有唐詩作榜樣是宋人的大幸，也是宋人的大不幸。看了這個好榜樣，宋代詩人就學了乖，會在技巧和語言方面精益求精；同時，有了這個好榜樣，他們也偷起懶來，放縱了摹仿和依賴的惰性。
> 〔註212〕

〔註210〕 同註208，頁119。
〔註211〕 張高評〈宋詩特色之自覺與形成〉，引自《宋詩之新變與代雄》，同註208，頁50。
〔註212〕 錢鍾書《宋詩選註》，同註185，頁16～17。

過去這些研究者所持的看法是相當中肯而確實的。我們無須否定宋代承自前代的影響，也不能否認傳統積澱對宋代詩歌在開創上的作用，誠如英國科學家牛頓的名言：「假如我比別人望得略遠一些，那是因為我站在巨人們的肩膀之上。」唐代，甚至再前代那些詩學大家們就像巨人一般，讓宋代詩人有較厚實、較高聳的立足點，宋代詩人方有更上一層樓的基礎。因此，在表面上，宋人的傳統觀中對前代詩人與文學遺產非但不像西方啟蒙運動詩人那樣具有絕對的抗拒；而且這些傳統積澱似乎還成了輔助其再開創的的重要資源。

只是，如果從一般純粹傳承的角度而論，我們不免疑惑：宋人推崇唐詩，竭力發掘唐詩特質，甚至標榜學習唐詩的同時，為何還能創作出了迥異於唐詩風格的宋詩？也就是如錢鍾書所論說的，這麼豐厚的文學遺產可能成就幸與不幸兩種不同的結果，後來者可能別開生面、後來居上，但相對的，也有可能偷懶依賴、放縱摹仿。可是宋人選擇的是在尊重傳統積澱，和超越積澱之間，積極尋求「突破口」和「創新點」。就這一點看來，其間的關鍵應該還是在於宋代詩人創作自覺與省察的意識。不然，宋人大可以沈湎在唐代的文學光輝中，不須如此苦思開拓創新的手法。

故學者們的論點是不錯的，但僅言宋人在傳統基礎上的開創，仍不足以說明宋人真正的傳統觀；這樣的說法只能呈現表面現象，並無法凸顯內在的實情，而這實情適所以展現宋人在貌似傳統、或者說無法逃離傳統的情況下，欲就文學現狀不斷超越時所背負的沈重的影響焦慮。那麼，當我們面對宋人這對立而弔詭的表象，或是研究者們所提出的「宋人以傳統為開創的根基」之說法時，到底該如何來解釋，才能釐清其中的疑惑？我們不妨再從上述宋人詩論、文論及引言中來進一步推敲宋人真正傳達的訊息為何。

（一）在宋代那些看似歸附傳統的言論中，提及「摹古人」的內容，主要在於學其「關捩」、「關鍵」、「繩墨」，即學習為文之準繩規矩，瞭解作文的要領。換言之，他們所學所摹者是指「體式」、「法度」等

外在規範而言，眞正的精神妙處，仍有待「自得自到」、「自我胸中出」，因此，李塗《文章精義》才有：「古人文字，規模、間架、聲音、節奏皆可學，惟妙處不可學」之說；〔註213〕也才有呂本中所謂「出新意於法度，表前賢所未到」〔註214〕之言。既然對前人的學習是以法度技巧的仿效爲主，可見他們幾乎將作文視爲技藝的一種，寫作譬如「百工之技」，開始的時候當然要向師父學「法」，但最後的目的還是要自立門戶，故山谷〈論作詩文〉即云，模仿只是「始學」的階段，學古的最後目的還是要自立。又如他在〈跋自書枯木道士賦後〉曰：「閒居當熟讀左傳、國語、楚辭、莊周、韓非，欲下筆略體古人致意曲折處，久之乃能自鑄偉詞，雖屈宋亦不能越此步驟也。」總之，在宋人的體會裡，模仿是不可避免的階段，但僅屬於學習階段的過程；他們認知到創作不應只有模仿，且瞭解模仿的缺失，模仿不再是創作的手法，而是種經過，用以學習作詩作文的基本規範；他們也承認模仿存在的必要與功用，但更要強調的是模仿的目的，在於超越與自成一家。

即使在法度體式外有所擷取，也只不過是「取古人陳言」入於自己翰墨，「悉爲吾用」、「咀嚼爲我語」，可知他們實在是僅僅將古人文字作爲以資利用的材料，用來增色自己的作品，關注重點仍放在個人的創作上。這一點從他們言論中的用語便可見端倪：在其說法中經常表示「不蹈襲」前人，古人僅爲法式等。這就指出了他們並不傾向逐字逐句、亦步亦趨的模擬。嚴格說來，前代文學遺產對宋詩創作的意義，只是創作思辨過程中的一環而已。

何況就目的上來說，宋人最終的追求還是要能自成一家，我們可以從他們的言論裡，清楚看到他們只是把學習古人當作一個利用的手段。譬如：山谷要求識古人爲文的方法要領，是爲了「欲方駕古人」；

〔註213〕李耆卿《文章精義》才有：「古人文字，規模、間架、聲音、節奏皆可學，惟妙處不可學」之說；譬如技師塑木偶，耳目口鼻儼然似人，而其中無精神魂魄，不能活潑潑地，豈人也哉？」（台北：台灣商務印書館，1986年）
〔註214〕呂本中《童蒙詩訓》，同註70。

在熟悉前代體式、遍考他詩之後,「自然功夫度越過人」;甚至從「陶謝行前更出頭」、「傳不朽」、「自名一家」這些字眼,我們都能感受到的他們所表現出的企圖心與競爭感,在其學習古人背後有著更高的目的性,是顯而易見的。而且這些念頭多是出自於創作者本身的想法,若從積極面的影響焦慮定義看來,宋人確實具有前代所欠缺的、極強烈的超越意識。

上述關於宋人習古的種種推論,我們可以以龔鵬程〈技進於道的宋代詩學〉一文中的這段話當作收束性的補充:

> 宋人所謂學,當然包括讀古人詩文及典籍,但是讀書與學詩都只是學的方法,不是學的目標,而且只是方法之一。……如果我們對於他們所說學的內容、程序、方法、目的,一概不知;而竟指宋人爲學古主義,實在是非常可笑的。至少,我們必須明瞭:所謂學古,是以古爲學習的對象,以合於古爲主要目的;而宋人所謂學,卻往往以成就詩之藝術完美性爲依歸,且認爲完美的詩即是入道,也代表自我人格的完成,所以它是爲己之學,與學古之爲爲人之學不同,兩者差異極爲明顯。〔註215〕

(二)另外,就宋代古文運動的情況而論,雖然看起來是一股復古潮流,但實際上,他們所說的復古,與完全承繼文學遺產、推崇地接受傳統積澱是有點距離的。當時對古文運動的認知,主要還是從文、道的關係上來肯定,我們看柳開〈應責〉一文中所述:

> 子責我以好古文,子之言何謂爲古文。古文者非在辭澀言苦,使人難讀誦之;在於古其理,高其意,隨言短長,應變作制,同古人之行事,是謂古文也。子不能味吾書,取吾意,今而視之,今而誦之,不以古道觀吾心,不以古道觀吾志,吾文無過矣。吾若從世之文也,安可垂教於民哉?亦自愧於心矣。欲行古人之道,反類今人之文,譬乎遊於

〔註215〕龔鵬程〈進於道的宋代詩學〉,出自《宋詩論文選輯》,同註141,頁208。

　　　　海者乘之以驥，可乎哉？苟不可，則吾從於古文。〔註216〕

再從這段文字來審視蘇軾之前言及古文運動時所說的「以通經學古爲
高」，就可推知他們所謂的「復古」，應該是針對先秦兩漢的「儒道」
而創發，而不僅是文學上的歸附傳統。因爲是以提倡古聖先賢之道來
制衡純文學的發展，所以歐陽脩曾云：「道勝者文不難而自至」、「我
所謂文，必與道俱」等言，〔註217〕又曾說過：「偶儷之文，苟合於理，
未必爲非，故不是此而非彼也。」，〔註218〕主張道有古今，文無是非。
正因爲目的在復「古之道」，而文體形式只能算是達到目的的工具而
已，所以古文運動首先是內容上的改革，其次才是一個文體選擇的革
新過程。因此，要以此來觀察宋代詩人在文學範疇上的傳統觀，並不
一定適合，也不一定確實。

　　任何時代對傳統的繼承都表現了一種選擇，一種尋找與時代要求
相契合的過程，在這樣一個過程中，至少在文學理念的呈現上，我們
看不出宋人是抱持著推崇古人或接續傳統的心態來傳承前代，甚至我
們可以說，宋人並不是將先驅詩人放在相對等的地位上，而是明顯帶
有競爭意識，具有超越的志向；因此，宋代詩人們也絕非妥協地重視
傳統文學遺產的地位，他們的利用傳統素材，實可視爲他們在「影響
的焦慮」下追求突破的手段與策略。

二、內　因

　　除了經由宋代詩人的文論、詩論和作品本身所透露出的表象訊息
外，其實，假使我們從其內在深層結構來分析，包括宋代的社會組織、
思想風氣、詩學觀念各方面，將會發現：我們上述根據表象觀察得出
「宋代的傳統觀應是抗拒前代影響」的說法是其來有自的，從其內在
的各種成因更可以確認這樣的結論。

〔註216〕柳開〈應責〉，同註55。
〔註217〕〈答吳充秀才書〉，引自《歐陽文忠公集》卷四十七，同註22。
〔註218〕〈論尹師魯墓志〉，引自《歐陽文忠公集》卷四十七，同註22。

（一）社會組織

龔鵬程在《江西詩社宗派研究》一書中曾引瑞德克里夫布朗（A.R.Radcliffe-Brown，1881～1955）之言，論述社會結構的研究包含了三個部分：文化層面的理解、各類社會群體的結合方式、與社會內在的一套組合原則。〔註 219〕因此，若欲見宋代的整體文化性格及思想背景對當時詩人表現的影響，社會組織結構的特質應是初步入手的角度。

根據龔鵬程的說法，自中唐以來，其實整個社會變遷下的組織結構已經出現了根本的變化，到了宋代，這種轉變後的社會階層基礎愈趨穩定，遂得以展現其獨特的文化特質。那麼，依循著中晚唐的社會變遷，宋代社會階層結構的根本改變究竟是什麼呢？一言以蔽之，就是知識階層的興起。這是與原先魏晉南北朝時以血緣姓氏為依歸的門第社會截然不同的型態。由於科舉的制度化，社會觀念已然肯定科舉的存在及價值，平民亦能透過科舉途徑，進入政治權力核心，社會階層化的基礎從血統轉為知識，世族的政治功能也轉為由知識階層所取代。知識分子的勃然驟起，使得構成政治勢力的憑藉條件轉移，造成了階層化體系的差異，世族僅成了純粹的宗族組織，完全打破舊有的社會組織架構。對此龔鵬程有這樣的結論：

> 唐宋間思想文化之演進變遷，自由知識階層所領導；而一切文化活動，亦以此為中樞。〔註220〕

其實，在春秋末葉，即有士階層的活動；但歷經兩漢南北朝士族與貴族的漸合，政權結構的改變，「士之本身地位及其活動內容與其對外態勢」又有不同，〔註221〕中唐而有錢穆所謂「士階層之新覺醒」，〔註222〕及至宋代，社會基礎再轉為知識層級時，呈現的則是另一種合法權威

〔註219〕龔鵬程《江西詩社宗派研究》（台北：文史哲出版社，1983 年），頁75～76。
〔註220〕同上註，頁 111。
〔註221〕錢穆《國史大綱》第三十二章（台北：台灣商務印書館，1994 年）。
〔註222〕同上註。

的政治功能，尤其宋初，承唐末五代擾攘局面之後，為矯武人專政、藩鎮割據的積弊，採行重文輕武政策，成就了中國歷史上著名的文人政治。《宋史・文苑傳》序敘述當時的情況，曰：

> 自古創業垂統之君，即其一時之好尚，而一代之規模可以豫知矣。藝祖革命，首用文史，而奪武臣之權，宋之尚文，端本乎此。太宗真宗，其在藩邸，已有好學之名，作其即位，彌文日增。自時厥後，子孫相承，上之為人君者，無不典學；下之為人臣者，自宰相以致令錄，無不擢科，海內文士彬彬輩出焉。〔註223〕

宋代基本國策既然是重文輕武，其相關制度亦必然配合。加上在上者獎掖文風，禮遇文士，名宦多為積學飽讀之士，並極力拔擢人才，制度上也給予平民進階的機會，社會上文風漸漸興盛起來，文人的政治與社會地位相對提高，知識分子自然成了社會的中堅、文化的主導。

在這樣新興的社會階層關係中，一切的文化活動與政治力量皆由知識分子所主導，展現出與前代不同的社會特徵，而這正足以詮釋宋代時代風氣與文學觀念的轉變。

首先，由於原本政治中心以血緣或門第關係相結合，社會階層判別分明，其間流動率偏低，大抵為一閉鎖式社會體系；洎宋元社會，平民可憑知識能力登進政權核心，政治權力不再聚攏於某一特定的經濟社會階層，上下階層流動機會增大，互動可能亦增，整個社會型態成為一開放式體系。這個差異使得社會思想更蓬勃多元，故宋代學術思想的發展更為豐富。

其二，知識份子的生命特質原本就較為凝煉沈潛，較一般人更常深入思考人生的意義和宇宙社會的秩序，藉由反省和高度的自覺，不但關懷文化狀態，還拓展個人生命境界。所以宋代詩人們在其以學術領導政治的前提下，本身即具有文化自覺：自覺須以文化化成天下，也自覺須建立一文化以改變衰頹的文化。一時代文化之演變，原本就

〔註223〕《宋史》卷四三九，同註6。

不是僅依恃社會變遷就足夠的，人類自覺意識之作用尤其重要，知識分子的政治性格特別能將這樣的文化自覺意識予以突顯張揚，這也就是為什麼宋代廳弱屈辱的國力與發達繁榮的文化會表現出極大反差的原因。如此意識置於宋人的傳統觀上來思索，可以想見其必然造成龔鵬程所稱的「哲學突破」，也就是對文化本身之歷史地位，發生一系統性、批判性之反省，藉由判斷歷史與自身的關係，遂因此而確立新的思想型態，改變舊思想傳統，而產生一新文化。〔註224〕

其三，王水照嘗言：「宋代士人的身份與前代最大的不同，即大都是集官僚、文士、學者三位於一身的複合型人才，其知識結構一般也較前代淹博融貫，格局宏大。」〔註225〕所以他們以道自任，尊知識在官爵之上「知識系統（道統）與政治系統（政統）非特平行對峙而已；更有道尊於勢之想。」〔註226〕之所以如此，主要還是因為知識份子是透過科舉才得以行統治之權，他們所依恃的，但為知識而已，因此情勢上不得不舉更強有力的支持，來穩定其權位的正當性，故他們才會提倡道統說，欲以政統合於道統，為自身確立一個歷史位置。他們所志之道，仍是指傳統儒家的孔孟之道，其終極關懷即是人倫社會。帶著象徵傳統儒學復興的背景，宋代文人對社會現實投以極大的熱情，造成宋代詩人對政治社會意識的普遍強化。另一方面，宋人普遍養成議政參政的素質，並將之涉及文學範疇，使得宋代文學多具有強烈的政治性，詩文遂成為他們干預時事最有力的工具。文道關係因此成為宋代文學思想中的一個基準，遠承文心雕龍的「原道」、「徵聖」、「宗經」等論題，近襲韓愈文道合一、以道為尚的主張。

而在由政治到文學的過程中，政統、道統、文統一貫的要求，無論是為政治需求，或求文學目的，除了展現宋代知識份子崇尚「統序」

〔註224〕龔鵬程《江西詩社宗派研究》，同註219，頁113。
〔註225〕王水照〈北宋的文學結盟與尚統的社會思潮〉，同註106，頁29。
〔註226〕龔鵬程《江西詩社宗派研究》，同註219，頁89。

的文化思潮，與宋代中央集權的高度發展外，還使宋代呈現出復古的面貌。然在宋代文人以道自誓，欲開濟天下的用心下，其實所謂之「道」已涵會佛老，是融合三教的新文化，已非原始儒家之面貌，這新儒學成為他們復古的主要成份，而且是以文學內容上的復古為主。這一點正好呼應之前論及表象時所分析的觀點。

其四，對政治品節和高尚人格的尊奉，向來是中國士人的一個優良傳統，在宋代更為突出和普遍，甚至成為其時士人精神的重要主導，如此對政治倫理及理想人格的尊奉，當然也與其理學思潮與國勢憂患的社會背景脫離不了關係，但重點是，這直接導致儒家重教化理念的強調和發揚，尤其表現出忠君憂民的情懷，而且從政治領域延伸到文學世界。由此，我們可以窺知宋人對前代文學典範抉取的線索，也能理解杜甫、陶潛之所以特別受到青睞的現實心理基礎了。

（二）思想風氣

在上述的社會結構組織下，宋代的思想風氣超乎想像的多元活潑且頗具開創力，儒家原有的淑世情懷之餘，理學家的創意解經，禪宗的自力自度，彼此皆能相通，陳寅恪就曾云：

> ……然新儒家之產生，關於道教之方面，如新安之學說，其所受影響甚深且遠。……六朝以後之道教，包羅至廣，演變至繁，不似儒教之偏重政治制度，故思想上尤易融貫吸收。凡新儒家之學說，幾無不有道教，或與道教有關之佛教為之先導。……道教對輸入之思想，如佛教、摩尼教等，無不盡量吸收，然仍不忘其本來民族之地位。既融成一家之說以後，則堅持夷夏之論。……雖似相反，而實足以相成。從來新儒家即繼承此種遺業而能大成者。〔註227〕

更早之前的全祖望也曾說：「兩宋諸儒，門庭徑路，半出入於佛老。」〔註228〕宋學之兼融佛道等異質思想以開拓傳統儒學的情況由此可

〔註227〕陳寅恪《金明館叢稿》（上海：上海古籍出版社，1980年），頁250。
〔註228〕全祖望〈題真西山集〉，引自《鮚埼亭集外編》卷31，（台北：台灣

知；這同時也可視之爲南北朝以來儒釋道三家並行之局面的結束。
而重新整合過的儒學對釋老的融合主要著眼於思維方法及理論結
構，藉以發展儒家本身的體系。在此統攝的過程中，宋人的思考方
式與文學創作的手法形式，多少會受佛老影響，沾染佛老習氣，而
主要集中在禪宗的思維方式，跟禪家的語言形式上。張高評就曾指
出宋詩受禪學影響所出現的若干手法，例如：意境空靈、不犯正位、
翻案反意、活參活法、意在言外、句中有眼等等。〔註 229〕又譬如
宋人以禪喻詩而主妙悟的詩學觀也是一例，像嚴羽〈詩辯〉中論詩
重本色時道：

> 禪道惟在妙悟，詩道亦在妙悟，且孟襄陽學力下韓退之遠
> 甚，而其詩獨出退之之上者，一味妙悟而已。惟悟乃爲當
> 行，乃爲本色。〔註 230〕

明確指出「妙悟」是詩歌獲得成就的關鍵。嚴羽以禪喻詩的核心在於
「悟」字，論詩之悟，主要指詩歌創作要善於捕捉詩的境界，而詩的
境界又有賴直覺發現。另外，像宋人對「詩法」的態度也明顯與此相
關，他們認爲詩法之用，並不是「規定」而是「悟入」，最後的歸結
仍在於悟與不悟，或所悟爲何的問題。由於重「悟」，因此一切足以
啓悟的方式、媒介皆無限制，所以宋人不但從前人詩作中參悟，也講
求博學涵養，以資爲參悟的材料。只是宋人對前代詩作的學習以規矩
準繩的獲得爲主，其中卻須透過「悟」來轉化，「悟」隨個人而有深
淺先後的不同，難免出現質變的情形。

張高評認爲這「當是一代學風追求創造，注重開拓之各別反映。」
〔註 231〕這樣多元思想的融合與會通，使得宋代知識份子在處理自我
文化建構時走向了知性反省的大方向。透過知性反省的價值判斷，不
僅見諸歷史人物（宋人對前代典範的誤讀），亦見諸文學、經學、理

　　　商務印書館，1979 年）。
〔註 229〕見張高評〈自成一家與宋詩特色〉，同註 208，頁 113。
〔註 230〕嚴羽〈詩辯〉，引自《滄浪詩話》，同註 26。
〔註 231〕張高評〈自成一家與宋詩特色〉，同註 208，頁 97。

學等其他一切學術成就,故而出現大量的史論文評,甚至翻案手法,
形成所謂的「疑古風氣」。所以宋人普遍具有自主、自斷、自信、自
豪的文化性格,像蘇軾即曾如此描述自己和友人:

> 幽居默處而觀萬物之變,盡其自然之理而斷之於中,其所
> 不然者,雖古之所謂賢人之說,亦有所不取。〔註232〕

嚴格說來,宋代思想中的疑古精神,其實就是由對漢唐傳疏乃至對先
秦經書的懷疑而形成,因為如此,才會有所謂「這種新理性主義,也
是從反對章句訓詁而提倡自出新意處興發起來的」之說法。〔註233〕
朱熹曾舉列諸家堪稱疑古的代表人物:

> ……舊來儒者不越注疏,至永叔、原父(劉敞)、孫明復諸
> 公,始自出議論,如李泰伯(覯)文字亦自好,此是運數
> 將開,理義漸復明於世故也。〔註234〕

之前的經典注疏以傳承為主,難以旁出新說,至歐陽脩自謂:「篇章
異句讀,解詁及箋傳。是非自相攻,去取在勇斷。」〔註235〕說明他
自己對經典傳注秉持的就是勇於取捨的態度;而孫復「治春秋不惑傳
注,不為曲說以亂經」;〔註236〕劉敞治經「不盡從傳」,〔註237〕所以
兩人也都能自出議論。南宋陸游亦說:

> 唐及國初,學者不敢議孔安國、鄭康成,況聖人乎!自慶
> 曆後,諸如發明經旨,非前人所及,然排《繫辭》,毀《周
> 禮》,疑《孟子》,譏《書》之〈胤征〉〈顧命〉,黜《詩》
> 之序,不難於議經,況傳注乎!〔註238〕

此時開創的「不信注疏,馴至疑經」之風,一直延續兩宋整個時代。
在學術思想上,宋代這樣的疑古批判精神因而造就了皮錫瑞《經學歷

〔註232〕蘇軾〈上曾宰相書〉,引自《蘇軾文集》,同註73。
〔註233〕韓經太《宋代詩歌史論》(吉林:吉林教育出版社,1995年),頁3。
〔註234〕朱熹《朱子語類》,同註81。
〔註235〕歐陽脩〈讀書〉,引自《歐陽文忠公集》卷9,同註22。
〔註236〕歐陽脩〈孫明復先生墓誌銘〉,《歐陽文忠公集》卷27,同註22。
〔註237〕〈春秋傳提要〉引自《四庫全書總目》,(台灣:中華書局,1965年)。
〔註238〕王應麟《困學紀聞》卷八〈經說〉,(台北:台灣中華書局,1966年)。

史》中所稱的「經學變古時代」。〔註239〕

　　宋學發展儒學的獨特之處，除了消極地質疑經傳外，更在於積極
地從性、理等角度來追溯儒家道德倫理的本源，建立一道德本體論，並
進而衍生出格物窮理等知行論。這一套學說的建立與觀點均以對心性義
理的探尋為依歸，在往自身內在尋求的過程中，這內省的思維便成了重
要的功夫，也是關鍵的途徑，從中正可見人之心性在道德修養中的地
位。也就因為宋人對反躬內省精神的重視，所以在典範擇取或創作要求
上，相對的也較強調「抱道而居」的人格意識，例如對陶潛的崇敬。

　　進一步言，宋人「內省而廣大」的思維特點，也表現在對不唯經、
不唯聖的獨立思考精神的崇奉上。故其雖尊崇道統思想，但並不以聖
賢之說，或社會成見來替代自己的思考。朱熹就說：

> 如詩、易之類，則為先儒穿鑿所壞，使人不見當來立言本
> 意，此是又一種功夫，直要人虛心平氣，本文之下打迭交
> 空蕩蕩地，不要留一字先儒舊說，莫問他是何人所說，所
> 尊所親，所憎所惡，一切莫問，而唯本文本意是求，則聖
> 賢之指得矣。〔註240〕

解經強調由自得領略而來，不應受前代舊說影響，直接從文本中判斷
便可得聖賢真義。這種知性反省的懷疑精神，實可視為自主人格的反
映，雖較屬於內斂的型態，但其本身卻具有一種創造、開放的態度，
而與之前的唐文化的張揚形式完全不同。韓經太便以為，宋人這種以
人文精神和知性反省的思辨色彩為基本特質的主體精神，實更與魏晉
時代的學術文化取向相近。〔註241〕

　　此外，宋儒治學因以疑古為基礎，故在義理內容上易多有分
歧，而衍生出不同學派，其各派又以獨抒己見作為表達的共有特

〔註239〕所謂「經學變古時代」，指的是宋學變漢學之古。經學自漢至宋初
　　　　未嘗大變，至慶曆始一大變也，「慶曆後，諸儒發明經旨，非前人
　　　　所及。」引自皮錫瑞《經學歷史》（台北：學海出版社，1986年）
〔註240〕朱熹〈答呂子約書〉，《晦庵先生朱文公文集》，卷四十八，同註182。
〔註241〕韓經太《宋代詩歌史論》，同註233，頁3。

徵，並以尚理好議作爲反映出一代風氣傾向的具體表現。這種對義理的追求，使宋人往往以理性思維的方式來面對詩作，用萬事萬物之理來衡量詩中內容，並隨時提出質疑，顯示宋人所謂的美，必須以「眞」爲前提，合乎人情之眞、事理之眞、物理之眞。例如歐陽脩《六一詩話》所言：

> 詩人貪求好句，而理有不通，亦語病也。如「袖中諫草朝天去，頭上宮花侍宴歸」，誠爲佳句矣，但進諫必以章疏，無直用稿草之理。唐人有云：「姑蘇臺下寒山寺，半夜鐘聲到客船。」說者亦云：「句則佳矣，其如三更不是打鐘時！」如賈島哭僧云：「寫留行道影，焚卻坐禪身。」時謂燒殺活和尚，此尤可笑也。〔註242〕

又如沈括《夢溪筆談》批評杜甫形容孔明廟前的古柏「霜皮溜雨四十圍，黛色參天兩千尺」（〈古柏行〉）太過細長；或若蘇軾嘲笑王恢〈竹詩〉中「葉攢千口劍，莖聳萬條鎗」是十根竹子一片葉〔註243〕等等。這些批評均充分顯示了宋人對詩歌的欣賞不從意境上著眼，而是著重在知性理性的思考訴求。

除了詩歌內容的探究外，對宋人來說，深入詩中去體察作者或其表達的生命型態，也屬於一種需透過理性分析的義理，故又產生價值批判，而其境界也有高下之分。譬諸唐代和宋代皆有詠昭君詩，但唐人都只是就事抒感，述昭君之怨、寫漢廷之悲，譬如李白〈王昭君〉：「昭君拂玉鞍，上馬啼紅頰；今日漢宮人，明朝胡地妾。」但至歐陽脩〈明妃曲〉時則歸納出：「紅顏勝人多薄命，莫怨春風當自嗟」的結論，這不僅是明妃的悲哀，還是世間美女普遍的悲劇；王安石的〈明妃曲〉也有：「意態由來畫不成，當時枉殺毛延壽」、「君不見，咫尺長門閉阿嬌，人生失意無南北。」等詩句，均是就單一事件統整出人生法則。又譬如唐人詠梅，不過藉以抒年華流逝的感傷；但宋人則透

〔註242〕歐陽脩《六一詩話》，同註10。
〔註243〕見陳正敏《遯齋閒覽》，引自胡仔《苕溪漁隱叢話》，同註11。

過知性的反省，賦予梅花具有隱者或貞士的意義，例如王安石詩句：
「遙知不是雪，為有暗香來。」（〈梅花〉）也是藉由單純的吟詠來表
現生命型態的深度。克羅齊《美學原理》（B.Croce:Aesthetic,as the
Science of Expression &General Linguistic）說：「知識有兩種型式：不
是直覺的，就是邏輯的；不是由想像來，就是由理智來；……總之，
知識所產生的，不是意象就是概念。」〔註244〕簡言之，他將「直覺
——表現——意象——情感」分為一類；「邏輯——思考——概念—
—理智」為另一類，從文化特質與創作表現來看，宋代詩人顯然屬於
後者，經常在吟詠某一獨立事件時，轉入概念化的思考，將經驗抽象
化，並藉由質事揉理的詮釋角度傳達共同的生命體驗。也因此，在宋
詩中思想與學養變得較感情與想像來得更重要。

　　而且因為尚思理進而好議論，所以詩文的界線往往就模糊，成了
宋朝出現「以文為詩」現象的原因之一。但宋人自己對此即已屢見批
評，例如劉克莊〈竹溪詩〉便說：

> 唐文人皆能詩，柳尤高，韓尚非本色。迄本朝則文人多，
> 詩人少，三百年間雖人各有集，集各有詩，詩各自為體，
> 或尚理致，或負材力，或逞辨博，少者千篇，多至萬首，
> 要皆經義策論之有韻者爾，非詩也。〔註245〕

嚴羽的《滄浪詩話·詩辨》也反對這樣以議論哲理或學問作詩：

> 近代諸公作奇特解會，遂以文字為詩，以議論為詩，以才
> 學為詩。以是為詩，夫豈不工，終非古人之詩也。

無論是劉克莊或嚴羽的說法，我們都能從中見到當時宋人以議論為
主，形成以文為詩的狀況；也可由這些反對的聲音，得知當時對詩歌
體裁本身是有所認知的，至於文中稱此為「非古人之詩」，倒不是有
欲圖復古之意，只是就詩歌形式的概念而言，宋代大多數認同的仍是
「出於情性」、「一唱三嘆之音」的模式；至於以議論為詩，是否為宋

〔註244〕引自龔鵬程〈知性的反省——宋詩的基本風貌〉，同註141，頁158。
〔註245〕劉克莊〈竹溪詩〉，同註25。

人別有用心的創新之舉，則另當別論。

也因爲宋人善於反省生命、好談哲理，強調人生使命感，在觀察人生及其周圍的世界時，具有較開闊的達觀視野，所以宋詩中還呈現吉川幸次郎所謂「悲哀的揚棄」的特殊人生觀：

> 中國抒情詩所用的題材，重悲哀而輕歡樂，自古已然。……解決這個課題的是宋代的詩人。……即使是吟詠悲哀的詩，也多半還暗示著某些希望，而很少悲哀到絕望的程度。宋人廣闊的視界，洞察了悲哀絕不代表人生的全部。這種新的積極的見解，再經過哲學的驗證，就可以變成一種樂觀的信念。〔註246〕

這樣的人生態度，轉變了中國長久以來普遍以悲觀哀愁爲底色的詩歌慣性，將傷春悲秋的傳統基調，化爲灑脫曠達之境。例如黃公度的〈悲秋〉：

> 萬里西風入晚扉，高齋悵望獨移時。迢迢別浦帆雙去，漠漠平蕪天四垂。雨意欲晴山鳥樂，寒聲初到井梧知。丈夫感慨觀時事，不學楚人兒女悲。

名爲「悲秋」，但尾聯兩句卻翻開一切悲哀情懷，表現豪邁壯闊的丈夫心志。或如蘇軾〈書林次中所得李伯時歸去來、陽關二圖後〉中的心得：

> 兩本新圖寶墨香，樽前獨唱小秦王。爲君翻作歸來引，不學陽關空斷腸。

這些在詩中自我惕勵、脫卻哀傷，以憧憬替代憂愁思緒的表現，也都與當時的社會思想背景、及宋人因而醞釀出的人格特質關係密切。

總之，因爲政治社會的共同需要，文化活動趨於多元發展，文學與哲學並進的情況下，相互影響自是無可避免，但也可發現宋代詩歌環境不像唐代純粹，既受哲學衝擊又受時政需要而左右，與唐代詩歌創作一枝獨秀的局面迥然不同。不過，宋學從其樹立的學風中，凝聚

〔註246〕吉川幸次郎著、鄭清茂譯《宋詩概說》（台北：聯經出版事業有限公司，1983年），頁33。

了宋詩主體高揚的本質精神，才能進一步將韓愈「唯陳言之務去」的語言組織原則深化為思想建構原則，更加發揮詩歌創作中那種發明本心的沈潛意志，〔註247〕形成獨特的宋詩風格。

（三）作者定位

除了外在大環境的因素外，文學本身內在轉變的因素也是考慮的重點，包括創作者定位的問題和詩學觀念的演變，這些對宋代創作者意識的興起來說是相當大的重點。

其實在中國早期的一些文學創作的主要型態中，不論是歌謠、口傳故事、寓言或吟唱，原初的作者泰半不可考，也不重要。故作品的完成多半非一時一地一人所為，那時所謂的「作者」並無絕對所有權，也沒有專屬個人的意識，後人的增添刪補不必追究原初的創作意旨，不必遵循作者的解釋，也不必管作品的獨立完整性，可以隨興的傳述抄錄且享有該作品。〔註248〕這是最開始的創作情況：作者之名往往隱晦不彰，而作品也多為集體修潤的結果，我們可稱之為「原始作者觀」。故清人方玉潤《詩經原始序》中才有這樣的說明：

> 大抵古人載籍，多不著撰人姓名。《書》雖斷自唐虞，而著書之人無傳焉。《詩》縱博採列國，而作詩之人亦無聞焉。《詩》《書》作者名且不著，況編纂者乎？……故作者之名不必問，而編纂之人無由詢。〔註249〕

這種情形到了儒家顯示其在對經典的態度上時有了轉變，此時的創作型態依舊不重視作者，但並非作者不重要，反之，這個時期的創作者通常不是古代聖哲、帝王，就是學派的宗師或社會上眾所景仰的人物，這些作者所創作的文字言論都是非常重要，甚至被奉為圭臬的。後來的人只是將重心放在傳述的工作上，形成孔子所稱：「述而不作。」（述而）和《禮記‧樂記》所言：「作者之謂聖，述者之

〔註247〕韓經太《宋代詩歌史論》，同註233，頁15。
〔註248〕龔鵬程《文化符號學》（台北：台灣學生書局，1992年），頁3。
〔註249〕方玉潤《詩經原始》（上海：上海古籍出版社，1995年）

謂明。」的說法，也就是由聖者作，其他人來傳述彰明之，述者以
虔敬的心情，自任為真理的探尋者，將作品昌明於天下。這即是我
們第二章提過的「重言不重人」的創作心態，龔鵬程將此稱為「神
聖性作者觀」。〔註250〕儒家這種推崇神聖性作者（通常是先王聖賢）
的功業，自居於傳述者與學習者的地位，表面上看起來是在依傍前
人、仰企聖人，但實際上創作活動仍然在傳述之中持續進行。

　　及至漢代整理文獻的過程中，開始出現明顯而濃厚的尋找作者的
意圖，但這個尋找作者仍在尊古的前提下進行，他們企求回復原始文
獻的原意、原貌，這也成了漢人解詩的習慣。如此看來似乎一切的閱
讀與理解都在追溯原典意涵，還停留在崇仰神聖性作者的階段，然而
實際上這樣重視原作原意的情形，即已意味著神聖性作者觀開始走向
所有權作者觀發展。而且漢代開始又出現了一批與志在祖述的儒者不
同，專司創作的文人，例如司馬相如等人。這種專門創作的活動也正
代表了整個作者觀的轉變。然而在漢代，他們只算是朝廷所養的文學
侍從，帝王視之為「倡優」，把他們的寫作當作一種技藝。像創作上頗
有成就的揚雄就比較不能接受，曾說：寫作乃「雕蟲篆刻，壯夫不為。」
（法言）可見儘管此時觀念上已有所不同，但大體上神聖性作者觀與
所有權作者觀仍然並存，直至王充明確定義區分：「夫能說一經者為儒
生，博覽古今者為通人，采掇傳書，以上書奏記者為文人，能精思著
文，連結篇章者為鴻儒。」此後，〈儒林傳〉與〈文苑傳〉的分立，劉
劭〈人物志〉把「文學」與「文章」分成兩種流業，均顯示出原始儒

〔註250〕龔鵬程解釋這樣的心理：「東西明明是自己作的，卻不願自居於
　　　　作者，而要推一位才智名望比自己高的人出來掛名，將創作的榮
　　　　耀歸於他人，這種行為背後，有一特殊的作者觀，認為：一切創
　　　　造性的力量，及創造性的根源，均來自於神或具有神聖性的『東
　　　　西』。人是靠著神的給予，才獲得這一力量。換句話說，人的創
　　　　作其實只是模擬與學習，是傳述造物者的靈恩，而非自己在宣
　　　　示。此時的作者實即述者。基於對這個意義的信仰，後人才會在
　　　　作詩著書之際，不敢自居作者，而將作者的榮耀歸於古聖先哲。」
　　　　同註248。

家述而不作的型態已被打破，創作成爲人人可以追求的目標。漢末以後，寫作活動的蓬勃發展、文士階層的興起，皆與此觀念的發展有關。

可是，所有權作者觀的成立，雖然強調了作者的存在，但仍未臻於成熟。甚至當創作手法與創作規範因應時代需求時，還會出現我們第二章所述「擬一作品或一詩人擅長之文體」的情況，凡此，都不必是抒自我之情，而以擬效之人之意爲慣例。中唐以後，文人且多就辟爲掾吏，替人捉刀乃爲一般常態；即使飛黃騰達，入翰林、知制誥，所爲者亦是替王代言的工作。故集中收錄詩文，往往半屬代筆。此皆顯示當時創作者的定位已有一定認知，但並無強烈的獨創意識。

宋代經過這些過程後，不但著作權解放、文學成一學問，而且創作的具體內容也轉爲創作者自己，以其哀樂發爲篇章，際遇、心境、學思全成了影響作品的要素，於是創作成了極爲個人的東西。這些都代表了整個創作活動已經有了本質上的改變，相應於這些變動，作者的創作態度也有具體的變化。這時才眞正瞭解作品的原創者才可以擁有作品的絕對處理權和解釋權，所有權作者觀正式開展。〔註251〕

原本神聖性作者觀的時代，作品所傳述的意涵是外指的、普遍的，且以贊頌精神爲主；而所有權作者觀代興之後，作品的旨意轉以內在指向作者個人世界爲主，呈現的是創作者的內在思維情感，只對他自己有意義。這樣截然不同的作者觀一旦起了變化，讀者的閱讀方法與期待也會有所改變，所以宋代讀者努力去貼近作者，以瞭解作者所言之意，甚至不惜「以意逆志」。只是作者觀的轉變除了造成閱讀態度上的差異外，宋代詩人還產生了矛盾的作法：一方面他們揭櫫並極力維護所有權的作者定位，但另一方面卻進而企圖打破所有權的作者觀。他們不是要回到原來的神聖性作者觀，而是基於創作焦慮，才

〔註251〕 不過，龔鵬程認爲：即使隱匿的、非專指的作者觀被後來新的作者觀所取代，強調獨立的單一個體作者，確定了作者的勞動創造功勞，也肯定作者對作品的所有權，但前一作者觀卻也從未消失，特別是在所有權式作者觀遇到某些詮釋的困難時，它就會被人重新提出來考慮。同註248，頁7。

會藉由打破文本所有權來找尋創作契機。因為文本不再固屬於特定威權，在某個程度的形式上確實又回到最早初的創作狀態，使得作品在流傳與接受的過程中，仍不斷被「書寫」與衍變。但因時代的實際演變，在宋代的詩人們已非單純的自由隨興地傳述抄錄前文本，而是背負著沈重的影響意識與創作者焦慮在面對這樣的書寫模式，同時也就出現讀者地位與誤讀的相關問題。

　　無論宋代詩人如何在所有權作者觀中成就其創作策略，重點是，整個文學內部對於作者定位的逐步釐清，是宋代創作者意識得以強烈自覺的關鍵。

（四）詩學觀念

　　就詩歌這文類本身來說，宋人在詩話等相關理論中，已能思考到其本質、結構、功能、作者、作品與讀者等問題，如此，「詩學」於焉展開。龔鵬程區分詩學與一般詩歌創作時曾說：「詩學與詩，是兩種不同的精神活動，前者是概念的知識展開，後者是直覺的情感契入。」〔註252〕畢竟，一種詩學理論的建立或形成，最根本的原因，乃在於它對文學本身的思考。既然詩學是屬於概念性的知識，所以除了有自己獨立的發展脈絡外，上述因社會階層的流動變化而產生的時代特質，以及當時整個學風思想的背景，包括宋儒性命之學注重性情修養的精神，影響到詩人的人格追求和處事態度，進而影響詩歌的創作和理念，自然也會影響到他們詩學觀的發展。換言之，社會階層與時代思想的變動，才是真正與詩學內在動因相契，造成其效應的原因。

　　張高評就說明了宋人思考角度的轉向，如何影響了詩歌創作的方式與思想內容的表達：

　　　　在宋代詩歌之創作形態，由天分轉向學力；由緣情轉向尚意。美學主潮，則超脫形似，追求寫意；破棄絢爛，歸於

〔註252〕龔鵬程〈知性的反省──宋詩的基本風貌〉，同註141，頁143。

　　平淡；用心於本位，更致力於出位之思；用心於辨體，更
　　致力於破體爲文；用心於專一純粹，更致力於集成融合。
　　尤留意「在古人不到處」，「不向如來行處行」……〔註253〕
因此，宋詩之所以自成一家，足以與唐詩頡頏，一部分原因固然是由
於楊師昌年所指出的「文學的不全性、生物性與反動律」所致，也就
是清代學者顧炎武所說的：「詩文之所以代變，有不得不變者。一代
之文沿襲已久，不容人人皆道此語。」〔註254〕皆屬於文體本身的變
遷。但在「詩文代變，文體屢遷」的內在衍化之餘，宋詩的呈現尤其
更是一代學風思潮的具實反應。總之，宋代詩學與理學流行的時代精
神並存並進，以其爲氛圍底色，瀰漫、滲透著理學思想；而當時的理
學又揉合了道、釋之學，是儒表佛裡、儒表道裡的儒學。這樣雜融的
思想背景，型塑了宋代獨特的詩學觀念，使宋人於詩產生了不同於前
人的關注眼光。例如《鶴林玉露》所說：

　　……大抵古人好詩，在人如何看，在人把作什麼用。如"水
　　流心不競，雲在意俱遲"、"野色更無山隔斷，天光直與
　　水相通"、"樂意相關禽對語，生香不斷樹交花"等句，
　　只把作景物看，把作道理看，其間亦盡有可玩索處。〔註255〕

這種善於從詩歌景語中玩索出道理的新眼光，正是宋人時代精神的生動
體現。唯因其有此玩索之傾向，故當遇著前人有所議論之議題時，他們
必作深一層的探詢或別一層的發揮，如此反而能自出義理。〔註256〕

　　當時批評家爲宋詩勾勒的形象，不外乎：以議論、才學、文字入
詩；重理致；逞博學；風格近文而遠詩。宋詩性質與前代大相逕庭，

〔註253〕張高評〈自成一家與宋詩特色〉，同註208，頁105。
〔註254〕楊師昌年於〈文學三律〉一文中，論及文體由盛轉衰的文學內因，
　　　　進而歸納出此文學的三種定律。引自聯合副刊（2001年12月24日）
　　　　顧炎武著，黃汝成集釋《日知錄・詩體代降》（花山文藝出版社，
　　　　1990年），頁933。此又可與王國維《人間詞話》五十四則：「蓋文
　　　　體通行既久，染指遂多，自成習套。豪傑之士亦難於其中自出新意，
　　　　故遁而作他體以自解脫」之說相發揮。
〔註255〕羅大經《鶴林玉露》乙編卷二，同註125。
〔註256〕韓經太《宋代詩歌史論》，同註233，頁7。

其所以如此，與宋人對詩之本質的認定，及內容形式的思辨均有關係。我們從下列幾方面來切入宋代詩學的領域，來了解宋人對詩歌的態度與要求。

1. 詩之本質

關於詩的本質問題，也就是詩歌作品到底表現什麼、詩歌創作的目的究竟爲何的問題，這是中國古代詩論中一個綱領性的問題。大致而言，中國文學批評史上對於這個論題，通常以「詩言志」與「詩緣情」兩種思考模式爲主，前者形成於漢代，後者則成熟於六朝。後世探討詩之本質時，莫不援引其一作爲反省的對象，宋代亦然。

「詩言志」是中國古代對詩歌本質所提出的第一個說法，奠定了中國古代詩學以表現論爲內涵的基礎，最早見於《尙書・舜典》，有所謂：「詩言志，歌詠言，聲依詠，律和聲。」詩是作者內在心志的傾吐和表現。《荀子・樂論》也說：「君子以鐘鼓道志。」鐘鼓指的是音樂，包含了詩與舞在內，過去以詩歌表現詩人志向，多兼及音樂性，而且這心志的呈現主要是政教指向的，具有實質性。這是先秦對詩歌本質的共同認識。

及至魏晉，出現了與之分庭抗禮的「詩緣情」說，這是以人爲本位的詩學觀念。此詩觀由魏晉時陸機所提出的，〈文賦〉在談到詩的本質特點時，說道：「詩緣情而綺靡。」此情是指喜怒哀樂等情緒，概括了詩的情感性，明確地把握了詩人主觀情感的作用，完成了從功利價值看待詩到單純以審美觀點看待詩的轉化，於是詩歌不僅作用於人們的思想，還影響了人們的感情。

情與志之間的差別，在於「志」是內部較爲穩定的意向；而「情」是志之所之，感於物而後動的，換言之，是隨外物影響情緒而波動。宋人談論詩的本質，表面上看來大體不出〈詩大序〉「詩者，志之所之也，在心爲志，發言爲詩」的論點，並時而結合「發乎情，止乎禮義」、「正得失，感鬼神」、「經夫婦、成孝敬、厚人倫、美教化、移風俗」等政教作用。另外，宋人論詩，也常以能接續風雅之志爲尙：從梅堯臣提倡平

淡的同時，強調風雅美刺的原則和離騷發憤抒情理想，到王安石「適用為本」及蘇軾的「有為而作」，甚至後起者楊萬里認為能得三百篇之遺味者最佳等，在在顯示風雅氣脈似乎確實注入了宋人詩觀之中。

　　但其實宋人之續風雅氣脈並非一味復古而已，他們所接續的風雅氣脈，還須合乎韻味之美、契於平淡理想，因此他們即使強調風雅之體也富有韻味之美。這是因為宋人論詩之本質，雖大體皆本於〈毛詩大序〉之說，仍以政教功能為重點，不過，詮釋的取向還是接近於孔穎達那種結合言志、緣情的觀念，也就是說，宋人對詩之本質的認定包括了一切的情緒及意志，所以在《中國古代詩學心理透視》一書中便將這兩種詩之本質發展的過程歸納為：言志（先秦）→緣情（魏晉）→吟詠情性（南北朝）→情志合一（唐宋），〔註257〕簡言之，至唐宋階段即應屬於融合「詩言志」與「詩緣情」的情況。不過，實際上宋人所面對的情志合一，已不像孔穎達的說解對象僅限於《詩經》那麼單純，他們所反省的層面與詮解的對象更加廣泛，對於各論題的思辨亦越加複雜。其中有一個最需要解決的問題，那就是「情」的問題。「情」既然有種種耽溺、偏執、淫靡的可能，結合情與志的宋人首先反省到的便是：如何透過「情動」來保證必然產生教化作用。

　　作為詩之本質的「情」，若要其不會過於浮動，就必須受到若干的限制。宋人從詩人的角度來說，提出了個人涵養的問題；以作品來說，則是呈現出內容中的義理。而這「涵養」之說，正是宋人在接受一切喜怒的情緒之際，用以提昇詩人個體生命的境界，以及提昇詩歌境界的功夫，政教作用才可能由此而生。正因涵養之論成為宋人詩歌本質的重要內容，故胡曉明便有所謂「宋人的詩心，已不在感情本身，乃以學養而為詩心；宋人之詩才，亦不止於想像，乃以識充才」的說法。〔註258〕

〔註257〕童慶炳編《中國古代詩學心理透視》（天津：百花文藝出版社，1993年），頁83～107。

〔註258〕胡曉明〈尚意的詩學與宋代人文精神〉，出自《宋詩綜論叢編》，同

　　總之，「涵養」之說不但解答了「詩言志」傳統中政教作用如何可能的問題，也將「緣情」觀念中流蕩不返的情性作一收攝，使兩者能相結合而不牴觸。所以宋人在檢討前人之作時，便常藉由「涵養」之說，反映詩人生命境界的意義，也因此宋人特別重視由詩以觀人的步驟；如此，也使傳統的詩教作用在吟詠性情的自然興發中得到落實。我們可以從黃庭堅的這一段話，觀察到宋人對詩歌本質問題的一些基本論點：

> 詩者，人之情性也，非強諫爭於廷，怨忿詬於道，怒鄰罵坐之為也。其人忠信篤敬，抱道而居，與時乖逢，遇物悲喜，同床而不察，並世而不聞；情之所不能堪，因發於呻吟調笑之聲，胸次釋然，而聞者亦有所勸勉。比律呂而可歌，列干羽而可舞，是詩之美也。其發為訕謗侵陵，引頸以承戈，披襟而受矢，以快一朝之忿者，人皆以為詩之禍，是失詩之旨，非詩之過也。故世相後或千歲，地相去或萬里，誦其詩而想見其人，所居所養，如旦暮與之期，鄰里與之游也。〔註259〕

當然黃庭堅有此體悟與其當時所處境遇不無關係，但在這段話中，黃庭堅將詩之本質、產生過程、作用乃至於詩人的涵養都說得非常清楚。此論述中最重要的部分就是對「情」所作的說明：第一點，人所以興「情」主要是因為個人的出處窮通之感，以及外物的刺激所引發。而詩之所以發，乃是由於「情之所不能堪」，因此詩具有宣洩情感的作用，並可勸勉聞者，但不可流於訕謗怨忿，那會失掉詩之本旨。第二點，由詩可以想見其人，知人之情性存養；此外，藉由詩人的涵養，可以進一步使詩歌由「緣情」達到「言志」的作用。

　　儘管宋人花心思在處理「情」的問題上，但依宋人看來，詩歌本質還是以志為本體，情僅僅為其作用。換言之，詩雖緣情，但主要仍在乎志，並且須合乎道。情既然不是宋詩創作的主導力量，故吳喬《圍爐詩話》才會作此理解：「唐人以詩為詩，宋人以文為詩；

註106，頁359。
〔註259〕黃庭堅〈書王知載「胊山雜詠」後〉，同註79，卷二十六。

唐人主於達情，宋詩主議論。」唐宋創作風格判然可分，也由此可知。唐宋階段皆為視詩歌為情志合一的時代，但彼此的認知還是各有傾向，我們可以說，由唐詩的浪漫世界到宋詩的人文世界，就詩觀的發展來說，標誌著由偏向緣情的詩觀，轉為結合了「託物言志的傳統規範」與「清和閑靜的詩美情調」的尚意詩觀。〔註 260〕簡言之，「唐人是緣情蓄意以觀象求象，以象顯體，客觀呈現事物之物性；宋人則是用意索理，表現出該物件之抽象特質或賦予道德意義」。〔註 261〕故羅大經《鶴林玉露》卷八才會有這樣的詩論：「大抵古人好詩，在人如何看、在人把做什麼用。」這表示對宋人來說，詩還是以其寓理的工具性為要，因此即使宋人在創作時會鑽研形式技巧，仍舊會有如山谷的這般提醒：「覓句真成小技。」不過，換個角度看，也惟有在這樣的論述脈絡中，道學家詩與詩論才可能產生並獲得認可。

2. 詩之境界

在前一節論其「典範轉移的意義」時，曾提及當時的美學思潮以「平淡」、「自然」為主，這樣的美學理念充分表現在宋人詩歌境界的追求上。上述文字中已有提及梅堯臣、王安石及蘇軾等人的言論與範例，不再贅引，然黃庭堅〈與王觀復書三首〉之二的這段話，除了將平淡詩風做了深入的說明外，還提出了達到境界的準則，可過渡到宋人詩觀中對境界的具體要求：

> 所寄詩多佳句，猶恨雕琢功多耳。但熟觀杜子美到夔州以後古律詩便得，句法簡易而大巧出焉，平淡而山高水深，似欲不可企及。文章成就，更無斧鑿痕，乃為佳作耳。〔註 262〕

黃庭堅論詩以「不煩繩削而自合」為詩之至境，並曾以此語分別評述

〔註 260〕參引自胡曉明〈尚意的詩學與宋代人文精神〉，同註 259，頁 359。
〔註 261〕參引自龔鵬程〈知性的反省──宋詩的基本風貌〉，同註 141，頁161～162。
〔註 262〕黃庭堅〈與王觀復書〉，《豫章黃先生文集》卷十九。

陶、李、杜詩及韓文，其著眼點均在於雕琢而無斧鑿痕。所謂「不煩繩削而自合」，即是「無意於詩」但「無意而意已至」的境界。〔註263〕簡言之，宋人在創作意圖上從窮究詩法歸於「無意爲文」，使創作成爲不能有意求工、求表現的型態。如蔡啓之言：

> 天下事有意爲之，輒不能盡妙，而文章尤然。文章之間，詩尤然。世乃有日鍛月鍊之說，此所以用功者雖多，而名家者終少也。〔註264〕

即使是在簡易、平澹、拙放的外表下，也能寓有大巧；東坡論詩也反映出類似的思考：「外枯而中膏，似澹而實美」、「質而實綺，癯而實腴」、「發纖穠於簡古，寄至味於澹泊」這種枯澹即豐美，簡古即綺麗的美感，乃是穿過表象深入內在的體會，是種內蘊不外顯的美感體會，而且，這樣的體會尤其需要能「悟」。這層功夫就與我們之前論宋代的思想風氣時所提及的獨特方法相契了。

　　宋代對詩歌境界的要求，不但講求不著痕跡的雕琢，還強調不俗。山谷便常以不俗稱讚別人的文章，並且認爲不俗的價值超過工巧，譬如在〈書嵇叔夜詩與姪榎〉云：「士生於世，可以百爲，惟不可俗。」可見他對俗氣之憎惡。而他所謂不俗的定義，則爲：「臨大節而不可奪，此不俗人也。」（書繒尾後）表示不俗關乎人格，這顯然合於宋代論詩兼人的習慣。當不俗之人格結合文章時，便成爲對詩歌境界的要求了，而去俗的方法則在於讀書以修養情性。譬如在〈與聲叔六姪書〉中說：「但使腹中有數百卷書，略識古人義味，便不爲俗士矣。」〈東坡樂府〉也說：「胸中有萬卷書，筆下無一點俗氣。」故多讀書，目的正在於下筆作詩時可避免俗氣。

　　無論是講求雕琢而無斧鑿痕或強調不俗，在最終的詩歌境界中，都期許能含有不盡之味。於平淡的美學風潮中，要求無雕琢之跡，宋人論詩實以自然含蓄爲極詣，而且在含蓄中透露無限的情韻

〔註263〕黃庭堅〈大雅堂記〉，《豫章先生文集》，同註79，卷十七。
〔註264〕蔡啓《蔡寬夫詩話》同註1，頁383。

詩味。例如嚴羽《滄浪詩話・詩辨》稱讚唐詩的優點爲「言有盡而意無窮」或《紫微詩話》中提及呂祖謙評義山詩：「東萊公深愛義山『一春夢雨常飄瓦，盡日靈風不滿旗』之句，以爲有不盡之意。」〔註265〕其中這「不盡之意」就是宋人論詩最常見的說法之一，同時，「含不盡之意，見於言外」的境界，更是終宋之世論好詩的必要條件。

依此，宋人認爲一首詩若將意義完全表現殆盡者，形成「言盡意盡」，或太直接顯露都不好，唯有含蓄有味，才能令人咀之不厭。像魏泰《臨漢隱居詩話》所說的：「凡爲詩當使挹之而源不窮，咀之而味愈長。」、「詩主優柔感諷，不在逞豪放而致怒張也。」及「詩者述事以寄情，事貴詳，情貴隱，及乎感會于心，則情見于詞，此所以入人深也。」這些詩論說的都是同一種觀點。另外，歐陽脩《六一詩話》記有梅堯臣的一段名言亦相符之：

> 詩家雖率意，而造語亦難。若意新語工，得前人所未道者，斯爲美也。必能狀難寫之景如在目前，含不盡之意見於言外，然後爲至矣。

姜夔也以當時的代表詩人爲例說明：

> 語貴含蓄，東坡云：『言有盡而意無窮』，天下之至言也！山谷尤謹於此，清廟之瑟，一唱三嘆，遠矣哉！〔註266〕

嚴羽亦表示不運用邏輯推理，不把話說完而留言外之意，這才是詩中上等：

> 詩有別趣，非關理也。然非多讀書，多窮理，則不能極其至，所謂不涉理路，不落言筌者，上矣。〔註267〕

詩歌創作者自身也常有一樣的體會，像黃庭堅自己在〈與王觀復書〉中所謂的「句法簡易而大巧出焉。」即是相同的理念：在簡明的詩句背後，留有無盡的餘味，才可見詩之大巧處。楊萬里論詩更重視詩味，

〔註265〕呂本中《紫微詩話》，同註44。

〔註266〕姜夔《白石道人詩話》，引自《歷代詩話》下，同註10。

〔註267〕嚴羽《滄浪詩話・詩辨》，同註26。

他說：「詩已盡而味方永，乃善之善也。」〔註268〕詩有餘味才能感人，才是最美善的。

　　只是，宋人論詩雖向來甚爲強調含蓄有餘味，但後人評論宋詩卻經常以「用意過於顯露」爲病。例如沈德潛〈清詩別裁凡例〉說：「唐詩蘊藉，宋詩發露；蘊藉則韻流言出，發露則意盡言中。」又如賀裳批評宋詩：「敷陳多於比興，蘊藉少於發舒。」又或如吳喬言：「宋人作詩，欲人人知其意，故多直達。」這所稱的「發露」、「蘊藉少」、「直達」等等，都說明了宋人詩歌創作的傾向，顯然與他們重詩味的境界層次有落差。其實這種兩相背離的現象，在宋朝南渡後已屢爲批評家提出來討論。如張戒《歲寒堂詩話》就曾說：

> 自漢魏以來，詩妙于子建，成于李杜，而壞于蘇黃。余之此論，固未易爲俗人言也。子瞻以議論作詩，魯直又專以補綴奇字，學者未得其所長，而先得其所短。詩人之意掃地矣！〔註269〕

造成這種評論之所究與創作之所成大相背離、理論與創作結果不一致的現象，是頗耐人尋味的，黃景進就認爲：

> 其關鍵可能仍在於『以意爲主』的理論本身。因爲既然主張『以意爲主』，則會有一種將「意」說清楚以便讓人瞭解的傾向。……其實宋詩所以看起來比較顯露，並不全是因爲宋詩不夠含蓄、把意思說盡，而主要是在於宋人比較重視『理路』，喜歡將事情的因果關係講清楚。〔註270〕

葛兆光也有相似的看法：

> 宋人苦心孤詣地要人涵詠出詩裡的『意』，於是總要半明半白半推半就地說出那話兒這謎底來。〔註271〕

〔註268〕楊萬里《誠齋詩話》，引自《歷代詩話續編》，同註16，頁15。
〔註269〕張戒《歲寒堂詩話》，同註16，頁548。
〔註270〕黃景進〈從宋人論「意」與「語」看宋詩特色之形成——以梅堯臣、蘇軾、黃庭堅爲中心〉，出自《第一屆宋代文學研討會論文集》，同註153，頁83。
〔註271〕轉引自黃景進〈從宋人論「意」與「語」看宋詩特色之形成——以

歸根究柢，這仍然是受到當時社會的思想風尚的影響，所以理論與原則是追求餘味無窮，但創作過程就是無法擺落好理議論之習性，難免會產生「用意過於顯露」之弊。

對於詩歌境界的理想，另外還包含著詩人的人品修養。這人品的涵養無論是陶潛隱逸自得的高節或杜甫忠君憂國的情操，其最高的標準即如上節所敘的「合於道」。譬如黃庭堅的論述中，提到詩中觀理悟道的境界時，所歸結出「若睹道者，出語自然超詣」的觀點，都在強調「道」之於詩的重要。當批評家指出「不聞道」或「不識理」時，似乎在批評詩作內容，實際上亦是在指詩人生命境界的展現中，有著拘礙不通、偏執耽溺的情形。總之，在宋人「論詩兼人」的情況下，對詩歌境界的講究，同時也反映在對詩人「悟道」及「成德」的要求上。

3. 詩之法則

宋人學詩首重學問，也就是強調多讀書的學習論，這是創作詩歌的第一步，像蘇軾有云：「別來十年學不厭，讀破萬卷詩愈美。」〔註272〕或如黃庭堅所說：「詩詞高勝，要從學問中來爾。」〔註273〕他經常勸人要精讀熟讀古代經典與名家之作，如在〈答洪駒父書〉中，他勸洪駒父熟讀司馬遷與韓愈之文章；在〈與徐師川詩〉中，他勸徐俯熟讀杜甫、李白、韓愈之詩。〔註274〕

大致說來，學問與詩歌創作的關係有三：一來，讀書是個人學識的積澱，在講求"學"重於"才"、"人工"重於"天分"的宋代，對前代文化財產的學習，正是創作基本功的鍛鍊，因此才有所謂「日

梅堯臣、蘇軾、黃庭堅為中心〉一文，同上註。
〔註272〕蘇軾〈遷任倅通判黃州間寄其兄孜〉，《蘇軾詩集》卷二十（台北：學海出版社，1991年）。
〔註273〕黃庭堅〈論作詩文〉，《山谷詩內外集注》卷六（台北：學海出版社，1979年）。
〔註274〕〈答洪駒父書〉：「……可更讀司馬子長韓退之文章。」〈與徐師川詩〉：「……其未至者，探經術未深，讀李白韓退之詩不熟耳。」皆出自《山谷詩集注》卷十九，同上註。

課一詩」的梅聖俞法。蘇軾〈答陳傳道五首〉其二就說：「知日課一詩，甚善。此技雖高才非甚習不能工也。」再有天份的人，若沒有這樣學習的過程，仍無法創作出好詩。所以費袞《梁溪漫志》卷七云：「作詩當以學，不當以才。詩非文比，若不曾學，則終不近時。」〔註275〕

　　二來，多讀書是爲了「合於道」。施德操《北窗炙輠錄》說：

　　　子美讀盡天下書，識盡萬物理，天地造化，古今事物，盤
　　　礴郁積於胸中，浩乎無不載，適事一觸，輒發爲詩。〔註276〕

一切萬事萬物之理皆在書本中，讀書識理，就可以追溯到「知道」的根源處；而「道」又是宋詩人極力呈現的境界。所以，在詩歌合於道的前提下，學識的增進是根本達「道」的方法。

　　最後，知識足、學問豐，還有個好處，就是創作時文筆不帶俗氣，因爲融會精博的學識後，取材有方，詩境自然高妙，就如山谷〈跋東坡樂府〉中說的：

　　　東坡道人在黃州時作，詩意高妙，似非喫煙火食人語，非
　　　胸中有萬卷書，筆下無一點塵俗氣，孰能至此！

但是講求多讀書，以飽實學問根基，甚至掌握「道」在詩境中的體現，其間有一重要的關鍵，那就是「悟」。惟有能「悟」，豐富的學養才不會淪爲一味的模仿抄襲，如同張高評說的：「不悟則不能入，不能入則不能轉，不能轉變則步趨隨人，死於句下。」〔註277〕又如《苕溪漁隱叢話》所言之：

　　　楚詞、杜黃，固法度所在，然不若遍考取，悉爲吾用，則
　　　姿態橫出，不窘一律矣。如東坡、太白詩，雖規摹廣大，
　　　學者難依，然讀之使人敢道，澡雪滯思，無窮苦艱難之狀，
　　　亦一助也。要之，此事須令有所悟入，則自然越度諸子。
　　〔註278〕

〔註275〕費袞著，駱守中注《梁溪漫志》，（西安：三秦出版，2004 年）
〔註276〕施德操《北窗炙輠錄》（台北：藝文印書館，1968 年）
〔註277〕張高評〈自成一家與宋詩特色〉，同註208，頁 105。
〔註278〕呂居仁〈與曾吉甫論詩〉第一帖，引自《苕溪漁隱叢話》前集，同
　　　　註11，卷四十九。

　　正由於宋人之學須透過「悟」的階段，才能展現意義，所以雖然學杜韓，學詩經、楚辭及其他，但皆是融合性的創造，背後蘊有一種知性反省的精神，而非特定對象的繼承，以致於他們即便是學唐人，其創作活動與精神意義上已不同於唐人。相對而言，讀書窮理的涵養也可以臻至妙悟的境界，即是用文章作爲悟詩的憑藉，如此，「才學」在詩歌創作的過程中找到其安身之所。學力與妙悟的關係可謂相輔相成。

　　值得注意的是，在中國古代詩學中另有與「悟」相似的觀念，即是「興」。「興」是中國古代文論中出現較早的詞，在其發展的過程中被賦予多重的意涵，主要有三種基本的用法：一是在文學創作中產生的感興，感於物而興；二是在文學鑑賞中出現的興會；三是作爲文學表現手法的比興。然宋代詩學重「悟」不重「興」，之間的差別在於「悟」是內向的詩法體認，而「興」是外向的詩情感發。

　　而就正因爲「悟」重詩法的體認，所以悟入之理，端看個人的涵養，與悟性的深淺先後，甚至於悟入過程中所下之功夫的勤惰也有別。但這關鍵的癥結步驟對宋人創作詩歌來說，雖容易有質變的可能，但確實是很重要的原則之一。

　　此外，宋人論詩還有一共同原則，那就是「以意爲主」。但宋人所謂的「以意爲主」，並不只是指詩歌要表現情意，而且更重視寫詩前所立定要表現的「意」，並根據此「意」去用字造句。如《詩人玉屑》引韓駒〈陵陽室中〉語：

> 凡作詩須命終篇之意，切勿以先得一句一聯，因而成章；
> 如此則意不多屬。作詩必先命意，意正則思生，然後擇韻
> 而用，如驅奴隸；此乃以韻承意，故首尾有序。〔註279〕

宋人以「作詩必先命意」的方式寫詩，顯示其創作是帶有計畫性的，富有理性思維的；與唐詩之以情興創作是有所差別的。然而，除了創作之前的先命意外，詩篇裡的煉意也一直是宋詩的最高要求，宋人論詩很少把情感的抒發視爲主要的創作內容及評價標準，通常其

〔註279〕魏慶之《詩人玉屑》，同註48，卷六。

評價標準在於「意」，所謂「以聲律爲竅，以物象爲骨，以意格爲髓。」〔註280〕「意」做爲詩人的生命與自由的最高指導原則，是主體與客體合力鎔鑄而成的，包括了哲學的、社會學的、美學的、與心理學的全部內涵。不過，此「意」在宋代發展過程中也曾代表了不同的內涵，陳善《捫蝨新話》卷五便解釋道：「本朝文章亦三變矣：荊公以經術，東坡以議論，程氏以性理。」

　　不管「意」的內涵如何多元，在創作過程中最常見的現象，即是因爲過於重視立意，而導致宋人常有意義重於文辭之說。像《中山詩話》中所說：「詩以意爲主，文詞次之，或意深義高，雖文詞平易自是奇作。」宋人自己也常誇讚人一句詩包藏數層意義。這正是這種創作意識的具體表現。

　　既然意義比文辭重要，宋人進一步發現文辭的表達與文意的傳述之間不見得成正比，換言之，言與意不一定相合，意義又不盡然在言詞中，例如陳與義〈春日〉詩有言：「忽有好句生眼底，安排句法已難尋。」或在其〈題酒務壁〉詩所說的：「佳句忽墮前，追摹已難眞。」眞正美好的眼前景，是難以用文辭完全表現的，簡言之，這就是歐陽脩《六一詩話》引梅堯臣語所謂：「作者得於心，覽者會以意，殆難指陳以言也。」文與意的配合遂成爲宋代詩人關注的焦點。在過去中國古典詩學裡，也推崇語言的作用，但從不將它當作詩的本體，而是作爲詩本體的存在形式與表現手段。不是說意不能以言表達，而是說「意」涵蘊豐富，具有複合性特點，無法用言完整而直接地轉達。因此，宋人「言不盡意」的說法，體現了「重內容」的本體觀。就先後輕重而言，內容在表現本體，它先於形式並決定形式；而形式則是支配其表現的手段和材料而已。同時也因爲重意，故宋人才特別重視「言外之意」，稱許意在言外的餘韻無窮。

　　然宋人論詩雖「以意爲主」，但情性意志的表達，仍需透過語言

組構的形式才能傳達，尤其北宋以來，詩歌創作和理論偏重於學問功力，宋人所謂功力，仍以精心構思、字句鍛鍊爲主，另外又增加了法度、才學等內涵。可見他們對詩的結構、形式與創作過程已經有相當的自覺了，並細究其命意、佈局、鑄句、敷采等技巧，可推知宋人不惟重視詩意，而且認眞研習詩法。

詩作爲一物，也有其本然之理，適然之「技」，詩學上稱之爲「法」。在中國詩學史上，「法」之觀念的興起始於六朝中葉；而具體的「重法」意識，則成熟於唐代詩格之作；宋代則在認同前代對於詩法規定的基礎上，又作進一步的思辨。

宋詩人極好談「法」，這是在其創作過程中必然依循的準則。只不過，宋人窮究詩法的意義，不但在於注意創作時必須依循的「法」，而且他們對「法」的思考也進入一個新的階段。對於「法」的思考，並不停留在窮研規律上；而是反覆追問「依法而循」的效果，以及是否有常法所無法規範到的創作準則。

在他們對詩法進行思索之時，其中最具體常見的論述有兩部分：其一、他們強調追求的是「活法」、「無定法」、「天成」、「不煩繩削而自合」，這些主要都是在談如何對待作詩規矩的問題。其中「活法」更是江西詩派特別講求的詩法。呂本中〈夏均父集序〉即說得非常明白：

> 學詩當識活法。所謂活法者，規矩略具而能出於規矩之外，變化不測而亦不背於規矩也。是道也，蓋有定法而無定法，無定法而有定法。知是者則可以與語活法矣。謝元暉有言：「好詩流轉圓美如彈丸」，此眞活法也。

這段話是極清楚的定義了，但字裡行間仍有捉摸不定的成分。若以之前提及的「悟」相闡發，便可以更進一步的掌握其中的意義了。另外，「不煩繩削」的部分，黃庭堅在〈與王觀復書〉中曾說：「好作奇語，自是文章病，但當以理爲主，理得而辭順，文章自然出類拔萃。觀杜子美到夔州后詩，韓退之自潮州還朝后文章，皆不煩繩削而自合。」

他所提出的「繩削」即主觀的技、法；而「自合」即合於文章之理，則是較爲具體的論規矩技巧。其二、他們更進一步，由有形的技進於無形的道，所謂「技進於道」，實際上就是見道的歷程，也就是莊子所一再強調的「以人合天」，及一切人爲皆應合於事物自然的法則與規律。〔註281〕這一思想爲宋代理學所吸收改造，尤爲詩家所採用。同時，因爲見道的歷程就是「技進於道」的過程，所以確切地說，這是宋人對於創作活動的一種思考向路。蘇軾嘗舉嬰兒學語學字爲例，比擬由「技」入「道」的過程：

> 以吾之所知推至其所不知，嬰兒生而導之言，稍長而教之書，口必至於忘聲而後言，手必至於忘筆而後能書，此吾之所知也。口不能忘聲，則語言難於屬文；手不能忘筆，則字畫難於刻彫。及其相忘也，則形容心術，酬酢萬物之變，忽然不自知也。〔註282〕

從這段話可知在東坡眼中，技法只是工具或手段而已，當工具性太強或手段太明顯時，反而無法將眞正的情感表達出來，就像嬰兒學說話寫字，越強調技巧部分，就越無法自由的運用。所以，既然詩的目的在於「達意」，就無須約束在技法上，應於活法中運用於無形。

　　羅大經《鶴林玉露》卷三也針對宋人「技進於道」的詩學法則有所說明：

> 作詩必以巧進，以拙成。故作字唯拙筆最難，作詩唯拙句最難。至於拙，則渾然天全，工巧不足言也。……杜陵云：用拙存吾道。夫拙之所在，道之所存也。詩文獨外是乎？

所謂以巧進以拙成，正是技進於道的型態，故曰拙之所在即道之所存。除了語言形式之美外，尚須考慮作者人格及作品的內容意義而定；二是既然文字只是寓理之具，對理的掌握就成了創作的重心，義理的追求遂成爲宋詩普遍的特色。〔註283〕

〔註281〕此段論述參考自龔鵬程技〈進於道的宋代詩學〉，同註215。
〔註282〕蘇軾〈虔州崇慶禪院心經藏記〉，同註73。
〔註283〕龔鵬程〈知性的反省——宋詩的基本風貌〉，同註141，頁202。

4. 詩之地位

　　簡錦松曾從不同的角度觀察宋詩，認爲宋人處理詩的態度，是將詩定位在事業之外、閒暇之餘的表現。例如蘇軾〈與程正輔提刊二十四首〉詩序云：「向在中山創作松醪，有一賦，間錄呈以發一笑。」在〈與司馬溫公〉詩裡道：「久不見公新文，忽領獨樂園記，誦味不已，輒不自揆作一詩，聊發一笑耳。」歐陽脩《六一詩話》卷首有謂：「居士退居汝陰，而集以資閒談也。」且在短短二十八條詩話中，出現「笑」、「嘲」、「謔」等字凡六見。王禹偁〈新秋即事〉也言：「宦途流落似長沙，賴有詩情遣歲華。」〈對雪示嘉祐〉又說：「安邊不學趙充國，富民不作田千秋。胡爲碌碌事文筆，歌時頌聖如俳優。」。王安石〈伴送北朝人使詩序〉一詩中亦云：「……送北客至塞上，語言之不通，而與並轡十有八日，亦默默無所用吾意，時竊詠歌以娛愁思，當笑語鞍馬之勞。其言有不足取者，然比諸戲謔之喜，尚宜爲君子所取，故悉錄以歸示諸親友。」（《臨川集》卷八十四）

　　透過這些「發一笑」、「閒談」或「遣歲華」等用語，因此簡錦松推斷宋人看待詩歌的態度，應是可以等閒視之的，作者用以消磨時光，讀者也可以藉此笑樂；而且是功名事業外方才作詩人，把詩排除在實用之外，轉而強調個人的生命情趣。在此心理下，於是便有「笑談四座相歡色」時，「詩句一傳人競寫」之樂。也因此王安石《唐百家詩選》序會有「廢日力於此，良可悔也」之嘆。徐鉉亦說：「古人云：詩者，志之所之也，故君子有志於道，無位於時，不得伸於事業，乃發而爲詩詠。」〔註284〕他認爲在儒教道統壓力下，文人們都只是「餘事作詩人」（此語本出於韓愈〈和席八十二韻〉，宋人承之）與唐代詩人創作的熱情似乎不能相比。

　　就內容言，宋代詩人的詩觀也是建築在日常生活的「閒」一面上，故而對於日常生活發生的事，大量剪取入詩。吉川幸次郎《宋詩概說》

〔註284〕徐鉉〈鄧生詩序〉，《徐公集》（台北：中華書局，1971 年）卷二十三。

中即就這點而論之：

> ……他們（宋人）對極不特殊的事物也發生了莫大的興趣。
> 一言以蔽之，就是對日常生活的注意觀察。譬如說，從前詩
> 人加以忽略或視而不見的日常瑣務，或者，雖非故意忽略，
> 只因為司空見慣，被認為過於普通平常而不能入詩的身邊雜
> 事，宋人卻大量地積極地用作詩的題材。結果，與從前的詩
> 作一比較，宋詩就顯得更加接近日常的生活。〔註285〕

將對日常生活的關切化為創作題材，這種情形在宋朝達到最廣最細的
地步，他們把生活上的事件或現象都細緻而具體地在詩中描寫。

　　有時，詩歌創作中除了描寫生活狀況，還用以向朋友報告近況，
其中可笑可愕之事，朋友亦能會心理解。像秦觀〈會稽唱和詩序〉云：
「山川覽矚之美，酬獻之娛，一皆寓之於詩。」說明了作詩本就是個
人乃或小團體內生活見識的紀錄。詩人必須鋪陳所見，誌一時間中所
聞所見之事，故詩中多記生活之事。再者，「議論乃是北宋詩人日常
的生活行事，談理亦是平日口頭上說、身子上做的，詩歌就是具體反
映詩人生活中的種種實相而已。」〔註286〕

　　當然，這個觀察並沒有錯誤，只是，以此來論斷詩歌在宋代的地
位，或宋人重視詩歌的程度，似乎就有失之片面之虞。因為我們從宋
人窮究詩法的認真，可以看到宋人作詩態度的嚴謹審慎、一絲不苟。
就如朱熹曾經這麼形容宋代詩人們：

> 今人所以事事作得不好者，緣不識之故，只如箇詩，舉世
> 之人盡命去奔做，只是無一箇人作得成詩。〔註287〕

無論這段話的原意是否針對宋人弊病而批評，但他用「盡命奔做」這
樣的字眼來形容宋人學詩的用功態度，可見在一般宋人的觀念裡，詩
雖然也以吟詠性情為本質，但他們在創作態度上卻不因此而隨意忽

〔註285〕《宋詩概說》，同註246，頁18。
〔註286〕簡錦松〈從一個新觀點試論北宋詩〉，出自《宋代文學與思想》，同
　　　　註181，頁411。
〔註287〕《朱子語類》，同註81，卷一四〇。

視。所以蔡瑜便以為宋人「餘事作詩人」之言只是客套的門面話，畢
竟「我們從宋人對詩法如此窮究的態度來看，中國文學史上似乎還很
難找到哪一個朝代的人比宋人更努力地在作詩人。」〔註288〕

　　另外，我們還可以從清人厲鶚《宋詩紀事》一書所錄的詩人數量
高達三千八百餘家，較之清康熙年間奉敕編的《全唐詩》，多出一千
五百餘家；以及宋代詩人的創作數量之多，動輒數千，甚至上萬，匯
集起來也數倍於《全唐詩》的四萬餘首等現象，感受得出這一數量的
本身，即決定了詩在宋代文學中的重要地位。所以宋代雖是詩文詞俱
盛的時代，但與文、詞相比，文人作詩不但更為普遍，數量更多，而
且以「無意不可入」的態度，造成詩歌更豐富的內容。

　　但事實上，詩歌的發展在宋代確實有遭遇到一些挫折，例如：部
分理學家對詩歌創作持反對的態度，而且頗為極端，像程頤的一段論述：

> 或問：「詩可學否？」曰：「旣學時，須是用功，方合詩人
> 格。旣用功，甚妨事。古人詩云：『吟成五箇字，用破一生
> 心』；又謂：『可惜一生心，用在五字上』此言甚當。先生
> 嘗說「王子眞曾寄藥來，某無以答他，某素不作詩，亦非
> 是禁之不作，但不欲如此閒言語。且如今言能詩無如杜甫，
> 如云『穿花蛺蝶深深見，點水蜻蜓款款飛』，如此閒言語，
> 道出作甚？」〔註289〕

理學家對詩賦地位的影響有限，但對詩風及觀念的影響則難以避免，
經義的議論及理學的思辨滲入純文學的體製中，形成宋詩所謂「以議
論為詩」、「以文為詩」等特色，致使當朝之人也多所批評，如前述的
劉克莊之言：

> 本朝則文人多，詩人少，三百年間雖人各有集，集各有詩，
> 詩各自為體，或尚理致，或負材力，或逞辨博，少者千篇，
> 多至萬首，要皆經義策論之有韻者爾，非詩也。

〔註288〕蔡瑜《宋代唐詩學》，同註89，頁23。
〔註289〕《河南程氏遺書》卷十八，伊川先生語四，引自《二程集》（台北
　　　　縣：漢京出版社，1983年）。

　　　　近世貴理學而賤詩，間有篇詠，率是語錄講義之押韻者。

可是這樣看似負面評價的創作手法，韓經太卻從中看到了專屬於宋詩

的優勢：

　　　　不只是因爲宋詩議論中有大量內容是「有爲而作」而具現
　　　　實意義者，也不只是因爲宋詩議論之妙亦每能與情韻意象
　　　　水乳交融而富於審美佳趣，而正是因爲上述兩項內容都受
　　　　動於宋學精神，從而顯示出特定的必然性。如果說宋詩的
　　　　議論和前人已有的詩中議論比起來，有著「無事不可入」
　　　　的普泛化特徵和「穿鑿得實」的精微化特徵。……宋詩以
　　　　此而開闢了中國詩美境界的新層面。〔註290〕

即使被視爲詩味不足，但宋詩受到時代背景影響而產生的議論風格，也

有別於前代一般的議論，其實是可以目之爲某種美學意義下的新境界。

　　此外，又在制度上有爭論科舉中詩賦與策論孰先孰後的問題，一

旦詩在現實的仕宦結構中無積極的作用了，一定程度會促成詩格詩性

的改變。如仁宗朝的李淑、歐陽修，神宗朝的王安石，皆主張先策論

後詩賦。在整個北宋科舉制度中，詩賦復罷數變，〔註291〕但當朝廷

復試詩賦時，總是試詩賦者多且工，試經義者拙且少。可見當時士子

之趨向，亦可推知士子未嘗盡廢詩賦之學。而且，這些詩賦策論的先

後之爭，多是著眼於所選之人是否具有經世致用的政治才能，並不否

定以詩賦見其才華的一面，所以詩賦仍佔一席之地，足見科舉制度對

詩賦的壓抑並不曾中斷詩賦的命脈。

　　不過王安石曾經想直接消除詩賦在科舉制度中的地位，而對詩賦

產生了壓抑的作用，這也多少影響了詩在宋代文人心中的份量，後來

還成爲了新舊黨爭論政的議題之一。王安石時罷試詩賦，雖打擊了詩

〔註290〕韓經太《宋代詩歌史論》同註233，頁13。
〔註291〕王安石熙寧四年預政，遂罷詩賦，專以經義取士。元祐五年，侍御
　　　　史劉摯等認爲，爲文者務訓釋，不知聲律體要之詞，又復用詩賦。
　　　　紹聖初，以詩賦爲元祐學術，再罷之，專用經義凡三十五年。至建
　　　　炎二年，又兼用經賦。

賦在科舉上的地位，但從葛立方《韻語陽秋》的敘述中，卻可以發現好詩賦者仍著作不輟：

> 紹聖中，以詩賦爲元祐學術，復罷之。政和中，遂著於令，士庶傳習試賦者，杖一百。……時張芸叟有詩云：「少年辛苦校蟲魚，晚歲雕蟲恥狀夫，自是諸生猶習氣，果然紫詔盡驅除。酒間李杜皆投筆，地下班揚亦引車。惟有少陵頑鈍叟，靜中吟撚白髭鬚。」蓋芸叟自謂也。〔註292〕

《風月堂詩話》也說：「是時朝廷雖嘗禁止，賞錢增至八十萬，往往以多相誇，士大夫不能誦坡詩者，便自覺氣索。」〔註293〕可知當時文人不因制度而放棄詩歌的創作活動，反而有更豐沛的創作慾望。表示他們對詩歌這一文學體裁的重視與喜好。

綜言之，從宋人看待詩歌的嚴謹與重視，可以想見他們經營詩歌創作的用心，自然不會甘心只是仿效前人表現、成爲前人的影子或跟隨者而已，在這樣的理解下，創作者意識的抬頭與抗拒前代影響，甚至超越前代成就的心態便顯得清晰可期了。

總上所述，可推知宋代因整個社會體系的改變，導致階層間的流動性增加，形成開放性的社會型態，這樣的轉變最大的特色便在於思想的多元發展，故在時代風氣上，呈現融會各家思想的樣貌，宋代在文化學術等方面皆承受相關的影響，所以我們看到了由知識份子的文化自覺性格所帶出的哲學突破，也從知識份子獨特的知性內省思維見其自主自信的疑古風氣。在文學層面上，作者定位的轉變與趨於確立，有助於宋代詩人釐清創作者的身分，創作者的所能和閱讀接受者的所可，皆在此達到認同上的協調。而從詩歌方面言，也傾向以義理追求爲主的理性創作，強調以「悟」爲橋樑的融合性開創。若以此來印證宋人抗拒前代遺產的傳統觀，確實可從這些內在因素找到足以支持前述表象的證據。因爲從社會架構、時代思想，一直到詩學理念，

〔註292〕《韻語陽秋》卷五，同註40。
〔註293〕《風月堂詩話》，卷中，同註47。

宋代詩人均具有反省歷史、獨立思考的能力，此外，他們本身對詩歌
創作的重視，無論在本質上或法則上，也都顯現與傳統不同的新見
解，這更加強了宋人反對承受影響的動機。

　　客觀來說，我們不能斷然認定宋人眞的完全與前代劃分關係，或
與傳統無關；但在主觀自覺上，宋人確實從內到外都展現了他們區分
自身與傳統的決心。基於這個結論，我們可以往下推論宋代各個強者
詩人在「影響的焦慮」這個的詩學理論中，如何表現其建設性的創造。